Mitte Dezember wird Jenny für ein wichtiges Forschungsprojekt nach Edinburgh geschickt. Die Dreiunddreißigjährige, die sich noch nie viel aus Weihnachten gemacht hat, ist absolut überfordert vom festlichen Trubel. Überall Weihnachtsmusik, Mistelzweige und Menschenmassen – Jenny fährt lieber in den beschaulichen Stadtteil Morningside, in dem ihre Großmutter wohnt, die sie noch nie zuvor getroffen hat. Zögerlich steht sie vor dem geschmückten Haus, als sich die Tür öffnet und ihre Großmutter sie gerührt in die Arme schließt. Bei ihr trifft Jenny auch auf den kreativen Bühnenbildner Callum, einen waschechten Schotten. Er ist so weihnachtsverliebt, dass er es nicht verstehen kann, warum man die schönste Zeit im Jahr ablehnt. Wird er es schaffen, Jenny rechtzeitig zum Fest mit Weihnachtsstimmung zu verzaubern? Christmas Cake, glitzernde Lichter und magische Wintererlebnisse … wer könnte da widerstehen?

Ursi Breidenbach schreibt gemeinsam mit Heike Abidi erfolgreiche Sachbücher, wie den *SPIEGEL*-Bestseller »Eine wahre Freundin ist wie ein BH«. Mit ihren gefühlvollen Unterhaltungsromanen entführt sie ihre Leser*innen an die schönsten Orte – wie ins winterlich glitzernde Edinburgh. 2023 wurde sie mit dem DELIA-Literaturpreis für den besten Liebesroman ausgezeichnet.
Mehr von und über Ursi Breidenbach gibt es auf ihrer Website www.breidenbach-romane.at oder auf Instagram: @ursibreidenbach

Außerdem von Ursi Breidenbach lieferbar:

Liebe ist tomatenrot. Roman
Sterne über Korsika. Roman
Bergblumenzauber. Roman
Freundinnen bleiben wir immer. Roman (gemeinsam mit Heike Abidi)
Eine wahre Freundin ist wie ein BH (gemeinsam mit Heike Abidi)
Geschwister sind wie Gummibärchen (gemeinsam mit Heike Abidi)
Großeltern sind wie Eltern nur mit Zuckerguss (gemeinsam mit Heike Abidi)

www.penguin-verlag.de

URSI BREIDENBACH

Christmas Cake und Glitzerschnee

ROMAN

PENGUIN VERLAG

MIX
Papier | Fördert gute Waldnutzung
FSC® C014496

Penguin Random House Verlagsgruppe FSC® N001967

1. Auflage

Neumarkter Straße 28, 81673 München
Redaktion: Katharina Rottenbacher
Umschlaggestaltung: bürosüd
Umschlagabbildung: getty images / Paul Simpson Photography (Scunthorpe) und www.buerosued.de
Satz: GGP Media GmbH, Pößneck
Druck und Bindung: GGP Media GmbH, Pößneck
Printed in Germany 2024
ISBN 978-3-328-11097-2
www.penguin-verlag.de

Für meine Mutter (1939–2023),
die mir wunderschöne Weihnachtsfeste geschenkt hat.

Schottische und englische Wörter und Phrasen

treesome – baumartig; wie ein Baum aussehend
threesome – Dreier; Geschlechtsverkehr zu dritt
Dunna be blate! – Sei nicht schüchtern! (schottisch)
lassie – junges Mädchen (schottisch)
nan(a) – (eins der in Schottland gängigen Worte für) Oma
granda – (eins der in Schottland gängigen Worte für) Opa
aye – ja; oder? (schottisch)
Lallans – schottisch-englischer Dialekt, der in den Lowlands gesprochen wird
Santa – (in Schottland übliche Bezeichnung für) Weihnachtsmann
sweet tooth – Naschkatze; jemand, der*die Süßigkeiten liebt
bonnie – hübsch (schottisch)
Break a leg! – Toi, toi, toi, toi! (im Theater vor der Aufführung)
bahookie – Gesäß; Po (schottisch)
sleepy head – Schlafmütze
mixed racial family – Familie, deren Mitglieder verschiedene Ethnien haben und deshalb voneinander abweichende Rassismuserfahrungen machen
diamond dust crystals – »Diamantstaubkristalle«; ganz feiner, glitzernder Schnee
A Blithe Yule! – Frohe Weihnachten! (altmodisches Schottisch)

Sagt eine Figur im eigentlich englischen Satz ein deutsches Wort, ist dieses zum leichteren Verständnis kursiv gesetzt.

1

Jenny nahm die aus künstlichem Tannengrün und Bändern gedrehte Girlande von der Kommode und legte sie in das oberste Fach. Dann stopfte sie die beiden Zierkissen mit Schneemanngesichtern hinterher, schloss die Schranktür und sah sich im Zimmer um. Die grün-rot karierte Decke auf dem Lehnstuhl neben dem Fenster konnte als saisonunabhängiges schottisches Wohnaccessoire durchgehen und durfte bleiben. Alles andere sah neutral aus – wie ein gewöhnliches Hotelzimmer eben.

Bin müde, aber wohlbehalten in Edinburgh angekommen, tippte sie in die Nachrichten-Gruppe, die sie vor Jahren angelegt hatte, um ihre Eltern gleichzeitig mit Informationen zu versorgen.

Gut, Schatz, schönen Abend noch!

Genieß die schottische Meeresluft! 🌊
Liebe Grüße, Mama. 😘❤🤗

Ihre Eltern kommunizierten bereitwillig in dieser Gruppe. Mit ihr. Nie miteinander. Das fand Jenny kindisch, denn immerhin waren die beiden seit vierzehn Jahren geschieden und betonten, es gebe zwischen ihnen keine ungelösten Konflikte, die sie davon abhielten, gemeinsam Eltern zu sein. Aber das bedeutete in ihrem Fall nur, dass sie sich bemühten, Enttäuschung und Groll vor ihrer Tochter zu verbergen – mit mäßigem Erfolg. Jenny merkte, dass ihr Vater, wann immer das Gespräch bei seiner Ex-Frau landete, einen harten Zug um den Mund bekam. Und es war offensichtlich, wie wenig ihre Mutter verstand, warum Ralf stur allein blieb, während sie relativ rasch nach der Trennung eine neue Partnerschaft eingegangen war.

Jenny legte das Handy weg und sah sich noch einmal im Hotelzimmer um: King-Size-Bett, Schrank, Kommode, Lehnstuhl und Fernseher. Auf dem Fensterbrett standen – wie in britischen Unterkünften üblich – Wasserkocher, Tassen und ein Körbchen mit Teebeuteln. Der Raum war nett und sauber, aber nicht so spannend, dass sie den Rest des Tages hier verbringen wollte. Professor Shaw und sein Team würde sie erst am nächsten Morgen treffen, also sollte sie sich überlegen, womit sie die Zeit bis dahin ausfüllen konnte. Ihre Wohnung in München hatte sie kurz vor elf Uhr nachts verlassen und dann siebzehn Stunden lang in insgesamt vier verschiedenen Zügen gesessen. Daher sehnte sie sich nach Schlaf. Aber es war mitten am Nachmittag und sie zum ersten Mal in Edinburgh. Also fand sie, sie sollte zur berühmten Royal Mile spazieren. Vielleicht irgendwo Haddock oder eine andere schottische Fischspezialität essen. Ausruhen konnte sie sich immer noch, wenn sie in acht Tagen wieder zu Hause war. Oder spätestens Ende der folgenden Woche auf einer gemütlichen Strandliege, während ihr die Dezembersonne in Dubai sanft die Haut wärmte.

Ein weiterer Blick zum Bett genügte, um die Erschöpfung gewinnen zu lassen. Seufzend streckte sie sich auf der Tagesdecke aus.

Nur ganz kurz, dachte sie, dann war sie auch schon eingeschlafen.

»Make my wish come truuue – all I want for Christmas is youuu …«

Jenny fuhr aus dem Schlaf hoch. Irritiert sah sie sich um, bis sie realisierte, dass sie auf dem Hotelbett lag und der Song vom Erdgeschoss durch die Wände zu ihr drang. Irgendwo dort unten musste wohl eine Weihnachtsparty in vollem Gange sein. Jenny gähnte und sah auf die Uhr. Sie hatte fast eine Stunde lang geschlafen.

»*Underneath the mistletoe …* Mitsingen, Leute! Auch du, Bob aus der Personalabteilung! Wir wollen deine glockenhelle Stimme hören!«, ertönte eine betont fröhliche Männerstimme.

Unwillkürlich trat Bob vor Jennys inneres Auge – und zwar als unscheinbarer Mittvierziger, der ein Polyesterhemd und die verschwitzten Haare nach hinten gekämmt trug.

»Habe ich zu viele schlechte Filme gesehen?«, fragte sie in die Düsterkeit des Zimmers. Warum sollte Bob kein sexy Typ mit Sixpack sein? Bestimmt verdrehte er in diesem Augenblick über den nervigen Moderator die Augen und küsste zu später Stunde Sally vom Marketing.

Jenny schmunzelte bei der Vorstellung.

Oder Jack, den Controller, überlegte sie. Genau! Bob und Jack. Die zwei standen garantiert schon seit Monaten insgeheim aufeinander.

Sie fror. Irgendwie schien der Heizkörper nicht richtig zu funktionieren, und es zog beim undichten Fenster herein. In der Hoffnung auf Behaglichkeit drehte sie sich noch ein paarmal im Bett hin und her, dann schaltete sie das Licht ein und setzte ihre kalten Füße auf den Teppich.

»Bob aus der Personalabteilung, brauchst du auch eine warme Strickjacke, um dich wohlzufühlen?«, fragte sie Richtung Erdgeschoss.

Schlotternd schlüpfte sie in das wollene Kleidungsstück und dann rasch zurück unter die Bettdecke. War es in diesem Raum wirklich so frostig, oder spielte nur ihr Kreislauf verrückt? Noch fester hüllte sie sich in die Jacke und schob die eisigen Finger in die Taschen. Dabei stieß sie auf ein Stück Papier. Neugierig zog sie die Hand wieder heraus und besah sich den Zettel: eine Adresse hier in Edinburgh, schnell auf die abgerissene Ecke eines Werbeprospektes gekritzelt. Sie musste nicht lange nachdenken, um sich daran zu erinnern, wie ihr die betagte Nachbarin ihres Vaters vor ein paar Wochen am Zaun diese Notiz überreicht hatte. Jenny kannte Christine schon seit ihrer Kindheit und war früher auch oft bei ihr im Garten gewesen.

»Ich habe von deinem Papa gehört, dass du beruflich nach Schottland reist«, hatte Christine gesagt und ihr den Papierfetzen hingehalten. »Du solltest einen Besuch in Erwägung ziehen.«

Nur zögernd hatte Jenny den Zettel entgegengenommen und in genau diese Jackentasche gesteckt, nachdem sie den Namen darauf gesehen hatte.

»Irgendwann wirst du es bereuen, wenn du nie bei ihr warst«, hatte Christine noch hinzugefügt.

Jenny war sich ziemlich sicher, dass sie solcherlei Gefühle niemals hegen würde. Die Dinge lagen nun mal, wie sie lagen. Und doch glitten ihre Augen nun wiederholt über die Adresse.

Morningside, stand unter dem Straßennamen.

Sie nahm ihr iPhone zur Hand und schlug diesen Edinburgher Stadtteil auf Wikipedia nach. Rasch erfuhr sie, dass es sich um ein früheres Bauerndorf im Süden der Innenstadt handelte, aus dem mittlerweile eine beliebte Wohngegend mit netten Cafés und ausgefallenen Boutiquen entstanden war. Erwähnt wurden auch gut erhaltene Villen aus dem neunzehnten Jahrhundert. Was an der Adresse auf dem Zettel wohl zu finden war? Lebte sie etwa in einem dieser altehrwürdigen viktorianischen Gebäude?

Kopfschüttelnd legte sie das Handy mitsamt dem Stückchen Papier auf den Nachttisch. Dieses Haus war schließlich völlig irrelevant für Jenny.

»*Frosty the Snowman*, liebe Leute! Wann immer ihr in diesem Lied das Wort *snow* hört, trinkt einen kräftigen Schluck!«, war aus dem Saal unter ihr zu hören. Dann vernahm sie eindringliches Gedudel. Wahrscheinlich hatte der DJ die Lautstärke hochgedreht, denn Jenny war, als stünde der Sänger Nat King Cole direkt neben dem Bett und plärrte ihr ins Ohr.

Jenny atmete durch. Egal, wie müde sie war, sie musste sich wohl damit abfinden, dass sie nicht zur Ruhe kommen würde, solange die Party zugange war. Also beschloss sie, zu ihrem ursprünglichen Plan zurückzukehren und sich ein bisschen was von Edinburgh anzusehen.

Im Veranstaltungsraum hinter der Hotelrezeption herrschte wildes Treiben. Gerade eilte ein Mann in einem quietschgrünen Anzug, auf den rote Kugeln und gelbe Glocken gedruckt waren, aus dem Saal. Er trug ein Headset, in das er rief: »Freunde, diese *Office Christmas Party* wird euch für immer in Erinnerung bleiben!« Seine Stimme dröhnte hinter ihm aus den Lautsprechern. Er verschwand auf der Toilette. »Gleich geht es weiter mit Alastairs Ansprache. Hoffen wir auf ein Feuerwerk von Witzen!«, hörte man ihn unverdrossen weitermoderieren.

Amüsiert stemmte sich Jenny gegen die gläserne Schwingtür und trat ins Freie.

Mit tief ins Gesicht gezogener Mütze spazierte sie dann die Straßen entlang. Laut Wetter-App hatte es immerhin fünf Grad, aber getragen von der Luftfeuchtigkeit zog die Kälte im Nu durch ihre Kleidung und ließ sie frösteln. Da halfen auch das langärmelige T-Shirt unter dem Wollpullover und die dicke Thermo-Strumpfhose nicht viel. Doch Jenny war entschlossen, das Unbehagen zu ignorieren und ihren kleinen Trip in den schottischen Winter als Abenteuer zu sehen. Wenn sie reiste, wollte sie das Land schließlich mit allen Sinnen spüren, seinen Charakter kennenlernen und sich von ihm überraschen lassen. Es stimmte schon, es war hier bereits ab halb vier dunkel – also seit ihr Zug die gedachte Grenze zwischen England und Schottland passiert hatte. Und ja, sie fror. Aber sie liebte Großbritannien, und jetzt war sie endlich wieder hier.

Jenny blieb vor einem hell erleuchteten Schaufenster stehen. Neben all den mit Kugeln, Lichterketten, Girlanden, Weihnachtsmännern und Rentieren üppig dekorierten Läden hatte sie diese nüchterne Präsentation magisch angezogen. In bläulichem Licht standen zwei gesichtslose Modepuppen, die stark gemusterte Kleider trugen. Sie waren aus einem leichten Stoff genäht, tief ausgeschnitten und ärmellos. *Bei uns finden Sie das passende Outfit für Ihre Weihnachtsparty*, stand auf einem Schildchen daneben. Jenny musste lachen. Wie konnte man auf die Idee kommen, diese Fähnchen wären warm genug für den Winter? Sie ging weiter zum zweiten Fenster. Unter einem Kristalllüster präsentierte dort eine männliche Puppe einen knallroten Schottenrock. Vor dem Bauch hing eine Tasche, die zwar traditionell geformt, in diesem Fall jedoch aus weißem Puschelfell gefertigt war. Bekrönt wurde das Festtagsoutfit durch eine Weihnachtsmannmütze. *Ho-ho-ho!*, lautete die Beschreibung.

Stimmen rissen Jenny aus ihrer Betrachtung, also wandte sie sich zur Straße. Drei sich lautstark unterhaltende junge Leute kamen ihr entgegen. Eigentlich am frühen Abend kein ungewöhnlicher Anblick – seit sie das Hotel verlassen hatte, waren ihr schon etliche solcher Grüppchen begegnet. Doch dieses fiel auf, weil die Leute gemeinsam in einem riesigen Weihnachtspullover mit drei Kopflöchern steckten. *We wish you a t(h)reesome Christmas*, war in mit Zuckerstangen umkränzten Lettern auf die überdimensionale Brust gestickt. Die Frau rechts und der Mann links hatten jeweils einen Ärmel, die obere Körperhälfte des Typs in der Mitte war komplett verborgen, nur sein Kopf ragte aus dem Ausschnitt. So versuchten sie, einigermaßen im Gleichschritt ihr Ziel zu erreichen.

Offensichtlich hatte Jenny die drei etwas zu interessiert gemustert, denn der Linke verlangsamte sein Tempo, was den Pulli sich dehnen ließ, und sagte: »*Dunna be blate!* Wenn du willst, schneiden wir dir noch eine Öffnung in den Sweater.«

Jenny lachte. »Klingt verlockend.«

Die junge Frau auf der anderen Seite des Pullovers warf ihr eine Kusshand zu. Anschließend bemühten sich die drei, ihre Schritte wieder zu synchronisieren, stießen dabei ungelenk aneinander und kicherten, bis sie schließlich stolpernd um die Ecke verschwanden.

Wenn Weihnachten schon unbedingt sein musste, dann wenigstens in einem Pullover mit drei Kopflöchern, fand Jenny.

Sie spazierte weiter. Die ungefähre Richtung zur Royal Mile hatte sie vorab auf dem Handy gecheckt. Da sie keine Lust hatte, ständig auf Google Maps zu prüfen, wo sie sich gerade befand, und lieber die Atmosphäre aufsaugen wollte, ließ sie sich einfach treiben. Genau das war ja der Vorteil daran, allein zu reisen. Sie durfte sich ganz von ihren Stimmungen leiten lassen.

Nach etwa einer halben Stunde landete Jenny bei der Saint Cuthbert's Church, die am Fuße des Schlosshügels stand. Da aus dem Park hinter der Kirche lautstark »Last Christmas« ertönte und sie nicht in diesen Trubel geraten wollte, betrat sie stattdessen den verlassenen Friedhof. Mit etwas Glück konnte sie dort abbiegen, um direkt zum Castle hinaufzusteigen und dem weihnachtlichen Treiben in den Princes Street Gardens auszuweichen.

Jenny sah sich um. Anders als in Deutschland standen die Gräber hier nicht in ordentlichen Reihen. Ein wenig durcheinander ragten die Gedenksteine und Stelen in die Düsterkeit – manche davon schief, einige sogar umgefallen. Dazu gesellten sich mächtige Buchen, die ein knorriges Geflecht von kahlen Ästen über den verlassenen Ort spannten. So etwas wie Beete oder Blumenschmuck gab es nicht, daher wirkte das Ganze – passend zur Bestimmung des Ortes – leblos.

Jenny blieb vor einer der dunkelgrauen Steintafeln stehen und las im Schein ihrer Handytaschenlampe die Inschrift.

In Gedenken an
Kelvin Dunningham, Laborleiter,
gestorben am 15. November 1844
im Alter von 57 Jahren

Sie stutzte. Was für ein Zufall! Völlig wahllos war sie vor irgendeinem Grab stehen geblieben, und nun war es ausgerechnet das eines Mannes, der vor zweihundert Jahren Versuche in einem Labor durchgeführt hatte wie sie.

Als es hinter ihr raschelte, fuhr sie zusammen. In etwa zwanzig Metern Entfernung war eine Gestalt auf dem düsteren Friedhofsweg auszumachen. Wie ein Schatten glitt sie an den Gräbern vorbei. Die Silhouette verschmolz mit der Dunkelheit und schien sich lautlos weiterzubewegen.

Jennys Herz begann zu rasen.

Erst nach einigen Momenten fiel ihr ein, dass sie noch die eingeschaltete Handytaschenlampe in der Hand hielt, und leuchtete den Weg entlang.

Im Lichtkegel tauchte ein junger Mann auf. Aus einer McDonald's-Tüte zog er gerade umständlich einen Big Mac. Als er an Jenny vorbeiging, grüßte er mit einem Kopfnicken, dann schlenderte er mit seinen dick besohlten Sneakers geräuschlos Richtung Ausgang.

Während Jenny ihm nachsah, überlegte sie, ob die Erschöpfung daran schuld war, dass sie sich plötzlich auf einem Friedhof mitten in der Innenstadt gruselte. Kopfschüttelnd machte sie kehrt und steuerte den Ort an, den sie eigentlich hatte meiden wollen. Denn dort, wo Weihnachtsmusik gespielt wurde, waren bestimmt viele Menschen, und die brauchte sie jetzt offensichtlich um sich. Die mystischen Plätze Edinburghs konnte sie erkunden, sobald sie ausgeschlafen war. Über sich selbst schmunzelnd, betrat sie den Park auf der anderen Seite der Kirche. Mittlerweile dudelte »Joy to the World« aus den Boxen. Jenny blinzelte gegen das helle Scheinwerferlicht und sah sich um: Buden voller Süßigkeiten und Plastikspielzeug, blinkende Karusselle, überdimensionale Figuren vom Weihnachtsmann mit seinen Elfen und bunte Autoscooter, so weit das Auge reichte. Dazwischen Massen von Leuten – vor allem Kinder. Viele trugen Weihnachtsmannmützen oder Rentiergeweihe aus Plüsch auf dem Kopf, manche hatten sich Lichterketten um den Hals geschlungen, fast jeder balancierte irgendetwas Essbares in der Hand.

»Steve, hierher!«, keifte eine Mutter direkt neben Jenny. »Wenn du nicht folgst, kommt *Santa* ganz bestimmt nicht zu dir!«

Ein Junge riss sich von einem Bonbonstand los und kam lustlos angetrottet.

»Wir machen jetzt bei Rudolph ein hübsches Foto«, bestimmte die Mutter.

»Können wir nicht mal ein Bild auf dem Zuckerthron schießen?«, fragte das Mädchen neben ihr.

»Nein! Weihnachten ist das Fest der Traditionen, und unser Familienporträt ist jedes Jahr bei Rudolph.«

Jenny sah der Mutter nach, wie sie ihre Kinder so offensichtlich gestresst hinter sich her zu der riesigen Rentierfigur aus Fiberglas zog.

Wieder einmal fragte sich Jenny, was Weihnachten nur mit den Menschen machte. Ihr hatte diese Zeit im Jahr nie viel bedeutet, und schon ihre Eltern hatten keinen größeren Aufwand darum betrieben. Mittlerweile entfloh sie dem Rummel immer ganz bewusst. Denn Weihnachten war für sie der Inbegriff von Kitsch, Hektik und Konsumrausch. Was fanden die Leute so großartig daran, alles mit geschmackloser Deko vollzustopfen? Zerbrechliche Glaskugeln, nadelnde Zweige und klimaschädliche Lichterketten. Oder noch schlimmer: Plastikkugeln, Fake-Tannengrün und Blinklichter. Was gab es großen Teilen der Menschheit, sich mit den Vorbereitungen auf das beliebteste Fest im Jahr nur zu stressen und keine Minute davon zu genießen? Und warum ließen sie sich einreden, dass sie ihr hart verdientes Geld für überteuerte Geschenke oder gar nutzlosen Ramsch auszugeben hatten? Jenny verstand das alles nicht und würde sich auch nicht dazu verleiten lassen, unter dem Deckmantel der Tradition bei all diesem Humbug mitzumachen. Stattdessen würde sie wie immer mit ihrer besten Freundin Yvonne zwei Tage vor Weihnachten in den sonnigen Süden entkommen, um dort mit einem Cocktail in der Hand eine ruhige Zeit zu verbringen. Und anschließend konnte sie nach dem Jahreswechsel erholt das neue Forschungsprojekt beginnen. Zu Hause im Labor stand schon alles dafür bereit – nur das Gerät für ein spezielles Analyseverfahren musste noch geliefert werden.

Jenny marschierte zügig weiter, um möglichst rasch von diesem Rummelplatz wegzukommen. Dass man in Edinburgh auf Schritt und Tritt mit Weihnachten konfrontiert wurde, überraschte sie. Sie hatte gedacht, Schottland sei puritanisch und deshalb bleibe man hier von einem allzu penetrant vollstreckten Advent verschont.

Sie sah nach oben, wo das mächtige Schloss auf einem Felsen über der Stadt thronte. Die bunten Lichter und Sterne, die auf die alten Mauern projiziert waren, zerstörten den letzten Rest Hoffnung darauf, dass sie dort ein wenig Normalität finden würde. Also beschloss sie, lieber in einem ruhigeren Stadtteil einen Spaziergang zu machen. Dieses Morningside hatte doch in der Wikipedia-Beschreibung recht lauschig geklungen. Jenny schaute auf dem Handy nach, welcher Bus dorthin fuhr. Auf der Princes Street gab es etliche Stationen, daher schlug sie diese Richtung ein. Dabei musste sie sich durch wahre Menschenmassen kämpfen, denn weiter östlich im Park befand sich der *German Christmas Market*: Holzhütten mit allerlei Tand reihten sich aneinander, dazwischen drängten sich Buden, vor denen Trauben feiernder Schotten *bratwurst, gluhwein* und *original German beer* zu sich nahmen.

Jenny traute ihren Augen nicht.

Besorgt überlegte sie, ob man sie wohl in Dubai auch mit Christbäumen und Punsch verfolgen würde.

Als sie sich abwenden und die Bushaltestelle suchen wollte, entdeckte sie vor einer der Fressbuden die drei jungen Leute, die sich den Pullover teilten. Die beiden außen fütterten den in der Mitte mit Wurst und gaben ihm schluckweise Bier zu trinken.

2

Jenny stieg aus dem Bus und folgte der Wegbeschreibung von Google Maps. Die Straßenzüge waren in diesem Gebiet nicht von Villen, sondern von Häuserreihen gesäumt. Wie in Großbritannien üblich sahen sie alle gleich aus und unterschieden sich nur durch die Bepflanzung in den kleinen Vorgärten, die Türfarbe und die Einblicke, die man durch die Fenster in die hell erleuchteten Zimmer gewann.

Jenny blieb stehen, als sie das richtige Gebäude auf der anderen Straßenseite gefunden hatte. Sie wollte es sich nur kurz ansehen. Irgendwie war sie nämlich doch neugierig geworden, und wenn sie jetzt schon einmal hier war …

An der Tür des entzückenden Hauses prangte die Nummer achtundzwanzig. So wie alle anderen hatte es einen Erker, der sich über beide Stockwerke zog und wie ein Türmchen spitz bekrönt war. Zwei Gauben erzählten von einem ausgebauten Dachgeschoss. Jenny starrte die beigebraune Sandsteinfassade an, die ihr merkwürdig vertraut vorkam. Wo hatte sie diese schon einmal gesehen? Vielleicht war ihr in London ganz Ähnliches untergekommen?

Um auch noch den Vorgarten in Augenschein zu nehmen, überquerte sie die Straße und trat an den schmiedeeisernen Zaun. Im Erdgeschoss brannte Licht, und direkt hinter dem Fenster im Erker stand ein Tannenbaum. Er war über und über voll mit kunstvoll gefalteten Papiersternen behängt, zwischen denen sich sanft schimmernde Lichterketten durch die Zweige schlängelten. Nach all dem Weihnachtskitsch, den Jenny in dieser Stadt bereits gesehen hatte, war der Baum wohltuend geschmackvoll. Auch den Stechpalmenkranz mit Kugeln und Schleife auf der knallroten Tür fand sie in Ordnung. Ihre Augen wanderten entlang des kurzen Plattenweges zum Gartentor, über das sich ein rosa blühender Strauch neigte. Sie kannte den Winterduftschneeball von ihren Spaziergängen durch den Botanischen Garten in München. Also zog sie einen der Äste zu sich heran und schnupperte. Sanfter Wohlgeruch stieg ihr in die Nase. Blüten zu Weihnachten – das begeisterte sie. Der dunkelsten Jahreszeit diese Wölkchen von Zartheit entgegenzusetzen, war etwas Besonderes. Jennys Blick richtete sich auf das Namensschild am Tor. *Maclain*, hatte auch schon auf Christines Adresszettelchen gestanden.

Sie wollte sich schon abwenden und gehen, da trat ein alter Mann aus dem Haus.

Jenny schrak zusammen, als hätte er sie bei etwas Unerhörtem ertappt.

Er hob seinen Blick von der Stufe vor der Tür und entdeckte sie am Gartenzaun. Mitten in der Bewegung hielt er inne und zögerte ein paar Augenblicke. »Ingrid?«, fragte er dann. »Was machst du denn da draußen, *Schatz*?«

Sie registrierte das deutsche Wort am Ende seines englischen, stark schottisch gefärbten Satzes.

»Ich … ähm … einen schönen Strauch haben Sie.«

Der Mann war groß, hielt sich aber nicht besonders aufrecht. Sein dünner Körper steckte in Wollpullover und Tweedhose, auf dem Kopf trug er eine karierte Schirmkappe. Er stand mit dem Rücken zum Licht, das aus dem Flur ins Freie fiel, also konnte sie sein Gesicht nicht gut sehen. »Ingrid?«, fragte er noch einmal, danach blickte er über die Schulter zurück ins Haus.

Jenny verlagerte das Gewicht von einem Fuß auf den anderen. Vermutlich sollte sie sich einfach höflich verabschieden. Doch aus irgendeinem Grund sagte sie: »Ich bin nicht Ingrid.«

Eine weißhaarige Frau erschien in der Türöffnung. »Was ist denn, John? Alles in Ordnung?« Erst nach einigen Momenten schien sie den Gast am Zaun zu entdecken.

Jenny trat einen Schritt zurück.

Die Frau betätigte einen Lichtschalter im Inneren des Hauses, sodass die Lampe über dem Eingang den Vorgarten erhellte und endlich die Gesichter der Leute besser zu sehen waren.

Der Mann blickte verwirrt hin und her, während die Frau Jenny musterte und dann die Hand vor den Mund schlug. »O mein Gott!«, hauchte sie auf Deutsch.

Ein Fluchtimpuls überkam Jenny. »Ich wollte nicht stören«, antwortete sie. »Ein wirklich hübsches Haus haben Sie.« Sie hob die Hand zum Gruß.

»Du bist Jenny«, sagte die Frau.

Jenny konnte sehen, dass ihr Tränen aus den Augenwinkeln sickerten und die faltigen Wangen hinabliefen. Ihr war klar, dass es längst zu spät war, um sich aus dem Staub zu machen. »Ja, die bin ich. Ralfs Tochter«, erwiderte sie nun ebenfalls in ihrer Muttersprache, obwohl sie ahnte, dass es keine gute Idee war, sich nach allem, was passiert war, auf eine Unterhaltung einzulassen.

»Ich kann es nicht glauben!«

Auf der Miene des Mannes erschien nun ein erkennender Ausdruck. »Unglaublich. Sie sieht aus wie du, als wir uns kennengelernt haben, Ingrid.« Er schien nicht Deutsch zu sprechen.

Betreten stand Jenny noch immer vor dem Gartentor und wusste nicht recht, wohin mit sich. »Ich habe Ihre Adresse von Christine.«

Ingrid riss sich sichtlich aus ihrem Gefühlsüberschwang und wischte die Tränen weg. »Was für eine wunderschöne Überraschung!« Sie kam zum Tor und hielt es für Jenny auf. »Bitte, komm doch herein!« Mit einer einladenden Geste deutete sie aufs Haus. »John, das ist meine Enkelin«, übersetzte sie für ihn. »Heute ist der Tag, auf den ich so lange gewartet habe.« Ein Schluchzen entwich ihr. »Endlich lerne ich dich kennen!«

Jenny sah zögerlich auf die niedrige Schwelle zum Vorgarten. War es nicht totaler Humbug, diese zu überschreiten? Sie hatte doch nur wissen wollen, wie die Mutter ihres Vaters wohnte.

»Nun komm schon rein. Es beginnt zu regnen.«

Erst jetzt merkte Jenny die Tropfen, die auf ihr Gesicht fielen.

»Das ist John, mein Mann«, stellte Ingrid vor.

Jenny wusste nicht, warum sie dem alten Ehepaar tatsächlich ins Haus folgte. Vielleicht weil sie ausgefroren und müde war. Bestimmt auch, weil die Neugier über ihre Bedenken siegte.

»Seit wann bist du in Edinburgh?«, fragte Ingrid, als sie durch einen kleinen Windfang und anschließend durch eine zweite Tür mit Buntglasfenstern ins Haus gingen.

»Erst seit heute. Ich bin aus beruflichen Gründen hier.«

Wieder übersetzte Ingrid für ihren Mann.

»Wir können auch Englisch sprechen«, bot Jenny an.

»Warum setzt ihr euch nicht gemütlich an den Kamin und plaudert. Ich koche inzwischen Tee«, schlug John vor, während er seine Kappe auf einen Haken hängte. »Meine Güte, *lassie*, du siehst wirklich aus wie Ingrid«, stellte er erneut fest. Er schüttelte lächelnd sein kahles Haupt und schlurfte davon.

»Er ist neunundachtzig und insgesamt noch sehr fit. Aber manchmal hat er einen verwirrten Moment«, erklärte Ingrid. »Ich denke, dein Auftauchen hat ihn vorhin ein wenig irritiert.«

»Es tut mir leid, dass ich unangemeldet reinplatze. Eigentlich wollte ich mir nur ansehen, wo Sie wohnen.«

Ingrid winkte ab. »So ein Unsinn. Du musst dich nicht anmelden.«

Jenny schwieg.

»Und bitte, sag Du zu mir! Ich bin doch schließlich deine Großmutter.«

»Okay.« In dieses fremde und gleichzeitig so vertraut wirkende Gesicht zu schauen, brachte Jenny durcheinander. Unschlüssig stand sie im Flur und wusste nicht recht, wie es nun weitergehen sollte.

»Warum ziehst du nicht deinen Mantel aus?«

Jenny tat wie ihr geheißen und folgte Ingrid ins Wohnzimmer. Den Christbaum im Erker hatte sie ja schon von draußen gesehen. An einem weiteren Fenster gab es einen ausladenden Schreibtisch, auf dem sich bunte Papierbogen, Karten, Kuverts, Scheren, Kleber und Stifte häuften. Vor dem Kamin standen drei geblümte Sofas rund um einen Couchtisch, und durch eine zweite Tür konnte man in einen Raum voller Bücherregale sehen.

Jenny schluckte. Auch das Innere des Hauses kam ihr merkwürdig bekannt vor. Sie hatte diese Frau noch nie in ihrem Leben gesehen und bis zu jenem kurzen Gespräch mit Christine am Gartenzaun nicht einmal gewusst, dass sie in Edinburgh lebte. Woher sollte Jenny also dieses Zuhause kennen?

Vermutlich war es eben typisch britisch. Sie hatte schließlich schon einige solcher Häuser besucht, und eventuell waren diese sich alle ähnlicher, als es ihr bewusst gewesen war.

Ingrid führte sie zu den Sofas. Beim Hinsetzen zog sie ihr malvenfarbenes Wollkleid zurecht und ordnete die beiden Ketten aus großen flaschengrünen Holzperlen. »Erzähl mir alles von deinem Leben, Jenny! Lass nichts aus!«

Das herzliche, offene Lächeln überraschte Jenny. Was sie in den letzten fünf Minuten gesehen und erlebt hatte, passte kein bisschen zu dem Bild, das sie sich zeitlebens von ihrer unbekannten Verwandten gemacht hatte.

Sie räusperte sich. »Ich lebe in München, bin dreiunddreißig Jahre alt und arbeite an der Uni.«

Ingrid nickte lächelnd. »Als Pharmakologin. Das weiß ich alles von Christine. Meine alte Freundin und ich telefonieren regelmäßig. Und schau mal hier …« Sie erhob sich wieder, trat an den Kamin, nahm einen der dort stehenden Bilderrahmen und hielt ihn Jenny hin. »Ab und zu hat sie mir auch Fotos geschickt.«

Das Porträt zeigte Jenny, etwa dreizehnjährig, wie sie sich auf Christines Terrasse Kuchen in die runden Bäckchen schob.

Sie war sprachlos. In diesem Wohnzimmer gab es tatsächlich ein Bild von ihr!

»Das hier sind Scott, Lennox, Isla und Callum.« Ingrid reichte ihr eine Aufnahme von vier sommersprossigen rothaarigen Teenagern. »Das sind Johns Enkel … Na ja, eigentlich sind es auch meine. Schließlich kenne ich sie seit ihrer Geburt … Meine schottischen Enkel.« Sie zuckte mit den Schultern und wirkte dabei etwas beschämt – als wäre das, was sie da sagte, nicht in Ordnung. »All meine Enkel habe ich hier bei mir auf diesem Kamin«, betonte sie und strich liebevoll über das Bild von Jenny, als sie es zurückstellte.

Diese hatte keine Ahnung, was sie darauf antworten konnte, also betrachtete sie noch einmal das Foto der vier Jugendlichen in ihren Händen. Einer von ihnen hatte einen Sonnenbrand. Das Mädchen trug eine Schuluniform. Der ganz rechts war groß und mager.

»Ich bin von der langen Reise ziemlich geschafft«, sagte sie, weil sie das Gefühl hatte, erklären zu müssen, warum sie überhaupt nicht wusste, wie sie auf das alles hier reagieren sollte.

»Ach, du Arme! Gleich bringt John Tee. Wenn ich was von den Briten gelernt habe, dann ist es, dass Tee in jeder Lebenslage unglaublich guttut.« Ingrid lächelte wieder dieses sympathische Lächeln, nahm ihr das Foto ab und stellte es zurück auf seinen Platz inmitten einer ganzen Reihe von Familienporträts. Neben einer Gruppe verschieden großer Tannenbäumchen aus kunstvoll gefaltetem grünem Papier stand auch ein Silberrahmen mit einem Bild von Jennys Vater in jungen Jahren – wohl noch vor ihrer Geburt, denn er trug darauf keine Brille.

Plötzlich überkam Jenny ein schlechtes Gewissen. Ihr wurde klar, wie er sich fühlen würde, wenn er wüsste, auf wessen Sofa seine Tochter gerade saß. Er wäre verletzt und enttäuscht.

»Du sagst, du bist wegen der Arbeit hier?«, wechselte Ingrid das Thema und setzte sich wieder Jenny gegenüber.

»Ich besuche ein Laborteam an der Universität Edinburgh, um von ihnen den Umgang mit einem ganz bestimmten, sehr komplizierten Analyseapparat zu lernen. Sie haben den schon seit einiger Zeit und bringen mir die Handhabung bei, bevor ich dann ein Forschungsprojekt bei uns in München beginne. Dort bekommen wir demnächst nämlich exakt das gleiche Gerät. Morgen in der Früh treffe ich den Professor, der das Labor hier leitet, bevor sein Team mich einschult. Und Anfang nächster Woche habe ich einen Termin beim Dekan. Dann fahre ich wieder heim.« Jenny entspannte sich. Ihre Arbeit war sicheres Gesprächsterrain.

»Und worum geht es bei dem Forschungsprojekt?«

»Wir untersuchen den Einfluss von Geschlechtshormonen auf die Wirkung von Arzneimitteln.«

In diesem Augenblick kam John mit einem Tablett herein, das mit einer bauchigen Wedgwood-Teekanne, Tassen, Tellern, Besteck und einer Platte Scones beladen war. Er stellte alles auf dem Couchtisch ab. Aus seinen Hosentaschen holte er noch jeweils ein Glas Orangenmarmelade und Erdnussbutter. »Hatten keinen Platz mehr«, erklärte er. »Milch? Zucker?« Mit etwas zittrigen Fingern goss er eine Tasse für Jenny ein.

»Ohne alles, danke.« Ihre Gedanken kamen langsam, als müssten sie sich durch eine zähe Masse winden. Erst nach ein paar Schlucken heißem Tee fiel ihr auf, dass sie erstmals an diesem Tag nicht mehr fror. Erfreut sah sie ins knisternde Kaminfeuer.

»Für heute Nacht sind heftiger Regen und Sturm angesagt«, unterbrach John das Schweigen. »In den letzten Tagen war das Wetter ganz gut, aber nun frischt es auf.«

Wie sehr auf den meteorologischen Small Talk der Briten in unangenehmen Situationen Verlass war, gefiel Jenny.

»Gibt es in München schon Schnee?«, fragte er.

»Ende November hat es mal eine Nacht lang geschneit. Jetzt ist es zu warm dafür.«

»In den Highlands liegt im Winter oft Schnee«, sagte Ingrid. »Hier in Edinburgh ist das eher die Ausnahme. Ich hätte so gern mal wieder weiße Weihnachten, aber damit ist nicht zu rechnen.«

»In Deutschland gibt es das auch kaum noch.«

Jenny merkte, wie John zwischen ihr und seiner Frau hin und her blickte. Vielleicht dachte er wieder über die Ähnlichkeiten nach.

Wenn ich im Alter so aussehe, kann ich wirklich zufrieden sein, überlegte Jenny, denn sie fand Ingrid sehr hübsch.

»Warum nimmst du dir nicht von den Scones?«, schlug John vor. »Du hast doch bestimmt Hunger. Hat Ingrid frisch gebacken.«

Jenny griff sich ein Stück, schnitt es auf und bestrich es mit Orangenmarmelade. Der buttrige Geschmack des Brötchens vermischte sich auf ihrer Zunge mit der süß-bitteren Note des Fruchtaufstrichs. Sie sank weiter in das weiche Sofa und atmete durch. Eine Tea Time mit der Frau, die ihren Vater zur Welt gebracht hatte – was war schon groß dabei?

3

Als der Tee ausgetrunken und die Scones verspeist waren, rüttelte der Wind bereits heftig an den Fenstern, und dicke Regentropfen klatschten an die Scheiben.

Jenny sah auf die Uhr. Es war mittlerweile fast elf Uhr nachts. John, Ingrid und sie hatten sich recht unverfänglich über ihre Arbeit und danach die Sehenswürdigkeiten Edinburghs unterhalten. Dabei war die Zeit nur so verflogen.

»Ich sollte mich jetzt auf den Weg machen.« Bis sie in ihrer Unterkunft angekommen war, hatte mit ein bisschen Glück die Weihnachtsparty ihr Ende gefunden.

»Wo bist du denn untergebracht?«, erkundigte sich John.

Jenny nannte den Hotelnamen.

»Willst du dich wirklich nach dem langen Tag noch einmal hinauswagen?«, fragte Ingrid. »Bei diesem unwirtlichen Wetter? Warum bleibst du nicht einfach hier? Wir haben unterm Dach zwei gemütliche Gästezimmer.«

Jenny hob abwehrend die Hand. »Ich will euch keine Umstände machen.«

»Aber das sind doch keine Umstände! Das Bett ist frisch bezogen, und die Heizung läuft.«

»Ich muss zeitig in der Früh zur Universität.«

»Die Haltestelle ist ganz in der Nähe, und es gibt einen direkten Bus«, entkräftete John auch dieses Argument.

»Wenn du jetzt da rausgehst, ist deine Jacke durchnässt und trocknet nicht mehr so schnell«, gab Ingrid zu bedenken.

Unsicher schaute Jenny noch einmal zum Fenster. Ein Blatt wurde vom Wind an die Fensterscheibe geweht und blieb dann vom Regen überströmt kleben. Dieser kleine Vorgang schien eindrucksvoll zu verdeutlichen, wie es ihr da draußen, den Elementen ausgesetzt, ergehen würde. Andererseits wusste sie, dass es schon keine gute Idee gewesen war, überhaupt ins Haus zu kommen. Jetzt auch noch hier zu übernachten, war mit Sicherheit völlig falsch. Das würde den beiden alten Leuten das Gefühl vermitteln, dass Jenny in Zukunft Kontakt pflegen wollte. Und dem war ja nicht so.

John streckte sich. »Möchtest du noch die Nachrichten sehen? Der Fernseher ist oben.« Er deutete Richtung Zimmerdecke.

Jenny schüttelte den Kopf.

»Dann komm mal mit, meine Liebe«, forderte Ingrid sie auf.

Zu erschöpft, um sich weiter zu wehren oder auch nur länger darüber nachzudenken, was es bedeutete, eine Nacht hierzubleiben, folgte Jenny der Frau, die in biologischer Hinsicht ihre Großmutter war. Sie erklommen die steile Treppe in den ersten Stock hinauf.

»Hier ist unser Schlafzimmer. Die beiden anderen Räume waren die von Murray und Sean, Johns Söhnen. Da hinten ist das Bad. Ich lege dir Handtücher und eine neue Zahnbürste raus. Nimm von meinen Kosmetikartikeln einfach, was du brauchst.«

»Es tut mir leid, wenn ich dir Umstände bereite«, wiederholte Jenny.

Ingrid drehte sich zu ihr um. »Dein Besuch ist das ganze Gegenteil für mich: eine wahre Freude.«

Reflexartig wollte Jenny daran erinnern, dass er nicht wirklich geplant gewesen war, schwieg aber und lächelte stattdessen.

Sie stiegen ins Dachgeschoss hinauf, das wesentlich kleiner war als die unteren Stockwerke. Hier gab es nur zwei schmal geschnittene Zimmer. Ingrid knipste in einem davon das Licht an. Die Wände rechts und links waren von einer petrolfarbenen, mit weißen Tulpen bedruckten Tapete bedeckt, die beiden anderen hell getäfelt. Unter die Dachschräge duckte sich ein Alkoven mit einem Bett.

»Wird dir warm genug sein?« Ingrid öffnete den Schrank und holte noch eine Wolldecke hervor.

»Ich denke schon«, log Jenny.

»Hier in dieser Kommode gibt es Kleidung. Jogginganzüge und so weiter – von unseren Enkelkindern. Nimm dir einfach, was du brauchst.«

»Das ist wirklich sehr lieb von dir. Vielen Dank!«

»Fühl dich wie zu Hause!«

»Mache ich. Gute Nacht«, antwortete Jenny lächelnd.

Ingrid wandte sich zum Gehen, blieb dann aber doch noch einmal stehen und musterte sie mit glänzenden Augen. »Ich will dich nicht überrumpeln – schließlich lernen wir uns ja erst kennen –, aber wäre es für dich in Ordnung, wenn ich dich kurz drücke?«

Obwohl sie sich nicht sicher war, ob sie körperliche Nähe tatsächlich wollte, nickte Jenny. Der erste Eindruck war überaus positiv, denn Ingrid hatte sich an diesem Abend reizend verhalten. Und dennoch wusste Jenny, wozu die Mutter ihres Vaters imstande war. Egoismus und Gefühlskälte gehörten wohl genauso zu ihren Charakterzügen.

Ingrid schlang die dünnen Arme um sie und legte ganz sachte die Wange an Jennys. Ihr Brustkorb hob und senkte sich merklich bei einem tiefen Atemzug.

Kurz schloss Jenny die Augen und sog Ingrids angenehmen Geruch ein. Sie roch nach Orangenmarmelade und Shampoo. Dazu mischte sich eine hauchzarte Parfumnote.

»Ich bin so glücklich, dass du hier bist.«

Schlaft gut!, schrieb Jenny ihren Eltern auf WhatsApp, weil sie nach irgendetwas suchte, was ihr schlechtes Gewissen ihrem Vater gegenüber erleichtern konnte.

Immer wieder sagte sie sich, dass sie nur ein bisschen Small Talk mit der alten Frau gemacht hatte.

Nichts weiter.

Und doch …

Das Handy läutete.

»Hallo, Papa!«

»Hallo, Schatz. Wenn du wach bist, rufe ich dich schnell noch an, habe ich mir gedacht. Alles okay? Hattest du ein paar schöne erste Stunden in Schottland?«

Es tat gut, seine sonore Stimme zu hören und sich vorzustellen, wie er sie mit dem kleinen Lächeln auf den Lippen ansah, mit dem er sie stets bedachte.

»Kalt ist mir.« Sie schielte auf das Sweatshirt hinab, das sie in einer der Schubladen gefunden und übergezogen hatte. Es war zwar relativ schmal und saß auf ihren Hüften auf, reichte ihr aber bis beinahe zu den Knien. Sein Besitzer musste eine ähnliche Statur wie John haben: groß und dünn.

»Ist das Hotelzimmer so schlecht geheizt?«

Sie räusperte sich. »Irgendwie scheinen schottische Gebäude nicht sonderlich gut isoliert zu sein.« Sie warf einen Blick zum einfach verglasten Schiebefenster in der Dachgaube.

»Geh doch zur Rezeption und bitte um eine weitere Decke!«

»Ach, passt schon.«

»Sei nicht immer so zurückhaltend! Dir ist kalt und du kannst es, um Himmels willen, auch freundlich sagen, wenn du etwas für dein Wohlbefinden brauchst.«

»Wie war dein Tag? In der Bank alles gut?«

Sie hörte ihren Vater seufzen. »Jetzt erklär mir mal, was so schlimm daran ist, zur Rezeption zu gehen und um weiteres Bettzeug oder einen Heizstrahler zu bitten? Ehrlich, Jenny. Deine Mutter und ich haben dich nicht dazu erzogen, schicksalsergeben und frierend in einem Hotelzimmer zu hocken.« Er schnalzte unwirsch mit der Zunge.

Jenny wand sich innerlich. »Nicht so schlimm. Ich habe eine Wolldecke.«

Sie hörte, wie ihr Vater Luft für weitere Überzeugungsarbeit holte.

»Okay, okay, schon gut! Ich bin gar nicht im Hotel …«

Von der anderen Seite der Leitung drang Stille an ihr Ohr, die ihr binnen Sekunden so unangenehm wurde, dass sie losplapperte: »Im Hotel gab es eine Weihnachtsparty. Direkt unter meinem Zimmer. Extrem nervig. Auch für Leute, die so was eigentlich mögen. Bob aus der Personalabteilung tat mir richtig leid. Auf dem wurde rumgehackt. Ich meine, besonders weihnachtlich oder festlich ist das nicht, oder? Auf jeden Fall habe ich mir deshalb gedacht, ich gehe doch noch mal raus, um was von Edinburgh zu sehen. Ursprünglich wollte ich auf der Royal Mile spazieren gehen. Aber irgendwie hat eins zum anderen geführt. Völlig ungeplant! Und es schüttet und stürmt.«

Ihr Vater schwieg noch einen Augenblick, dann fragte er: »Wer ist Bob? Jemand von der Universität?«

Sie kicherte. »Bob ist jemand von der Weihnachtsparty im Hotel. Hab ich nur erzählt, um zu verdeutlichen, warum ich dort unbedingt wegwollte. Es gab einen unausstehlichen Moderator, und ich musste in meinem Zimmer jedes seiner Worte mit anhören.«

»Hast du nicht an der Rezeption um ein anderes Zimmer gebeten?«

Jenny seufzte. »Nein.«

»Und wo genau bist du jetzt?«

Sie wusste, dass sie es nicht schaffen würde, ihren Vater anzuschwindeln. Das ging einfach nicht. Schon als kleines Mädchen war sie daran gescheitert und hatte irgendwann aufgehört, es überhaupt zu versuchen – egal, welch katastrophale Dinge sie angestellt hatte. Selbst damals, als sie sich in ihren Jugendjahren nachts rausgeschlichen, im Freibad gefeiert und sich dabei den Arm gebrochen hatte. Ohne mit der Wimper zu zucken, hatte sie ihrer Mutter eine ausgeklügelte Geschichte aufgetischt. Doch dann war ihr Vater hinzugekommen, und sie war schneller eingeknickt als ein Streichholz unter einem Lastwagenreifen.

»Bitte, reg dich nicht darüber auf, aber … ich bin bei deiner Mutter«, sagte sie leise. »Sie lebt nämlich hier in Edinburgh.«

»Was …?!«

»Wie gesagt: Ich wollte mir nur das Haus ansehen, aber dann fiel es mir schwer, Nein zu sagen, weil ich ausgesprochen freundlich reingebeten wurde.«

»Das glaube ich jetzt nicht!«

»Ingrid ist sehr nett zu mir.«

»Wie kannst du denken, dass sie nett ist? Du weißt doch, was sie gemacht hat!« Die Stimme ihres Vaters schwoll an.

»Sie hat sich wirklich gefreut, mich kennenzulernen. Über all die Jahrzehnte hat Christine sie auf dem Laufenden gehalten, wie es uns so geht. Und stell dir vor, auf ihrem Kamin stehen Fotos von uns!«

»Ganz toll. Beste Mutter des Jahres.« Sie hörte, wie ihr Vater beim Sprechen die Backenzähne zusammenbiss.

Das Schuldbewusstsein fraß sich wie ein giftiger Wurm durch Jennys Eingeweide. Sie fühlte sich als Verräterin, weil sie hier in diesem zwar etwas untertemperierten, aber überaus hübschen Zimmer auf dem Bett saß und das Sweatshirt von jemandem trug, der mit Ingrids Mann verwandt war. »Ich bleibe ja auch nur die eine Nacht. Das Wetter ist grauenvoll und ich wollte nicht völlig durchnässt werden. Es war einfach vernünftig, hier im Gästezimmer unterzuschlüpfen.«

»Aha.«

»Komm schon, sei nicht böse! Es hat sich ja nichts geändert, nur weil ich Tee mit ihr getrunken habe und hier schlafe.«

»Ach?«

»Es ist echt nichts dabei.«

»Bitte entschuldige, aber ich finde, es ist sehr wohl etwas dabei, wenn du dort bist!« Er klang wütend. »Denn das ist wie eine versöhnliche Geste.«

Sie stand auf und begann, im Zimmer auf und ab zu gehen. Nur wenige Schritte waren notwendig, um es zu durchmessen, dann hatte sie die gegenüberliegende Wand erreicht und musste kehrtmachen. »Ich denke nicht, dass sie mein Auftauchen so verstanden hat«, antwortete sie. Gleich danach erinnerte sie sich jedoch daran, wie Ingrid sie umarmt hatte, und wusste, dass dies sehr wohl als eine Art Versöhnung gesehen werden konnte. Es war dumm von ihr gewesen, sich darauf einzulassen. Aber Jenny tat sich einfach schrecklich schwer damit, die entzückende Ingrid, die sie an diesem Abend kennengelernt hatte, als jene Person wahrzunehmen, die vor knapp vier Jahrzehnten so unverzeihlich gehandelt hatte.

»Es ist echt typisch für Christine, dir die Info aufzudrängen, dass meine Mutter in Edinburgh lebt«, regte sich ihr Vater auf.

»Du wusstest das also schon immer?«

»Natürlich. Sie ist damals zu diesem James nach Edinburgh gezogen, und obwohl ich mir Christine gegenüber verbeten habe, von ihr zu sprechen, lässt sie kaum eine Gelegenheit aus, mir trotzdem was zu erzählen.«

»John.«

»Was?«

Jenny biss sich auf die Zunge. »Der Mann deiner Mutter heißt John.« Zu spät wurde ihr bewusst, dass es bestimmt keine gute Deeskalationsmethode war, von John anzufangen.

Einen kurzen Moment schwieg ihr Vater. Dann sagte er mit eisiger Stimme: »Ich bin enttäuscht von dir, Jennifer.«

Ihre Kehle wurde eng. Sie war erwachsen und fühlte sich ausreichend von ihren Eltern abgenabelt, aber wenn ihr Vater sie so distanziert mit vollem Namen ansprach, konnte sie das noch immer erschüttern. Und ihn gekränkt zu sehen, wollte sie natürlich auch auf keinen Fall. »Ist dir lieber, ich ziehe mich an und gehe?«

»Selbstverständlich ist es mir nicht lieber, wenn meine Tochter nachts in einer fremden Stadt bei schlechtem Wetter draußen rumläuft. Jetzt bleib, verflucht noch eins, dort!«

Kraftlos ließ sie sich wieder aufs Bett plumpsen. Plötzlich fühlte sie sich schrecklich müde. All die Anstrengung der letzten vierundzwanzig Stunden schien sich in ihren Gliedmaßen zu Blei zu verwandeln. »Ich muss jetzt schlafen, Papa. Ich verspreche dir, dass ich im Morgengrauen, bevor Ingrid und John wach werden, das Haus verlasse. Sie hat nicht mal meine Handynummer. Es wird also keinen weiteren Kontakt geben.«

»Okay.«

»Ich bin nach wie vor deiner Meinung: Was sie getan hat, ist unverzeihlich, und wir brauchen sie nicht in unserem Leben. Dass ich hier übernachte, war wirklich nur eine Verkettung unglücklicher Zufälle.«

Als Jenny nach dem Auflegen ins Alkovenbett schlüpfte und sich unter der dicken Bettdecke vergrub, fühlte sie sich seltsam leer.

4

Jenny schlug die Augen auf und brauchte mehrere Momente, um sich zu erinnern, wo sie war. Dann fiel es ihr wieder ein, und sie konnte den von den fahlen ersten Lichtstrahlen des Tages beleuchteten Raum unter der Dachschräge einordnen.

Im Dämmerlicht zeichnete sich ein Bücherregal an der Alkovenwand ab. Darin befanden sich alle Harry-Potter-Bände in abgegriffenen Taschenbuchausgaben. Auf dem obersten Brett stand eine Nachbildung der Winkelgasse aus ebendieser Buchreihe. Da Jenny in ihrer Jugend großer Fan gewesen war, richtete sie sich auf, um sich das Ding genauer anzusehen. Jemand hatte das hübsche Modell aus Papier und Karton gebastelt und dann sorgfältig bemalt. Vorsichtig nahm Jenny es von der Ablage und fand einen kleinen Schalter, mit dem man batteriebetriebene Lämpchen hinter den gebogenen Fenstern und in den Straßenlaternen einschalten konnte.

Begeistert betrachtete sie Ollivanders Zauberstabladen, die Buchhandlung Flourish and Blotts und den Scherzartikelladen der Weasley-Zwillinge.

Sie drehte die Bastelarbeit vorsichtig hin und her. Mit der Fingerspitze befühlte sie das durch Lacklasur feucht wirkende Kopfsteinpflaster, stieß das Hängeschild über dem

Eingang von Potages Kesselladen an und wischte ein wenig Staub von den Dächern. An diesem außergewöhnlichen Stück hatte jemand mit unglaublich viel Geduld und Geschick stundenlang gearbeitet. Ob Ingrid es für ihre Enkelkinder angefertigt hatte? Im Wohnzimmer gab es ja diesen großen Schreibtisch mit Papierwaren, an dem sie wohl auch die kunstvollen Sterne für den Christbaum gestaltet hatte. Jenny malte sich aus, wie Ingrid den Enkeln aus den Büchern vorgelesen und ihnen dann zur Veranschaulichung die Winkelgasse gebastelt hatte. Diese Vorstellung zauberte ihr ein Lächeln auf die Lippen. Ganz tief in der Seele spürte sie aber auch ein leichtes Ziehen, das sie schließlich dazu brachte, die Arbeit zurück ins Regal zu stellen.

Im Zimmer wurde es immer heller, was die Farben der Tulpentapete kräftiger hervortreten ließ. An den frühen Morgenstunden mochte sie, dass man förmlich fühlen konnte, wie ein neuer Tag entstand. Diesen würde sie im Labor der Universität verbringen und wahrscheinlich erst wieder bei Dunkelheit die Möglichkeit haben, sich in Edinburgh umzusehen. Sie beschloss, später interessante Unternehmungen für finstere Winterabende in Schottland zu googeln, denn bei Helligkeit würde sie sich der Stadt wohl nicht vor dem Wochenende widmen können. Tageslicht gab es um diese Jahreszeit hier im Norden bloß wenige Stunden am Tag. Nachmittags wurde es früh dunkel, und morgens konnte man nicht vor drei viertel neun mit dem Sonnenaufgang rechnen.

Bei diesem Gedanken fuhr Jenny hoch und sah auf die Uhr. *08:50*, las sie vom Handy ab.

Wie hatte sie es geschafft, derart zu verschlafen? In zehn Minuten war sie mit Professor Shaw verabredet. Hatte sie etwa den Wecker, den sie auf sechs Uhr gestellt hatte, weggedrückt, ohne richtig wach geworden zu sein?

So schnell wie möglich schlüpfte sie aus dem fremden Sweatshirt und sprang in ihre eigenen Klamotten. Dann eilte sie schon zur Tür hinaus, machte aber noch einmal kehrt, um hektisch das Bett ein wenig in Ordnung zu bringen. Währenddessen rief sie im Büro des Professors an, um mitzuteilen, dass sie sich verspäten würde. Anschließend stieg sie auf Zehenspitzen die Treppen hinab. Im Haus war noch alles ruhig, also nahm sie im Erdgeschoss leise ihre Winterjacke vom Haken.

»Guten Morgen!«

Jenny fuhr zusammen.

»Hast du gut geschlafen?« Ingrid war neben der Treppe erschienen. Sie trug ein leuchtend gelbes Wollkleid, und auf ihrer Brust prangte eine große türkis schimmernde Libellen-Brosche.

Jenny nickte. Nach dem nächtlichen Telefonat mit ihrem Vater wusste sie noch weniger, wie sie sich verhalten sollte. Aber eins war klar: Auf jeden Fall würde sie ihren eigenen Erwartungen an Höflichkeit gerecht werden. Sich im Morgengrauen hinauszuschleichen und eine nette Nachricht zu hinterlassen, hatte sie verpasst, also würde sie sich nun eben persönlich bedanken. »Ich habe verschlafen und muss jetzt leider überstürzt los. Aber herzlichen Dank für die Gastfreundschaft. Es war wirklich lieb von euch, mich hier schlafen zu lassen.« Sie nahm die Mütze aus der Jackentasche.

»Willst du nicht noch eine Kleinigkeit frühstücken? Ich habe Porridge. Ist zwar ein wenig gewöhnungsbedürftig, weil man ihn hier in Schottland salzt, aber etwas Warmes im Magen tut morgens immer gut.«

»Das ist sehr nett. Leider habe ich es wirklich eilig. Ich werde gleich zum Bus laufen.« Sie holte das Handy hervor, um die Verbindung nachzusehen.

»Weißt du was? Ich bringe dich zur Uni. Dann kannst du noch einen Happen essen. Mein Auto steht auf der anderen Straßenseite.«

Das Lächeln, das Ingrid ihr schenkte, riss Jenny beinahe von den Füßen, denn in diesem Moment sah die alte Frau ihrem Vater extrem ähnlich. Überwältigt starrte Jenny sie an.

»Komm mit! Die Küche ist dort hinter der Treppe. Und falls du den Porridge nicht magst: John holt gerade Brötchen vom Bäcker.«

»Eigentlich hätte ich in diesen Minuten den Professor treffen sollen«, gab Jenny zu denken.

Ihr Magen knurrte vernehmlich.

Ingrid lachte. »Das schaffst du jetzt sowieso nicht mehr. Du musst wirklich erledigt gewesen sein. Vor einer Stunde habe ich mal an deine Tür geklopft, aber du hast es nicht gehört.«

»Ich war so müde wie schon lange nicht mehr«, antwortete Jenny und folgte Ingrid in die Küche. Sie war froh, dass Professor Shaw am Telefon gesagt hatte, er sei den ganzen Tag da und eine Verspätung kein Problem. Denn plötzlich fühlte sich Jenny so hungrig, dass sie meinte, alle Porridge-Vorräte Großbritanniens verputzen zu können. Sie nahm an der Kücheninsel Platz und sah sich um. Wenn sie gedacht hatte, das Wohnzimmer dieses Hauses sei der gemütlichste Raum, in dem sie je gewesen war, hatte sie falschgelegen. Die Küche übertraf einfach alles. Sie war mit ihren cremefarbenen Möbeln eher zurückhaltend ausgestattet, wirkte aber unglaublich belebt. Dafür verantwortlich waren offene Regale mit großen Dosen, Vorratsgläsern und Tellerstapeln sowie an Haken hängende Tassen und Pfannen. Dazwischen standen Kräutertöpfchen, Gefäße mit Obst und Gemüse, Weinflaschen und Rezeptbücher. Man sah dem Raum an, dass hier gern gekocht und gelebt wurde. Jenny spürte, wie viel Behaglichkeit ihr diese Atmosphäre schenkte. Ganz automatisch lehnte sie sich in ihrem Stuhl bequem zurück, während sie weiter die Details bewunderte: Eine Wand der Küche öffnete sich zu einem Wintergarten, in dem ein Esstisch mit zehn Holzstühlen stand und einen Blick in den in trübes Morgenlicht getauchten Garten bot. Jenny stellte sich vor, wie die Menschen von den Kaminsims-Fotos hier zusammenkamen und aßen. Zumindest alle, bis auf sie und ihren Vater.

»Tee oder Kaffee?«, fragte Ingrid und riss sie damit aus ihren Gedanken.

»Gern Kaffee, bitte.«

Auch hier im Koch- und Essbereich des Hauses gab es eine Art von Weihnachtsschmuck, die Jenny geschmackvoll fand: Schalen voll mit weißem Zuckerguss verzierter roter Äpfel, an Schnüren hängende Lebkuchen und Körbe mit Ilexzweigen, Nüssen und Orangen. Nachdem Ingrid eingeschenkt hatte, stieg betörender Kaffeegeruch in die Luft, der sich mit typischen Weihnachtsaromen wie Zimt und Vanille mischte. Aus einer Bluetooth-Box drang leise eine jazzige Version von »Jingle Bells«.

»Du magst Weihnachten, oder?«, fragte Jenny und deutete auf die bunt verzierten Lebkuchen, die über ihnen baumelten.

»Ich liebe es! Nächste Woche kommt die ganze Familie zusammen ... Na ja, meine schottische Familie.« Ein trauriger Ausdruck erschien auf Ingrids Gesicht.

»Feiert ihr am vierundzwanzigsten oder fünfundzwanzigsten Dezember?«, fragte Jenny, um das Gespräch rasch wieder auf ein unverfängliches Thema zu lenken. Nichts lag ihr ferner, als in den letzten Minuten dieses Zusammenseins eine Unterhaltung zu beginnen, die sie beide in Verlegenheit brachte.

»Sowohl als auch. Wir sitzen tagelang beieinander, essen unaufhörlich und plaudern. Unterm Jahr sehen wir uns nicht so oft. Nur einer von Johns Enkeln lebt hier in Edinburgh, alle anderen Verwandten sind verstreut. Glasgow, London, Lake District ... und Scott ist sogar in Amerika. Darum hocken wir zu Weihnachten mit großer Begeisterung aufeinander. Aber wenn du das Geschenkeöffnen meinst: Das machen wir am Fünfundzwanzigsten morgens. So wie alle in Großbritannien. Schon allein wegen unserer fünf Urenkel. Und ihr? Wie feiert ihr?«

Jenny rührte Zucker in ihren Kaffee. »Gar nicht. Ich verreise stattdessen. Jedes Jahr woandershin, aber immer in den Süden. Nächste Woche fliege ich mit einer Freundin nach Dubai.«

»Darüber ist dein Vater sicher traurig.«

Jenny sah hoch. »Keine Spur. Wir haben nie groß gefeiert. Auch nicht, als meine Eltern noch verheiratet waren.«

Ingrid hob die Augenbrauen. »Im Ernst? Ralf hat Weihnachten doch immer so geliebt! Bei allen Vorbereitungen wollte er dabei sein, und wirklich jeder Zentimeter des Hauses musste geschmückt werden. Er hatte eine große Sammlung an Weihnachts-CDs. Noch mit siebzehn, achtzehn blieb er die gesamten Feiertage über daheim, um das alles ausgiebig zu genießen, statt mit seinen Kumpels um die Häuser zu ziehen.« Sie wirkte so, als würde sie diese längst vergangene Zeit im Geiste Revue passieren lassen. Ein Lächeln lag auf ihrem Gesicht, und sie starrte ins Leere.

Jenny runzelte die Stirn. Nie im Leben war das ihr Vater, von dem Ingrid da gerade sprach.

Jenny hatte mehrere Stunden konzentriert an dem Analysegerät gearbeitet, nun streckte sie den Rücken durch und sah sich im Labor um. Alison, eine der wissenschaftlichen Mitarbeiterinnen, fuhr gerade ihren Computer herunter und zog den Laborkittel aus. Ihr roter Weihnachtspullover war voll von beigen und schwarzen Fellhaaren. Woher sie stammten, war klar: Auf dem Bildschirmrand klebten etliche Bilder von zwei Perserkatzen.

»Wie heißen sie?« Jenny deutete auf die Fotos.

»Stefan und Damon, aber bevor du fragst – es sind Weibchen.«

»Süß. Gehen wir in ein Pub und trinken was?« Auf keinen Fall wollte Jenny den Abend im Hotel verbringen.

Alison schien nicht über das Angebot nachzudenken, sondern antwortete wie aus der Pistole geschossen: »Sorry, meine Kleinen waren den ganzen Tag allein, da düse ich jetzt auf dem schnellsten Weg nach Hause.«

»Oh, ich hatte nicht mitbekommen, dass du Kinder hast. Wie alt sind sie denn?«

Alison sah drein, als könnte Jenny nicht einmal der simpelsten Unterhaltung folgen. »Wir haben doch gerade von Stefan und Damon gesprochen …«

»Richtig. Die Katzen.«

Douglas, ein Labortechniker, kam mit einem Tablett voll Pipetten zur Tür herein. »Na, Germany, wie geht es dir mit unserem Promi?« Er deutete mit dem Kinn auf den wertvollen Analyseapparat und schob seine Fracht ins Regal.

»Im Augenblick schaue ich noch fast jeden Handgriff im Protokoll nach, aber ich denke, das wird.«

Douglas tätschelte das Gerät liebevoll. »Hast du schöne Pläne für heute Abend?« Es wirkte, als würde er das die Maschine fragen. »Wenn du Fisch magst, solltest du ins Ship on the Shore in der Nähe das Ocean Terminals gehen. Dort liegt übrigens auch die Royal Yacht für Besichtigungen vor Anker. Hast du *The Crown* auf Netflix gesehen? Dann kennst du das königliche Schiff sicher.«

Jenny nickte. »Klingt super! Warst du schon zu oft dort oder wollen wir gemeinsam hinfahren? Vielleicht sogar jetzt noch?« Douglas war sympathisch, also konnte sich Jenny einen Abend mit ihm gut vorstellen.

»Tut mir leid.« Er sah peinlich berührt auf seine Hände. »Ich bin nicht besonders gut in Dating-Angelegenheiten. Da fühle ich mich nicht wohl.« Er nestelte an den Manschetten seines karierten Hemdes. »Außerdem …« Er räusperte sich so lange, bis es Jenny begann, im Hals zu kratzen, und sie das Gefühl hatte, dringend einen Schluck Wasser zu brauchen.

»Es war gar nicht als Date gemeint«, antwortete sie. »Einfach nur eine nette Unternehmung unter Kollegin und Kollege.« Sie lächelte ihn aufmunternd an.

»Außerdem bin ich online zum *GTA*-Spielen verabredet«, vollendete Douglas nun seinen Satz. »Aber ich wünsche dir viel Spaß!« Er hob die Hand, als wolle er ihre Schulter berühren, hielt jedoch inne und winkte stattdessen zum Gruß. Dann verschwand er wieder.

Alison beugte sich zu Jenny und flüsterte: »Doug ist in so einen Kerl verliebt, der in Birmingham lebt.« Sie betonte den Namen der englischen Stadt so, als handle es sich dabei um etwas Abscheuliches. »Getroffen hat er den noch nie. Er kennt ihn nur vom Gamen. Deshalb sitzt er jede freie Minute vor dem PC und wartet darauf, dass der Typ online geht.« Alison ließ vielsagend ihre Augenbrauen hüpfen. »Davor stand er auf Jake Sully. Du weißt schon – der aus *Avatar*. Und zwar auf die blaue Version von ihm. Und vor dem auf Michelle Obama. Na ja, wie auch immer. Ich muss los. Schönen Abend noch!« Sie schnappte sich ihre Handtasche und eilte davon.

Während der Unterhaltungen mit Alison und Doug waren die anderen Laborleute nach und nach in den Feierabend verschwunden, sodass Jenny nach Alisons Verabschiedung allein zurückblieb. Die Beleuchtung schimmerte bläulich auf den weißen Tischen und ließ den gekachelten Raum kälter erscheinen, als er eigentlich war.

Jenny verstaute die Unterlagen, anschließend griff sie nach ihrer Jacke und knipste das Licht aus.

Im Flur traf sie auf Professor Shaw. »Dann sehen wir uns morgen, Jennifer.« Mit dem Zeigefinger schob er die dicke Brille den Nasenrücken hinauf. Als er seine Hand wieder sinken ließ, fuhr er sich durch den Bart.

»Danke für die nette Aufnahme im Team, Professor.« Kurz überlegte Jenny, ob sie ihn nach seinen Plänen für diesen Abend fragen sollte, aber das erschien ihr nicht wirklich angemessen, also ließ sie es bleiben.

»Wir wollten uns doch beim Vornamen nennen«, erinnerte er sie.

»Stimmt. Clyde.«

Wieder war seine Brille ein Stück hinabgeglitten, und es folgte die Hochschieb-Bartstreich-Bewegung, die Jenny schon mehrfach bei ihm beobachtet hatte.

»Ich wünsche Ihnen einen schönen Abend, Jennifer. Genießen Sie das weihnachtliche Edinburgh. Ich selbst übernachte heute hier, weil ich …«, er sah auf seine Armbanduhr, »… in etwas mehr als acht Stunden die Wachstumsrate der Kulturen dokumentieren muss. Nachtschichten bleiben eben immer am alten Hasen hängen.« Er lächelte milde. »Auf der George Street gibt es jetzt im Advent eine Eislaufanlage. Vielleicht ist das was für Sie? Da könnten Sie sich sogar Schlittschuhe leihen.« Mit freundlichen Wünschen für den Feierabend verschwand er in seinem Büro.

Wie Jenny aus dem Internet erfuhr, stand die Royal Yacht am späteren Nachmittag und Abend gar nicht mehr für eine Besichtigung offen. Also kehrte sie mit dem Bus zum Hotel zurück, um endlich zu duschen und sich frische Klamotten anzuziehen. Auf der Fahrt überlegte sie, womit sie den restlichen Tag verbringen konnte. Das war gar nicht so einfach, denn die Museen schlossen ihre Pforten um spätestens fünf Uhr nachmittags. Vielleicht würde sie ins Theater oder Kino gehen. Dass sie sich im Grunde ziemlich allein und fehl am Platz fühlte, versuchte sie zu ignorieren. Wahrscheinlich schlug ihr einfach die Finsternis und das trübfeuchte Wetter aufs Gemüt. Diese Stimmung gehörte nun mal zu einer echten Edinburgh-Wintererfahrung.

Als sie vor ihrem Hotel aus dem Doppeldeckerbus stieg, waren der Rezeptionist und ein anderer Mitarbeiter gerade damit beschäftigt, einen weiteren Weihnachtsbaum zur Tür hineinzuschleppen. In der Lobby stand bereits ein sehr ausladendes, über und über mit Kugeln geschmücktes Teil, und Jenny fragte sich, wohin der zweite Baum sollte. Wenn sie daran dachte, wie viele Tannen weltweit um diese Jahreszeit gefällt wurden, wurde ihr mulmig zumute.

Rasch betrat sie die angenehm geheizte Hotelhalle.

»Jenny?«

Sie blieb stehen und drehte sich nach der Stimme um.

Auf einer gepolsterten Sitzbank neben dem Eingang zum Frühstücksraum saß Ingrid. Sie war in einen roten Mantel und einen orangefarbenen Schal gehüllt. Auf ihren weißen Haaren saß ein Hut in Pink. So farbkräftig und schrill diese Kombination war, so gut stand sie ihr auch.

Eine Welle echter Freude durchflutete Jenny.

Offensichtlich war ihr das am Gesicht abzulesen, denn Ingrid wirkte erleichtert, als sie aufstand und sagte: »Ich hatte schon Angst, dich zu stören, aber mir hat es den ganzen Tag schrecklich leidgetan, dass wir nicht mal Telefonnummern ausgetauscht haben. Da habe ich mir gedacht, ich schaue vorbei.«

»Ich bin gerade erst von der Uni zurückgekommen«, erklärte Jenny.

»Dann habe ich ja den richtigen Zeitpunkt erwischt. Wie war dein Tag? Hast du schon gegessen?«

Was konnte es groß schaden, wenn sie sich fürs Übernachten bedankte, indem sie Ingrid zum Essen einlud, dachte Jenny.

Die Vorstellung, dass sie noch ein paar Geschichten über ihren Vater in seiner Kindheit und Jugend erfuhr, gefiel ihr, denn über diese Zeit wusste sie so gut wie nichts. Er sprach niemals darüber und tat stets so, als wäre er schon als Erwachsener auf die Welt gekommen.

Ingrid schien Jennys Zögern falsch zu interpretieren, denn sie sagte: »Bestimmt bist du schon mit deinen Kolleginnen vom Institut verabredet …«

»Die Leute sind alle schwer beschäftigt. Und etwas kauzig.« Sie lachte. »Ich wollte deshalb nur irgendwo schnell einen Snack besorgen und dann ins Kino gehen. Keine großen Pläne für diesen Abend also.«

»Einen Snack?«, fragte Ingrid entsetzt. »Du musst doch vernünftig essen!«

Jenny legte die Hand auf ihren Bauch und grinste. »Sonst falle ich vom Fleisch? Nein, im Ernst: Ich würde mich freuen, wenn ich dich in ein Restaurant einladen dürfte. Als kleines Dankeschön für das Asyl vor dem schottischen Wetter gestern Nacht. Gib mir nur zehn Minuten, damit ich mich kurz frisch machen kann.«

Die zwei Hotelmitarbeiter hatten den Weihnachtsbaum mittlerweile in den Frühstücksraum verfrachtet und trugen gerade ein großes Plüschrentier an ihnen vorbei, auf das sich Ingrids Augen hefteten.

»So ein Hotel ist schon ziemlich unpersönlich, nicht wahr?«, sagte sie. »Weihnachten ist das Fest der Familie. Also solltest du gerade jetzt nicht allein in Edinburgh rumhängen, Fast Food in dich reinschlingen und im Kino versauern, sondern zu mir und John nach Morningside kommen. Für die restliche Dauer deines Aufenthaltes!«

Jenny hob abwehrend die Hände und sagte: »Die Universität hat das Hotel schon bezahlt.« Gleichzeitig spürte sie aber, dass sie eigentlich nichts lieber täte, als wieder in Ingrids gemütliches Haus zurückzukehren. Sie wünschte sich in die hübsche Küche mit einem Teller von den köstlichen Scones vor sich. Und sie brannte darauf, diese interessante Frau besser kennenzulernen. Ganz egal, ob das ihrem Vater gefiel oder nicht. Ingrid war schließlich ihre Großmutter – da konnte er seine Mutter ablehnen, so viel er wollte. Diese Frau hatte ihn zur Welt gebracht, also trug Jenny einen Teil ihrer Gene in sich.

»Junger Mann, wie sind denn die Stornobedingungen in Ihrem Hause?«, fragte Ingrid den Rezeptionisten, der nun mit einem Berg verhedderter Lichterketten durch die Lobby trottete.

5

Jenny hievte ihren Koffer aus Ingrids Auto. Dass sie nun tatsächlich hier war, löste ganz unterschiedliche Gefühle in ihr aus. Einerseits freute sie sich darüber. Andererseits regte sich Unbehagen. Ihr Vater wollte aus nachvollziehbaren Gründen keinen Kontakt zu seiner Mutter, und Jenny stand uneingeschränkt hinter ihm. Bei Ingrid unterzukommen, fühlte sich an, als wechsle sie die Seiten.

Ingrid schloss die Tür zum Haus auf, und Musik tönte ihnen entgegen. David Bowies unverwechselbare Stimme sang »Ashes to Ashes«.

»Ah.« Ingrid lächelte, ließ aber keine weitere Erklärung folgen.

Sie hängten Jacke und Mantel an die Garderobe, dann ging Ingrid voraus ins Wohnzimmer.

»Hallo, *Schatz*«, grüßte sie.

Jenny hatte John erwartet. Daher stutzte sie, als sie stattdessen einen weinenden jungen Mann mit iPhone in der Hand auf der Couch entdeckte.

»Hi, *Nan*.« Nachdem sein Blick auf Jenny gefallen war, rappelte er sich auf. Schnell wischte er über Augen und Wangen.

»Wieder *Britain's Got Talent*?«, fragte Ingrid und klang dabei nicht sonderlich besorgt.

Er nickte und antwortete erstickt: »Sie hat Krebs.« Dann musste er offenbar über sich selbst lachen und stand auf. Er war groß und schlank, hatte rotblonde Haare und einen Dreitagebart.

»Schau dir das doch nicht immer an, wenn es dich so mitnimmt«, riet Ingrid. Sie drehte sich zu Jenny um. »Darf ich vorstellen: Das ist unser jüngster Enkel Callum. Er lebt auch hier in Edinburgh. Callum, das ist Jenny aus München, die Tochter meines Sohnes – meine deutsche Enkelin.«

Jenny kam näher und schüttelte ihm die Hand. Sie hatte überhaupt nicht damit gerechnet, andere Mitglieder dieser Familie kennenzulernen, und fühlte sich davon ein wenig überfordert.

»Normalerweise heule ich nicht«, sagte er nach der Begrüßung und musste wieder lachen. »Nur wenn ich manipulative, mit ziemlich großer Wahrscheinlichkeit zu diesem Zweck gescriptete Tränendrüsen-Videos auf YouTube anschaue … Na ja, und in allen anderen rührenden Momenten auch.«

Jenny lächelte und musterte die vielen Sommersprossen in seinem Gesicht. Dann wanderte ihr Blick zu den Fotos auf dem Kaminsims, wo sie ihn schon am Abend zuvor auf dem Bild gesehen hatte. Jetzt wurde klar, dass nicht nur ihre eigene Aufnahme viele Jahre alt war, sondern auch die der schottischen Enkel. Denn Callum war mittlerweile ebenfalls kein Teenager mehr, sondern etwa so alt wie sie.

Jetzt beugte er sich zu seiner Großmutter hinunter und drückte ihr einen Begrüßungskuss auf die Wange.

»Gibt es irgendeinen Grund, warum du hier auf dem Sofa liegst und Videos anschaust?«, fragte Ingrid und strich ihm liebevoll über die Wange.

»Ich habe *Granda* mit dem Brennholz geholfen und dann auf dich gewartet, weil ich neugierig war, was es mit dieser ›Jenny, die aussieht wie Ingrid‹ auf sich hat. Irgendwie konnte ich mir auf Grandas Erzählungen keinen rechten Reim machen.« Sein schottischer Akzent ließ ihn die Rs auf der Zungenspitze rollen.

Ingrid griff nach Jennys Hand. »Sie ist sozusagen deine Cousine, Callum. Im Augenblick hat sie beruflich hier zu tun. Stellt euch vor: Ihr beide seid im selben Monat geboren. Im März 1991.«

»Wow«, kommentierte er. Jenny war jedoch nicht in der Lage, von seinem Gesicht abzulesen, was er dachte. Seine Augen wanderten zwischen Jenny und der Großmutter hin und her.

»Warum macht ihr euch nicht selbst ein bisschen besser miteinander bekannt? Ich sehe nach John und hole uns was zu trinken. Was möchtest du, Jenny?«

»Tee wäre großartig. Danke.«

»Für dich auch, Callum?«

»*Aye*.«

Ingrid verließ den Raum.

Einen kurzen Augenblick standen Jenny und Callum einander gegenüber. Sie fühlte sich befangen, und auch er schien nicht recht zu wissen, was er sagen sollte. Dann fing er sich offensichtlich, machte mit einer Fernbedienung die Musik leiser und deutete auf die Sofas. »Warum setzen wir uns nicht?«

Sie nahm ihm gegenüber Platz – die Handtasche absurderweise noch immer vor den Körper gehalten wie einen Schutzschild, weil er sie etwas zu eingehend musterte.

»Wow«, wiederholte er. »Du siehst meiner Großmutter aber wirklich verdammt ähnlich! ... Unserer Großmutter, meine ich natürlich. Jetzt weiß ich erst, warum Granda so durcheinander war.«

Jenny nickte.

»Er ist alt«, schob er nach, als müsse er die Situation erklären.

»Für neunundachtzig wirklich fit«, erwiderte sie.

»Absolut.«

Das Gespräch kam ins Stocken.

An der Art, wie er mit untergeschlagenem Bein gemütlich auf dem Sofa saß, sie hingegen angespannt den Rücken durchstreckte, hätte jeder ablesen können, dass er sich hier im Gegensatz zu ihr zu Hause fühlte.

»Du magst David Bowie?«, fragte sie, um irgendetwas zu sagen. »Mein Vater hat aus seiner Jugend eine Schallplattensammlung und besitzt alle Alben.«

»Meiner auch.« Er zeigte zum Regal hinüber, auf dem sich auch die Hi-Fi-Anlage befand. »Das ist eine seiner alten Scheiben.«

»War wohl so, wenn man in den frühen Achtzigerjahren ein Teenager war.«

Callum nickte. Dann ging die Bewegung in ein Kopfschütteln über. »Oben im Schlafzimmer gibt es ein Bild von meiner Großmutter als junge Frau, und ich komme gerade nicht darüber hinweg, dass du aussiehst wie sie damals. Ich meine, ich wusste, dass sie in Deutschland eine Enkelin hat, die sie nicht kennt. Doch ich dachte, die schaut so aus.« Er zeigte auf das Bild der pausbäckigen Teenager-Jenny auf dem Kaminsims.

»Tja, das ist ein wenig her. Aber geändert hat sich eigentlich nicht viel. Ich esse immer noch gern Kuchen«, antwortete Jenny trocken.

»Gut. Dann haben wir ja schon was gemeinsam, Cousine Jenny.« Er schenkte ihr ein Lächeln, das sie ausatmen ließ.

Sie legte die Handtasche neben sich aufs Sofa. »Der Geburtsmonat, die Großmutter, David Bowie, Kuchen – wir sind wie Zwillinge«, scherzte sie.

Er lachte. »Absolut!«

»Da ich Einzelkind bin, ist das hier ein denkwürdiger Moment für mich.«

»Geradezu lebensverändernd. Ich habe auch keine Geschwister.«

»Tatsächlich? Was ist mit den anderen Rotschöpfen auf dem Gruppenbild?«

»Das sind meine Cousins und meine Cousine. Die Kinder vom Bruder meines Vaters. Ich weiß, wir sehen alle aus wie in derselben Form gegossen. Genauso mein Vater und Onkel Murray. Und mein Großvater hatte auch mal solche Haare. Das *Ginger*-Gen hat ganz schön viel Durchsetzungskraft.« Er kratzte sich durch den Stoff des T-Shirts am Schlüsselbein. Jenny sah, dass an seinem Daumen ein wenig blaue Farbe klebte.

»Was machst du beruflich?«, fragte sie.

»Ich bin Bühnenbildner, baue Kulissen für Theaterproduktionen, aber auch Messestände und noch kleinere Sachen. Früher in Glasgow, wo ich geboren und aufgewachsen bin. Aber seit etlichen Jahren habe ich hier in Edinburgh eine Werkstatt.«

Jenny war beeindruckt. Sie liebte das Theater und alles, was damit zu tun hatte. Außerdem kannte sie nicht so viele Kreative und fand Leute faszinierend, die solche Talente hatten. »Woran arbeitest du gerade?«

»Vergangenes Wochenende war die Premiere von *A Christmas Carol* im Royal Lyceum Theatre. Die Entwürfe für die Bühnenbauten stammen von mir. Vor Weihnachten habe ich jetzt noch ein paar kleinere Aufträge von Privatkunden. Kannst du dir ja mal anschauen kommen, wenn es dich interessiert.«

»Total gern!« Sie mochte Callums offene Art und freute sich darüber, dass er aufgetaucht war. Ihr Aufenthalt in Edinburgh schien immer interessanter zu werden. Es war, als würde sich hier eine Welt auftun, von der sie keine Ahnung gehabt hatte.

»Und du, Cousine Jenny? Was machst du?« Er lehnte sich zurück und legte seine Arme auf die Rückenlehne des Sofas.

»Ich bin Pharmakologin und Teil eines Forschungsteams an der Uni München. Zurzeit besuche ich das Labor der Kollegen und Kolleginnen hier in Edinburgh.«

Er pfiff durch die Zähne. »Eine Wissenschaftlerin! Du siehst gar nicht aus wie eine.«

»Wie sehen Wissenschaftlerinnen denn aus?«

Er bedeckte die Augen mit der Hand. »Du hast recht. Miese Vorurteile. Sorry! Was genau macht man als Pharmakologin? Irgendwas mit Medikamenten, schon klar. Aber was genau?«

»Wir untersuchen ihre Wirkmechanismen. Die therapeutischen genauso wie die schädlichen. Und wir entwickeln biologische Messsysteme, damit wir neue Substanzen effektiv testen können.«

»Hier kommt der Tee!« Ingrid trat zur Tür herein. »John ist vom Holzschleppen fix und fertig. Er liegt auf dem Bett und stöhnt. Gut, dass du ihm geholfen hast, *Schatz*.«

Callum nahm ihr das Tablett ab. »Nicht der Rede wert.«

Dass Ingrid auf Deutsch »Schatz« zu Callum sagte, wie sie es bereits von John gehört hatte, bewegte Jenny. Dasselbe Kosewort benutzte nämlich ihr Vater. Und deshalb erinnerte es sie an zu Hause.

»Im Tiefkühlschrank war Eintopf. Der steht schon im Ofen. Aber bedien dich hier in der Zwischenzeit doch schon mal, Jenny. Ich bin mir sicher, du bist ganz ausgehungert.« Ingrid reichte ihr und Callum jeweils ein Schüsselchen mit Chips.

Er nahm eine Flasche Essig vom Tablett und schüttete sich einen ordentlichen Schuss davon über seine Portion. Anschließend reichte er sie an Jenny weiter.

»Das ist wohl ein bisschen zu britisch, oder?«, vermutete Ingrid lächelnd.

Callum hielt ihr seine Chips hin. »Willst du probieren?«

»Ich kenne das von meiner Zeit in London«, erklärte Jenny. »Aber ohne mag ich sie lieber.«

»Du warst in London?«, fragte er.

»Ich habe während des Studiums vier Semester dort verbracht.«

»Deshalb sprichst du fließend Englisch. Ich habe mich schon gewundert. Du verstehst sogar mein schlampiges *Lallans*.«

Tatsächlich konnte sich Jenny an seinem schottisch-englischen Lowlands-Dialekt mit der harten Aussprache gar nicht satthören.

»Ich wünschte, ich würde auch noch eine zweite Sprache richtig gut beherrschen«, fuhr er fort. »Ich hatte in der Schule Französischunterricht, und Nan hat uns ein bisschen Deutsch beigebracht. Aber beides war nicht recht von Erfolg gekrönt.«

»Sag doch mal was auf Deutsch«, forderte Jenny ihn auf.

»Okay, das musste jetzt wohl kommen. Mal überlegen … *Du bist ein sehr schöne Frau.*«

»*Eine sehr schöne Frau*«, verbesserte Ingrid.

Auch wenn sie ahnte, dass er einfach eine Phrase gesagt hatte, die er konnte, fühlte sich Jenny geschmeichelt. Sie antwortete: »Danke. *Du bist ein sehr schöner Mann.*«

»*Die schöne Frau mag Kuchen*«, fügte er noch hinzu und musste lachen, weil er an der korrekten Aussprache des Wortes »Kuchen« kläglich scheiterte. Dann wechselte er wieder zu Englisch: »Nan, du solltest ihr unbedingt deinen großartige Christmas Cake backen! Den mit den Feigen drin und der Zimtglasur. Ich schwöre dir, Jenny, bei dem fällst du ins Koma vor Begeisterung!«

»Das ist eine ausgezeichnete Idee«, erwiderte Ingrid. »Christmas Cake kann man ja auch essen, wenn man Weihnachten nicht so gern mag.«

Auf Callums Gesicht erschien ein fragender Ausdruck.

»Ich feiere Weihnachten nicht«, gab Jenny Auskunft.

»Bist du Jüdin? Oder Muslima?«

Sie schüttelte den Kopf. »Ich kann es einfach nicht leiden. Ohne religiösen Grund ... Wobei ich – nebenbei bemerkt – das Narrativ der Unbefleckten Empfängnis aus feministischer Sicht höchst fragwürdig finde.«

Ingrid ließ einen zustimmenden Laut hören.

Callum runzelte die Stirn. »Was heißt das, du feierst nicht? Du hast keinen Baum?«

»Genau.«

»Und Geschenke?«

»Nein.«

»Weihnachtsbäckerei?«

»Auch nicht.«

Callum stellte die leer gegessene Chipsschüssel auf den Couchtisch und hatte dabei einen Ausdruck im Gesicht, als verstünde er die Welt nicht mehr. »Das tut mir leid«, sagte er dann.

»Muss es nicht. Ist ja meine eigene Entscheidung. Ich lasse mich einfach nicht unter dem Deckmantel der Tradition in den Konsumwahn drängen. Weihnachten ist die Zeit der Hektik, des Streites, der hohen Selbstmordrate und der Ressourcenverschwendung. Mir gefällt das nicht und daher: ohne mich!«, erklärte sie.

»Cousine Jenny ist der Grinch!«, stieß Callum aus.

Ingrid schien das zu amüsieren. Sie gab ihm kichernd einen kleinen Klaps aufs Knie.

»Grinch geht in Ordnung«, antwortete Jenny lachend. »Grün steht mir.«

Callum hob die Hände und sah zur Decke. »Wie kann jemand Weihnachten nicht mögen? Das ist überhaupt nicht möglich. Sieh dich doch nur um!« Er zeigte nacheinander auf den Christbaum im Erker und die im Raum verteilte Dekoration.

»Das alles ist sehr hübsch. Ingrid hat guten Geschmack«, stellte Jenny klar.

»Aber es lässt dich kalt.«

»Ja.«

»Wie nur?« Er schien nicht zu glauben, dass so etwas tatsächlich möglich war.

»Ich heule auch nicht bei *Britain's Got Talent*.« Jenny grinste.

Am Aufblitzen in Callums Augen konnte sie sehen, dass ihm diese Unterhaltung genauso wie ihr Spaß zu machen begann. »Du bist aus Stein! Eine typische Deutsche eben: korrekt und rational.«

»Die Puritaner, bei denen Weihnachten bis in die Fünfzigerjahre hinein verpönt war, sind aber tatsächlich die Schotten«, mischte sich Ingrid ein. »Dein Großvater kannte so gut wie keine weihnachtlichen Traditionen, bis er mich kennenlernte.«

»Das ist nicht sehr hilfreich, Nan! Wir versuchen, Jenny doch gerade davon zu überzeugen, dass sie auf dem Holzweg ist.«

»Fechtet das unter euch aus, Kinder. Ich kümmere mich jetzt mal um den Eintopf. Ein Haus, das nach verbranntem Essen stinkt, ist nämlich auf gar keinen Fall festlich.«

»Kann ich dir in der Küche helfen?«, bot Jenny an.

»Bleib du mal gemütlich sitzen. Du warst den ganzen Tag im Labor.« Ingrid stand auf und ging zur Tür. Dort drehte sie sich noch einmal um und mahnte mit erhobenem Zeigefinger: »Sei artig, Callum! Sie ist gerade erst angekommen.«

»Hallo?! Als wäre ich je unartig. Ich bin ja wohl der Inbegriff von lammfromm und lieb. Keine Ahnung, wovon du sprichst.« Dann wandte er sich an Jenny und flüsterte augenzwinkernd: »Sie muss verwirrt sein. Du weißt schon: achtzig Jahre …«

»Ich kann dich hören, *Schatz*!«, rief Ingrid vom Flur.

Jenny lachte.

»Jetzt mal im Ernst. Du feierst also nächste Woche nicht Weihnachten?« Es fiel ihm offensichtlich unfassbar schwer, diese Tatsache zu akzeptieren.

Sie erhob sich und trat an den Kamin, in dem noch ein wenig Glut vor sich hin gloste. Ihr war zwar nicht richtig kalt, aber sie fand die ausstrahlende Wärme am Rücken angenehm. »Ich fliege über die Feiertage mit einer Freundin nach Dubai. Wir machen das immer so. Letztes Jahr waren wir zum Beispiel in Ägypten und haben uns die Pyramiden angesehen.«

»Frierst du? Soll ich ein Scheit nachlegen?« Ohne eine Antwort abzuwarten, warf er noch ein Stück Holz ins Feuer. Als er sich aufrichtete und sie nebeneinanderstanden, wurde ihr erst klar, um wie viel größer er tatsächlich war.

Und er roch nach dem Essig, den er sich zuvor über die Chips gegossen hatte.

»Und in deiner Kindheit? Wie war Weihnachten da?«

»Geschenke. Gemütlich fernsehen. Meine Mutter ist Ärztin. Sie hatte oft Dienst. Aber das war okay. Ich mochte die Feiertage, weil mein Vater dann zu Hause war.«

Er schürzte die Lippen. Dabei sah er mit leicht zurückgelegtem Kopf auf sie herunter. Anschließend ließ er sich zurück aufs Sofa fallen. »Hier mein Vorschlag: Ich wette mit dir, dass ich es schaffe, dich binnen weniger Tage in eine Weihnachtsliebhaberin zu verwandeln.«

Jenny musste kichern und setzte sich ebenfalls wieder.

»Und zwar ohne große Anstrengung«, fügte er hinzu.

Sie musterte sein Gesicht. Callum machte sich eindeutig über sie lustig.

»Ich glaube, dass du einfach die Schönheit dieser Jahreszeit nicht ausreichend kennst. Ich werde dich einführen. Edinburgh eignet sich gut dafür.«

»Aha.«

Er hielt ihr die Hand hin.

»Eine Wette also? Ziemlich vorhersehbar für einen Briten.«

Er beugte sich auffordernd zu ihr herüber. »Schlag ein!«

»Moment mal! Was ist der Einsatz?« Sie ignorierte seine ausgestreckte Hand und lehnte sich gemütlich in die geblümten Kissen. »Und von welchem Zeitrahmen sprechen wir hier? Ich fahre nächsten Mittwoch heim nach Deutschland. Und bis dahin bin ich zu normalen Arbeitszeiten im Labor.«

Er zog den Arm wieder zurück. »Wenn ich es schaffe, dich bis – sagen wir – zum Wochenende von Weihnachten zu überzeugen, unternimmst du was typisch Schottisches mit mir.«

Sie schielte auf seine Hände, weil sie sich wunderte, dass er keine Partnerin hatte, die am Wochenende etwas mit ihm unternehmen wollte.

Kein Ring.

»Was typisch Schottisches? Haggis essen?«, fragte sie.

»Das lass meine Sorge sein. Aber sei dir sicher, es wird rau und wild. Schottisch eben.« Er grinste.

Das Ganze begann ihr zu gefallen. Im Nu hatte sie nicht nur ein gemütliches Zuhause für die restlichen Tage in Edinburgh gefunden, sondern obendrein auch noch ihren persönlichen Entertainer. Callum kannte sich hier aus und war bestimmt ein sehr unterhaltsamer Fremdenführer.

»Was, wenn ich gewinne?«, fragte sie. Ihr war völlig klar, dass die alberne Wette niemals für ihn ausgehen konnte. Bald würde er einsehen, dass ihre Abneigung gegen Weihnachten nicht nur ein Spleen, sondern echte Überzeugung war.

»Das wird nicht passieren. Du wirst binnen kürzester Zeit ›Jingle Bells‹ trällern und mit Ingrid in der Küche stehen und backen – ganz so, wie es sein soll.«

»In der Küche stehen, ganz so, wie es sein soll? Sicher, dass es hier um Weihnachten geht?«

»Du willst mich missverstehen.«

»Unbedingt.«

»Für den unwahrscheinlichen Fall, dass du gewinnst und

Weihnachten am Sonntag nach wie vor hasst, mache ich das Deutscheste mit dir, was du dir nur vorstellen kannst.«

»An einer roten Fußgängerampel stehen bleiben und warten? Pünktlich zu einer Verabredung gehen? Ein paar Regeln befolgen?«

Er stieß Luft aus – so, als verlange sie da wirklich unmögliche Dinge von ihm. »Alles, was du möchtest. Wir Schotten sind hart im Nehmen.«

»Also gut. Abgemacht. Bevor du wieder anfängst zu heulen.«

»Glaub mir, das willst du nicht.«

In diesem Augenblick rief Ingrid sie zum Essen.

Auf dem Weg zur Küche hielt Callum Jenny im Flur erneut die Hand hin. »Wir haben eine Wette, Cousine.«

Sie schlug ein. »Du weißt, dass wir nicht wirklich Cousin und Cousine sind, oder?«

Er nickte. »Schade eigentlich.«

6

Jenny blickte vom oberen Stock des Doppeldeckerbusses auf die dunklen Straßen Edinburghs hinab. Von den vorbeiziehenden Häusern bekam sie jedoch nicht viel mit, weil sie sich wieder einmal in Gedanken mit ihrer aktuellen Situation auseinandersetzte. Dass sie bereits zweimal bei Ingrid und John übernachtet, bei ihnen drei Mahlzeiten gegessen und ihren Enkel kennengelernt hatte, bedeutete ja durchaus etwas. Sie wusste nicht recht, was jetzt am klügsten war. Ihrem Vater das alles zu beichten? Ihm davon zu erzählen, wie willkommen und wohl sie sich im Haus seiner Mutter fühlte? Aber es bestand die Gefahr, dass sie ihn verletzte, wenn sie offen zugab, wie vertraut ihr die bis vor Kurzem noch unbekannte Großmutter erschien und welch große Anziehungskraft deshalb von der alten Frau ausging. Für Jenny war es wichtig, etwas über ihre Wurzeln zu erfahren. Dennoch wollte sie dabei behutsam vorgehen.

Sie starrte auf das Display ihres Handys.

Ihr Vater hatte ihr klipp und klar zu verstehen gegeben, wie sehr er sich schon am ersten Abend darüber geärgert hatte, sie in Ingrids Nähe zu wissen. Und zu jenem Zeitpunkt war es ja noch mehr oder weniger zufällig so gekommen. Mittlerweile war Jenny jedoch bei Ingrid, weil sie sich dazu entschieden hatte – in vollem Bewusstsein darüber, dass das ihren Vater kränken würde. Er war als junger Mensch schlecht von seiner Mutter behandelt worden. Das fand Jenny unentschuldbar, und deshalb hatte sie auch nie Interesse an der Großmutter gehabt. Und Ingrid hatte umgekehrt auch keinen Kontakt gesucht. Dass sie ihre Arme jetzt weit öffnete und Jenny in ihrer Familie aufnahm, kam überraschend. Es war so, als wäre Ingrid gar nicht die Person, die sich Jenny ihr ganzes Leben lang vorgestellt hatte.

Diesen Widersprüchen würde sie mit ihrem Aufenthalt in Morningside auf den Grund gehen. Und sie wollte das unglaubliche Geborgenheitsgefühl in diesem Haus noch ein kleines bisschen länger auskosten. Denn das kannte sie so einfach nicht. Es war ein Ort, an dem man Belastendes und Unangenehmes draußen vor der Tür lassen und sich einkuscheln konnte. All das wog das Gefühl des Verrats an ihrem Vater auf.

Und dann gab es da auch noch Callum. Die Begegnung mit ihm war etwas Besonderes. Denn ganz offensichtlich verband sie irgendeine Art von Familienzugehörigkeitsgefühl. Und das faszinierte Jenny. Es hatte sich mit ihm von der ersten Sekunde an anders angefühlt als mit den Leuten, die sie zuvor in ihrem Leben kennengelernt hatte. Diese Empfindung war dadurch noch verstärkt worden, dass er sie den ganzen Abend konsequent mit »Cousine Jenny« angesprochen hatte.

Das alles wollte sie nicht sofort wieder aufgeben. Egal, was ihr Vater dazu sagte.

Mir geht's gut. Die ersten beiden Tage im Labor waren okay. 😘, schrieb sie in die Jenny-Eltern-Gruppe. Dann steckte sie das Handy in die Tasche und beschloss, es an diesem Abend nicht mehr hervorzuholen.

»Kein Schal?«, fragte Jenny, als sie auf Callum zuging, und deutete auf seinen Hals. Dass er die Jacke offen über einem dünnen Pulli mit V-Ausschnitt trug, irritierte sie genauso wie die Tatsache, dass er keine Mütze aufhatte. An diesem Abend regnete es zwar nicht, aber es blies ein frischer Wind durch die Princes Street. »Ich habe einen Rollkragen, also kann ich dir meinen Schal geben«, bot sie an, obwohl ihr der Gedanke, sich von dem kuscheligen Stück Wolle zu trennen, nicht gerade angenehm war.

»Mir ist warm genug, danke. Hallo, Cousine Jenny!« Das Lächeln brachte die Sommersprossen in seinem Gesicht in Bewegung.

»Hallo. Wartest du schon lange?«

»Gerade erst gekommen.« Der Atem bildete vor seinem Mund kleine Wölkchen, die über Jenny hinwegzogen. »Wie war dein Tag?«

»Ganz gut. Die Kolleginnen und Kollegen sind sehr nett. Und das Prozedere mit dem Analyseapparat, wegen dem ich hier bin, wird mir auch immer klarer. Und deiner? Was hast du heute gemacht?«

»Ein Auftraggeber hat einen Verbau für seine TV-Anlage bestellt. In Form einer viktorianischen Häuserfassade, die er auseinanderschieben kann, wenn er fernsehen will. Dafür habe ich heute die Dachgesimse mit dem 3-D-Drucker ausgedruckt.« Er zog sein Handy aus der Hosentasche und zeigte ihr ein Foto. Es gab die flache, zimmerwandhohe Nachbildung eines alten Edinburgher Wohnhauses wieder. Bis auf ein bisschen Farbe, die dort und da noch fehlte, sah das Ganze schon ziemlich perfekt aus: grau-braune Mauer, weiße Fensterrahmen, Giebel und Erker – alles genauso wie bei den Vorbildern in der Altstadt.

Jenny war beeindruckt. »Exakt so etwas will ich auch!«

Callum lachte und wirkte geschmeichelt. Er wischte zum nächsten Bild. »Man kann zu Weihnachten verschiedene Deko-Teile aufstecken. Türkranz, Tannengirlanden, Christbaum …«

»Wenn dem Auftraggeber das gefällt …«

Er grinste. »Findest du, es fehlen noch Rentiere fürs Dach? Und Santa auf dem Schornstein?«

»Entzückende Idee.«

»Hier am Fenster könnten ein paar Elfen baumeln. Für den Grinch findet sich sicher auch noch ein Plätzchen. Das wird großartig!«

»Beruhig dich wieder.«

Er lachte erneut und steckte das Telefon ein. »Wie sieht's aus? Zuerst essen oder vorher Weihnachten?«

Sie verdrehte die Augen. »Erst mal Weihnachten, damit wir dann zum schönen Teil des Abends übergehen können. Was hast du mit mir vor?«

»Hier entlang.«

Ihr Blick folgte seinem ausgestreckten Zeigefinger. »Auf

diesem Weihnachtsmarkt war ich schon. Nicht wirklich mit Absicht, aber ich musste hinflüchten, weil ich mich auf dem Friedhof gegruselt habe.«

»Großartig, du hast das Glück, ihn mit mir noch einmal genießen zu können.«

»Ich fand ihn … ehrlich gesagt fast schlimmer als die in Deutschland.«

»Dann hast du ja keine Wettniederlage zu befürchten.« Er steuerte den Park im Westen der Princes Street an und schien sich seiner Sache völlig sicher zu sein.

Sie folgte ihm voller Skepsis. »Warum ist es dir so unglaublich wichtig, ob ich Weihnachten mag? Hast du nichts Besseres zu tun, als mich zu bekehren?«

»Wieso? Ist doch witzig.«

Sie schnaubte, konnte jedoch im Grunde nicht leugnen, dass das ganze Projekt sie ebenfalls amüsierte. Gern hätte sie eine echte Antwort auf die Frage bekommen, ob er nichts Besseres zu tun hatte. Sie wollte wissen, ob er Single war. Aber sich direkt danach zu erkundigen, wäre ihr seltsam erschienen.

Sie betraten den unter dem Schloss liegenden Teil der Parkanlagen, den sie schon kannte und an dem sich die Karusselle, Süßigkeitenbuden und Weihnachtsfiguren befanden. »Hast du Kinder?«, fragte er.

»Nein.«

»Sehr gut, dann komme ich ja noch nicht zu spät.«

Während ein warmer Blutstrom in Jennys Unterleib schoss, sah sie ihn offensichtlich ziemlich perplex an, denn er fügte hinzu: »Ich meinte: Ich komme rechtzeitig, um dich, bevor du Mama wirst, davon zu überzeugen, wie gut und wichtig Weihnachten ist. Willst du irgendwann Kinder?«

Langsam ließ sie die Luft entweichen, die sie eben unbewusst angehalten hatte. »Schon, ja. Und du?«

»Ich möchte auch welche. Wäre doch ausgesprochen schade, die Welt nicht mit ein paar mehr Rothaarigen zu bevölkern, die sogar bei geschlossener Wolkendecke Sonnenbrand bekommen.«

»Geradezu unverantwortlich.« Sie liebte seine flapsige, trockene Art. Dass sie sich mit Callum auch nur eine Minute langweilen würde, hielt sie für ausgeschlossen.

Sie waren an einer großen, mit Tausenden von kleinen Silberplättchen beklebten Kugel angekommen. Darin spiegelten sich all die bunten Lichter der Buden, des beleuchteten Schlosses und der Princes Street. Auch ihre eigenen Reflexionen splitterten sich auf und mischten sich mit dem bizarren, glitzernden Spiel von Farben.

»Wusstest du, dass bei Rothaarigen manche Narkosemittel schlechter wirken?«, fragte Jenny. »Vor allem Desfluran und Midazolam. Es gibt etliche Studien dazu.« Warum sie das Gefühl hatte, sich ins Fachsimpeln retten zu müssen, verstand sie selbst nicht.

»Davon habe ich schon gehört. Meine persönlichen Erfahrungen beschränken sich diesbezüglich allerdings auf Alkohol in allen erdenklichen Varianten. Als ich Student war, habe ich dessen Wirkung hinlänglich ausgetestet. Und ich kann bestätigen, dass – wie bei den meisten Schotten – eine relativ hohe Dosis notwendig war, um mich auszuknocken.«

»Danke für deinen Beitrag. Werde ich so an die Wissenschaft weiterleiten.«

»Zuckerwatte?«, bot er an, als sie weitergingen und an einer der Buden vorbeikamen.

»Gern.«

Callum bestellte zwei Stück und bekam vom Verkäufer eine rosa und eine blaue überreicht. Nach kurzem Zögern gab er die blaue an Jenny weiter und behielt für sich die andere. Ein paar silbrige Zuckerschneeflocken hingen im feinen Gespinst, und statt eines Holzstiels gab es jeweils eine schlanke Zuckerstange.

Jenny zog ihre Handschuhe aus, damit sie nicht klebrig wurden.

»Ist eines davon ein Ehering?«, fragte Callum und zeigte auf die zahlreichen dünnen Goldringe an ihren Fingern.

Sie schüttelte den Kopf und steckte sich den ersten Fetzen Zuckerwatte in den Mund, wo er im Nu in sich zusammenfiel und seine geballte Ladung Süße auf ihrer Zunge entfaltete. Sie seufzte genüsslich. »Ich hatte schon ewig keine Zuckerwatte mehr. Verboten köstlich! Danke dir.«

»Und hast du einen Freund, Cousine Jenny?«, fragte Callum weiter. »Oder eine Freundin?«

»Nein. Ich war jahrelang mit jemandem – einem Mann – zusammen, aber jetzt bin ich seit letzten Winter Single.«

»Weil du eine Weihnachtsverweigerin bist und er das nicht verstehen konnte?«

»Ha-ha. Eher weil wir uns beide zu nichts entschließen konnten und einfach nur nebeneinanderher gelebt haben. Wir fanden, es müsse irgendwie noch mehr geben als das.«

»Verstehe.«

Jennys Augen hefteten sich an seine Lippen, während die rosa Zuckerwatte in seinem von rotem Dreitagebart umkränzten Mund verschwand. »Und du? Bist du in einer Beziehung?«, fragte sie, dankbar, dass er mit dem Thema angefangen hatte.

Er schüttelte den Kopf. »Ich bin auch seit etlichen Monaten Single. Hat nicht geklappt. Nach drei Jahren hat sie behauptet, wir hätten nie wirklich zusammengepasst und sie bräuchte einen Mann, der einen ›erwachseneren Beruf‹ hat als ich.« Mit zwei Fingern malte er Gänsefüßchen in die Luft.

Jenny hob die Augenbrauen. »Was, bitte, ist an Bühnenbildnerei zu wenig erwachsen?«

Er zuckte mit den Schultern.

»Welcher Beruf hatte ihr denn vorgeschwebt?«

»Keine Ahnung. Irgendwas mit Anzug und Schlips, vermute ich.«

»Und ohne rosa Zuckerwatte?«

Er schmunzelte. »Komplett ohne Zuckerwatte. Willst du meine auch aufessen?«

Sie lutschte bereits an ihrer Zuckerstange, während er erst die Hälfte seiner Portion geschafft hatte.

»Eigentlich würde ich gern noch das Karamell-Popcorn dort drüben probieren. Wollen wir? Das geht jetzt auf mich.«

»Okay, *sweet tooth*.«

Callum schleifte Jenny zuerst zum Christmastree Maze, einem Labyrinth aus Tannen, durch das sie als einzige Erwachsene ohne Kinderanhang irrten. Dann besuchte er mit ihr ein Zelt, in dem das sogenannte Santa Land aufgebaut war. Massenhaft aufgeregte Knirpse stellten sich brav mit ihren Eltern oder Großeltern in die Schlange, um schließlich auf dem Schoß des Weihnachtsmannes zu sitzen und ihm alle Wünsche zu verraten. Rund um seinen Thron gab es Berge von Päckchen in buntem Papier mit glitzernden Schleifen. Daneben standen eine lebensgroße Nussknacker-Figur und ein prächtig geschmückter Baum.

»Gründe, warum Weihnachten großartig ist, Nummer eins«, vermeldete Callum. »Es erreicht Kinderherzen und schenkt ihnen unvergessliche Momente der Magie.« Er zeigte auf einen Dreikäsehoch mit Windelpopo, der völlig hingerissen dastand und mit leuchtenden Augen Santa anstarrte.

Jenny musste zugeben, dass sie der unerschütterliche Glaube der Kleinen an den Weihnachtszauber nicht kaltließ. All den Kindern hier schien der Besuch beim Weihnachtsmann wirklich etwas zu bedeuten. Trotz ihrer Aufregung waren sie bereit, artig zu warten, bis sie an der Reihe waren. Und nach dem kurzen Gespräch mit dem Weihnachtsmann marschierten sie dann mit vor Glückseligkeit geröteten Wangen davon.

»Ich gebe zu, sie sind süß, und es macht etwas mit mir, ihre große Freude zu sehen«, antwortete Jenny.

»Aber?«

»Denk doch nur mal darüber nach, worum es eigentlich geht. Sie haben sich vorher bei Amazon angesehen, welches Spielzeug sie unbedingt haben müssen, und jetzt geraten sie in Ekstase bei dem Gedanken, das dann zu Weihnachten zu bekommen. Und hast du gesehen, was die Fahrten mit dem Karussell oder dem Weihnachtszug kosten? Hinter all dem stehen kommerzielle Interessen. Die Kinder werden zum Konsumieren erzogen und ihre Eltern dazu gezwungen.«

Callum sah mit zusammengezogenen Augenbrauen auf sie herab. »Du hattest kein Problem damit, dass wir vorhin achtzehn Pfund für völlig überteuerte Süßigkeiten ausgegeben haben.«

»Siehst du?! Es ist eine Frechheit!«

»Sind alle Deutschen so wie du?«

»Leider nein.«

Er schüttelte den Kopf, aber sie sah dabei das belustigte Blitzen in seinen Augen. Dann hielt er die Zeltplane für sie auf, damit sie ins Freie treten konnte.

Ein Windstoß blies ihr entgegen und ließ sie frösteln.

»Wie wäre es jetzt mit einer Portion Fish'n'Chips«, schlug er vor. »Passt die noch in dich rein?«

»Locker«, antwortete sie und versuchte, tiefer in ihrer Jacke zu versinken.

Aus den Lautsprechern ertönte einen Tick zu laut der Song »December Will Be Magic Again« von Kate Bush. Eigentlich hätte Jenny den Weihnachtsrummel nun gern verlassen, aber sie wollte keine Spielverderberin sein, also sagte sie nichts und spazierte neben Callum weiter durch den Park. Er wies sie auf eine hölzerne Krippe hin, neben der die Leute begeistert für Fotos posierten. Dann zeigte er ihr eine über und über mit bunten Kugeln geschmückte Schaukel, auf der ein Pärchen Platz finden konnte. Zwei junge

Frauen sprangen quietschend ab, als das Sitzbrett vorschwang.

Jenny fiel auf, dass sich eine von ihnen im Weitergehen nach Callum umdrehte und ihn fixierte. Ihr Gesichtsausdruck verriet, dass er ihr gefiel. Jenny musterte Callum daraufhin von der Seite. Plötzlich erkannte sie, dass er bestimmt öfter eines zweiten Blickes gewürdigt wurde. Wieso war ihr bisher gar nicht richtig aufgefallen, wie attraktiv er war? Vermutlich hatte sie dem keine Aufmerksamkeit geschenkt, weil sie hauptsächlich die Ähnlichkeiten mit John beachtet hatte. Und die kleinen Gesten, die Callum offensichtlich von Ingrid übernommen hatte.

»Letzter Programmpunkt an unserem Weihnachtstraum-für-Kids-Abend.« Er ließ sich auf der Schaukel nieder und klopfte mit der Hand auf die freie Fläche neben sich.

Jenny nahm Platz.

Mit seinen langen Beinen stieß Callum sich immer wieder ab, sodass die Schaukel ordentlich in Schwung kam.

Seit ihrer Kindheit hatte Jenny nicht mehr auf so einem Ding gesessen. Sie stellte fest, wie viel Spaß es machte, durch die Luft zu schwingen, ständig die Perspektive auf die Umgebung zu verändern und von der Pendelbewegung hin- und hergezogen zu werden. Sie konnte gar nicht anders, als vergnügt zu lachen.

Doch die feuchte Kälte streifte Jennys Wangen, kroch durch ihre Hose und ließ sie erschaudern.

»Zu wild?«, fragte er und bremste beim nächsten Schwingen mit den Füßen auf der Erde ab.

Sie schüttelte den Kopf. »Nur kalt.« Es war ihr völlig

unverständlich, warum er ohne Mütze oder Schal und mit offener Jacke nicht längst blaue Lippen hatte. Dass er nicht durchgefroren war, hielt sie für ein physikalisches Paradoxon.

Er griff nach ihrer Hand. Warme Finger schlossen sich um die ihren. »Hui, was ist da denn los? Die Temperaturen sind doch eigentlich ganz okay, und du hast sowieso schon das gesamte Warensortiment eines Wollladens an.«

»Ich komme eben aus dem sonnigen Süden«, antwortete sie, wobei sie beim Gedanken an das Münchner Klima in sich hineinlachen musste.

»Willst du noch meine Jacke haben?«, bot er an und machte schon Anstalten, sie sich auszuziehen.

»Nur über meine gefrorene Leiche!«, entrüstete sie sich. »Du kannst unmöglich nur im Pulli rumlaufen, auch wenn du dich offensichtlich nicht richtig spürst.«

»Ich will ja nur nicht, dass du krank wirst. Ich habe die nächsten Tage noch so viel mit dir vor.« Er nahm ihre Hände zwischen seine, hauchte darauf und rieb ihre Finger dann sanft zwischen seinen.

Jenny musste schlucken. Plötzlich kribbelte es ihre Arme entlang bis in die Brust.

»Willst du lieber nach Morningside fahren, wo du ein heißes Bad nehmen kannst, Cousine Jenny?«

Sie nickte wie ferngesteuert.

»In Ordnung, dann bringe ich dich noch zum Bus, und wir verschieben die *Fish'n'Chips* auf ein anderes Mal.«

7

Nach einem weiteren Tag im Labor fuhr Jenny am späteren Freitagnachmittag zum Botanischen Garten. Callum wartete vor dem Eingang auf sie. Er trug eine Weihnachtsmannmütze. »Weil dich mein bares Haupt gestern so irritiert hat«, erklärte er grinsend.

»Danke, sehr rücksichtsvoll.«

Er beugte sich zu ihr herunter und umarmte sie kurz. Sie spürte, wie seine Hände auf ihrem Rücken in der dicken Daunenjacke versanken.

»Du fühlst dich ein bisschen an wie ein Marshmallow«, kommentierte er. »Apropos Marshmallow …« Er richtete sich wieder auf und zog ein glänzendes rot-silbernes Teil aus seiner Tasche, das er ihr in die Hand legte. »Für dich.«

Sie las die Aufschrift: *Tunnock's Milkchocolate Mallow*.

»Typisch schottisch, gänzlich weihnachtsfrei, zum Davonlaufen süß – du wirst es lieben.«

»Danke«, sagte sie überrascht, wickelte die Metallfolie von der pflaumengroßen Nascherei und biss hinein. Mit Schokolade überzogener Zuckerschaum auf Keksboden zerging in ihrem Mund. Sie schloss die Augen und lutschte genüsslich daran herum. »Köstlich!«

»Komm, *sweet tooth*, unser Time Slot beginnt gleich.«

»Wenn du versuchst, mein Urteilsvermögen mit Süßigkeiten zu trüben, sage ich dir gleich: Das funktioniert bei mir.«

Er lachte.

Sie gingen durch den Eingang, wo Callum Tickets auf seinem Handy vorzeigte. Links und rechts des Weges waren unzählige Fackeln aufgestellt, deren Flammen im Wind tanzten. Abgesehen davon lag der Botanische Garten in völliger Dunkelheit.

»Die meisten Mittwinter-Traditionen bei uns in Schottland haben etwas mit Feuer zu tun«, erklärte Callum. »Die Lichtinstallationen, die wir gleich sehen werden, stammen von verschiedenen Künstlerinnen und Künstlern und sind sozusagen eine Weiterentwicklung davon.«

Sie kamen an knorrigen Bäumen vorbei, die in verschiedenen Farben effektvoll beschienen waren. Ein angenehm erdig-harziger Geruch stieg Jenny in die Nase. Aus verborgenen Boxen tönte Weihnachtsmusik, Lichtpunkte tanzten über die Äste, und Glitzerstrahlen huschten durch künstlichen Nebel. Da leuchteten Christbäume, dort funkelten Sterne. Der ganze Garten hatte sich in einen Parcours des Staunens verwandelt. Sich seiner Wirkung zu entziehen, war praktisch unmöglich.

Besonders gut gefiel Jenny eine Installation mit großen Leuchtblüten, die über dem Weg hingen und die ganze Umgebung in tiefrotes Licht tauchten. Die getragenen Klänge von »Ave Maria« tränkten den Moment mit feierlicher Stimmung. Jenny blieb stehen und schloss die Augen. Es war, als könnte die außergewöhnliche Atmosphäre spielend in ihre Seele dringen, und ein unglaublicher Friede breitete sich in ihr aus.

»Schön, nicht?«

Sie nickte.

»Sag mir, wie du dich jetzt fühlst«, forderte Callum sie auf.

Sie öffnete die Lider und lächelte ihn an. »Schon gut. Ich bestreite ja gar nicht, dass das hier funktioniert. Es ist besinnlich, festlich und einfach nur wunderschön. Aber zum Weihnachtsfan macht mich das, fürchte ich, trotzdem nicht.« Sie sah in sein rot beleuchtetes Gesicht. »Hast du dir schon einmal überlegt, welchen CO_2-Fußabdruck diese Veranstaltung hier hat?«, erklärte sie, warum sie nicht restlos in Begeisterung ausbrach.

Er schnaubte. »War ja klar.« Auf seinen Lippen lag ein winziges amüsiertes Grinsen. »Mach mir doch nichts vor! Ich habe mitbekommen, wie begeistert du gerade ausgesehen hast.«

»Es ist ja auch wirklich atemberaubend. Und ich will nicht rumnörgeln, aber es ist doch erstaunlich, dass alles, was mit Weihnachten zu tun hat, ein Sinnbild für Verschwendung sein muss. Genau aus diesem Grund mag ich das Fest nicht. Es bringt die Menschen dazu, schamlos zu übertreiben. Jedes Jahr soll es mehr sein. Tausende von Lampen in einem botanischen Garten? Echt jetzt, Callum?«

»Stimmt. Wenn wir den ganzen Winter im Dunkeln sitzen, ist es natürlich klimaschonender … Aber klar, ich verstehe schon, was du meinst.«

»Tut es nicht eine einzelne gute alte Kerze, um dieselbe Stimmung zu erzeugen?«, ließ sie sich nicht stoppen. »Du kommst aus der Theaterwelt, wahrscheinlich bist du es gewohnt, dick aufzutragen, mit starken Effekten zu arbeiten.«

Er klappte den Mund auf und wieder zu.

»Was ist?«

»Vermutlich hast du recht. Ich bin anfällig für so etwas … für Gefühle.« Sie spürte den Seitenblick, den er ihr zuwarf.

»Meine Bedenken bedeuten ja nicht, dass ich das hier nicht bezaubernd finde«, beteuerte sie und nestelte an ihrem Schal herum. Sie hatte wegen ihrer Krittelei ein schlechtes Gewissen. »Danke, dass du mich hergebracht hast.« Mittlerweile kam sie sich wie die schlimmste Spaßbremse vor.

Sie spazierten weiter und erreichten einen Weg, der zur Gänze mit einem von kleinen Lämpchen bestückten Tunnel überspannt war und wie der lichtdurchflutete Kreuzgang einer Kathedrale aussah. Aus den Boxen ertönte ein weihnachtlicher Kirchenchoral. Automatisch sprachen die Leute leiser, während sie hindurchschritten.

»Jetzt erzähl mal, Cousine Jenny! Warum hattest du mit unserer Nan keinen Kontakt?«, wechselte Callum etwas unvermittelt das Thema. »Sie hat mir erzählt, dass es zwischen ihr und deinem Vater Missverständnisse gab. Viel mehr war nicht aus ihr rauszukriegen. Aber ich hatte immer den Eindruck, sie bedauert es, dass ihr nicht in ihrem Leben seid.«

»›Missverständnisse‹ ist eine niedliche Umschreibung.« Jenny war klar, dass es auch zu dieser Geschichte zwei Sichtweisen gab. Natürlich berichtete Ingrid anders von dem, was passiert war, als Jennys Vater. Und dennoch kroch Ärger in Jenny hoch. »Deine Großmutter hatte was mit John und ließ deshalb Mann und Kind sitzen«, erklärte sie eisig. Weil ihr sofort klar wurde, dass Callum nicht derjenige sein sollte, gegen den sich ihre schlechten Gefühle wandten, fuhr sie in verbindlicherem Tonfall fort: »Von heute auf morgen ist sie einfach aus Deutschland weggegangen und hat sich danach nie wieder um meinen Vater gekümmert.«

»Im Ernst?« Sie las an Callums Miene ab, dass er das gerade zum ersten Mal hörte.

»Von ›Missverständnissen‹ kann also nicht wirklich die Rede sein. Sie hat sich ganz bewusst dafür entschieden, nicht für ihren Sohn da zu sein.«

»Ich hatte keine Ahnung.« Callum klang betroffen. »Komisch, das passt gar nicht zu ihr. Sie ist eigentlich durch und durch Familienmensch. Eine der liebevollsten, warmherzigsten Personen, die ich kenne. Wenn irgendwer von uns was braucht, ist sie die Erste, die alles stehen und liegen lässt, um da zu sein.«

»Du sagst es ganz richtig: Wenn irgendwer von euch was braucht. Nicht wir.« Plötzlich fühlte sich Jenny Ingrid gegenüber so unversöhnlich wie früher. Ihr kam der Gedanke, ob sie nicht ihre Sachen packen und wieder zurück ins Hotel gehen sollte.

Ärgerlich überlegte sie, was sie sich dabei gedacht hatte, einen auf liebe Enkelin zu machen.

Nach dem vielen Licht in dem Lämpchentunnel mussten sich die Augen beim Weitergehen erst wieder an die Dunkelheit gewöhnen. Es wirkte, als wartete dahinter nur Schwärze. Langsam zeichneten sich dann aber wieder die Silhouetten der Pflanzen in der Dezembernacht ab.

Schweigend gingen Jenny und Callum nebeneinanderher. Als sie eine Baumgruppe passierten, entdeckten sie die nächste Installation: Riesige, in Neonlicht ätherisch schimmernde Federn schwebten wie riesige Daunen zwischen den kahlen Ästen mehrerer Buchen.

»Aber war dein Vater nicht längst erwachsen, als Ingrid sich scheiden ließ?«, fragte Callum plötzlich. »Ich kenne ein Album mit einem Bild von seiner Abifeier. Da sind sie noch als Familie zu dritt zu sehen.«

»Mein Vater war neunzehn. Auch da hätte er seine Mutter noch als Anker im Leben gebraucht. Klar, er hat nicht mehr zu Hause gewohnt. Aber wie warst du denn in dem Alter? Etwa nicht orientierungslos? Und emotional auf deine Familie angewiesen? Er hat nie überwunden, dass er von seiner Mutter im Stich gelassen worden ist. Und dass sie seinen Vater einfach wegen einer Urlaubsbekanntschaft nach zweiundzwanzig Ehejahren verlassen hat.«

»Das alles tut mir sehr leid. Ich kann mir vorstellen, dass es für ihn und natürlich auch für dich schwer gewesen sein muss.«

»Am verletzendsten ist die unglaubliche Kaltschnäuzigkeit, mit der Ingrid damals gehandelt hat. Ich weiß, man ist nie davor gefeit, sich in jemanden zu verlieben. Aber irgendwie sollte doch eine Lösung zu finden sein, bei der zumindest das eigene Kind einigermaßen unbeschadet bleibt.« Als sie das sagte, schnürte es Jenny die Kehle zu, und sie musste schlucken. Sie kam sich dumm vor, weil sie plötzlich so emotional reagierte. Das, wovon sie da sprachen, war lange vor ihrer Geburt passiert und fast vier Jahrzehnte her.

Callums Miene war mitfühlend, als er ihr eine Hand auf die Schulter legte.

»Meine Eltern haben sich ebenfalls getrennt«, erklärte sie weiter. »Als das passiert ist, war ich auch neunzehn. Also genauso alt wie mein Vater damals. Ich weiß daher, wie sich das anfühlt: Es ist furchtbar! Wobei bei meinen Eltern niemand den anderen einfach sitzen gelassen hat. Es war einvernehmlich und friedlich. Und beide waren auch nachher uneingeschränkt für mich da. Ingrid hingegen ist plötzlich von der Bildfläche verschwunden. Ich kann also verstehen, warum mein Vater nicht gut auf sie zu sprechen ist.« Sie wandte sich ein wenig ab und legte den Kopf in den Nacken, um die über ihr schwebende armspannengroße Feder zu betrachten. Es wirkte, als wäre sie erstarrt, während sie hinabgeglitten war.

»Es tut mir sehr leid, dass sich deine Eltern getrennt haben«, sagte Callum.

»Ist schon okay. Es ist vierzehn Jahre her.«

»Und es tut mir leid, dass Ingrid bisher nicht in deinem Leben war.«

Jenny wusste, dass Callum seine Stiefgroßmutter liebte und nichts Böses von ihr zu denken bereit war. Das fand sie auch völlig in Ordnung. Er kannte eine andere Ingrid als jene, die damals so egoistisch gehandelt hatte. Niemals würde Jenny von ihm verlangen, das Bild zu revidieren, das er sich von seiner Nan gemacht hatte. Also lächelte sie ihn an. »Danke. Das tut gut. Es ist alles nicht so einfach. Auf jeden Fall eindeutig komplizierter, als ich in den letzten Tagen gedacht habe.«

Langsam setzten sie sich wieder in Bewegung.

»Darf ich dich was fragen?«, begann er nach einiger Zeit.

Sie nickte.

»Nimmst du es mir irgendwie übel, weil wir mit Nan aufwachsen konnten und du nicht? Vielleicht denkst du, wir hätten dich ersetzt.«

Jenny überraschte die Frage, und sie musste einen Augenblick darüber nachdenken. Dann antwortete sie: »Nein. Es ist einfühlsam, dass du dir darüber Gedanken machst, aber auf die Idee bin ich gar nicht gekommen. Auch wenn Ingrid und ich uns sehr ähnlich sehen, ist sie ja dennoch eine Fremde für mich. Sie ist deine Großmutter. Nicht meine.«

»Aber du bist böse auf sie?«, fragte er weiter.

»Wann immer ich über alles nachdenke, was damals geschehen ist: ja. Sobald ich mich in einem Raum mit ihr befinde: erstaunlicherweise nein. Das Ganze ist verwirrend, denn ich gebe dir recht: Sie ist unglaublich liebenswürdig, und man würde ihr nicht zutrauen, dass sie ihrem Sohn einfach den Rücken zukehrt.«

»Hast du mit ihr darüber geredet? Bist du deshalb hergekommen? Um alles aufzuarbeiten?«

Sie hatten einen Teich erreicht, auf dem Leuchtkörper schwammen, die aussahen wie glühende Seerosen.

»Ich bin nicht auf ein solches Gespräch mit ihr aus, wenn ich ehrlich bin. Und dass ich jetzt in Morningside wohne, hat sich nur mehr oder weniger zufällig ergeben. Ich bin in dem Haus groß geworden, in dem meine Großeltern früher gewohnt haben und in dem mein Vater jetzt lebt. Es gibt noch eine Nachbarin, mit der Ingrid von früher befreundet ist. Die hat mir die Adresse in Morningside zugesteckt. Eigentlich wollte ich mir nur das Haus ansehen – mehr so aus einem Impuls heraus. Dann hat eines zum anderen geführt, und ehe ich es mich's versah, habe ich da übernachtet. Ich hatte null Plan und habe noch immer keinen, was ich da wirklich will.« Sie lachte über sich selbst.

»Man muss ja nicht unbedingt dauernd einen Plan haben. Ich finde es auf jeden Fall schön, dass du da bist.« Die Art, wie er ihr in die Augen sah, ließ einen kleinen goldenen Schauer über ihr Herz regnen.

»Weißt du was? Du bist ein sehr guter Zuhörer, Callum Maclain«, sagte sie. »Danke dir. Es hat richtig gutgetan, über das alles zu reden.«

»Gern.«

Eine Haarsträhne war ihr aus der Mütze gerutscht.

»Darf ich?«, fragte er, und als sie nickte, strich er sie mit einem Finger wieder unter den wollenen Rand zurück.

Das Gefühl in ihrem Herzen wurde stärker.

Plötzlich fühlte sie sich von der Situation überfordert. Die Emotionen, die in ihr auftauchten, wenn er ihr so nahekam, waren völlig unangemessen. Also machte sie einen kleinen Schritt von ihm weg. »Und obwohl es in meinen Erzählungen ja durchaus rührselig zuging, hast du nicht mal geheult«, zog sie ihn auf, um die Situation wieder unter Kontrolle zu bekommen.

Er verdrehte die Augen. »Witzig. Wirklich witzig.«

»Erzähl mir etwas. Irgendwas, was mich ablenkt. Ich spüre meine Zehen, meinen Hintern und meine Nase nicht mehr. Diese feuchte Kälte ist total fies.«

Sie standen an der Haltestelle und warteten auf Jennys Bus zurück nach Morningside.

»Ich habe da eine Theorie«, antwortete Callum. »Deine Empfindlichkeit kommt davon, dass du so viel Zucker isst. Du bestehst mittlerweile aus Zucker.«

Sie knuffte ihn sanft in den Oberarm.

»Willst du meine Jacke haben?«, bot er an, machte diesmal aber keine Anstalten, sie auszuziehen. Vermutlich erwartete er ihre ablehnende Reaktion bereits.

»Mach hier nicht einen auf unverwüstlichen Highlander, du bist aus Glasgow.«

»Na gut, dann erzähle ich dir eine wärmende Geschichte. Weißt du schon, was Grandas Beruf war?«

Sie schüttelte den Kopf. Durch abwechselndes Heben der Fersen versuchte sie, ihre Muskeln zu beleben.

»Er war der beste *master blender* der gesamten Lowlands. Für den Blended Whisky werden mehrere Sorten miteinander verschnitten und reifen dann sechs Monate zusammen. Mein Großvater hat die Kunst des Verblendens großartig beherrscht. Dafür brauchte er vor allem eines: ein ausgezeichnetes Geruchsorgan. Denn der Master Blender entscheidet nicht durch Kosten, sondern mit der Nase.«

»Daher also die beeindruckende Whisky-Sammlung im Wohnzimmer.« Jenny waren die unzähligen Flaschen in einem effektvoll beleuchteten Regal schon aufgefallen. In warmen Tönen schimmerten die Flüssigkeiten – von sonnigem Gelb über goldenes Bernstein bis hin zu sattem Braun.

»Im Laufe der vielen Berufsjahre hat er alle einhundertdreißig Brennereien Schottlands besucht. Er ist traurig darüber, dass er jetzt im Alter nicht mehr so gut riechen kann wie früher, aber ab und zu gönnt er sich noch einen Schluck. Wir Kinder waren begeistert davon, wie er einfach alles erraten hat, was man ihm blind unter die Nase hielt. Wir haben uns einen Sport daraus gemacht, die wildesten Dinge zusammenzumischen. Und er konnte so gut wie immer erschnuppern, was es war: Zeitungspapier in Shampoo aufgelöst, gewürzt mit Backpulver und Curry. So was in der Art.«

Jenny kicherte.

»Er behauptete, er wäre in der Lage, alles am Geruch zu erkennen.« Callum verstellte die Stimme und imitierte John: »Kinder, wenn ihr ein Käsebrot esst, kann ich später an eurem Furz erkennen, wo in Schottland das Schaf vor dem Melken gegrast und welches Aftershave der Bäcker benutzt hat.«

Sie lachten.

Dann wies Callum auf die digitale Anzeige über der Haltestelle. »Oje, dein Bus scheint auszufallen. Plötzlich steht da, er kommt erst in achtunddreißig Minuten.«

»Du musst nicht so lange warten«, erwiderte Jenny höflichkeitshalber. Eigentlich wollte sie nicht, dass der gemeinsame Abend nun zu Ende ging.

Aber bestimmt war es besser so.

8

»Sag mal, habe ich noch eine Nase? Ich spüre sie nicht mehr«, beklagte sich Jenny.

Natürlich hatte Callum sie nicht allein an der Bushaltestelle stehen lassen, sondern darauf bestanden, ihr beim Warten weiterhin Gesellschaft zu leisten. »Falls das rote Ding in deinem Gesicht eine Nase ist, Rudolph, würde ich sagen, ja, sie ist noch da. Hat die Geschichte nicht geholfen?«

»Kein bisschen. Schau mal, wenn ich so mache«, sie hob den Arm und bewegte die Hand, »splittern Eiskristalle von den Fingern.« Es bereitete ihr Spaß, maßlos zu übertreiben.

»Wow. Wie in *Frozen*.«

»Und wenn ich so mache, dann …«

»Jetzt ist es aber genug!«, unterbrach er sie. »Das Gejammere erträgt ja kein Mensch. Komm!« Er nahm sie an der Hand und zog sie hinter sich her von der Bushaltestelle weg.

»Wohin gehen wir? Morningside liegt doch in die andere Richtung.«

»Du brauchst jetzt dringend Hot Toddie. Der wird dich aufwärmen.«

»Ist das ein Freund von dir?«

Er lachte. »Nein, du Spinnerin! Das ist Whisky mit heißem Wasser, Honig und Zitronensaft. Vertreibt die Kälte im Handumdrehen.«

»Okay.« Plötzlich spürte sie nur noch seine Hand, die sich um ihre schloss. Sie merkte nicht einmal richtig, wie schnell sie laufen musste, um mit ihm Schritt zu halten. »Ist hier irgendwo in der Nähe ein Pub?«

»Ich wohne da vorn um die Ecke.«

Sie schaute ihn verblüfft an.

Er schien den Blick zu spüren, denn er verlangsamte seinen Schritt und fragte: »Ist doch in Ordnung, oder? Du wolltest sowieso mein Atelier sehen.«

»Sicher! Ich bin nur überrascht, weil du nicht gesagt hast, dass du in diesem Stadtviertel lebst.«

»Ich hatte dieses Jahr einen ziemlich stressigen Dezember, daher ist es bei mir noch nicht weihnachtlich geschmückt. Und ich wollte dich wegen der Wette erst einladen, wenn ich dazu gekommen bin. Deshalb habe ich nichts gesagt.«

Nach wenigen Minuten waren sie an einem lang gezogenen Backsteingebäude angekommen, an dessen Straßenseite sich mehrere Werkstätten befanden. *Maclain*, stand über einer der Türen. Doch Callum führte sie ums Haus herum und sperrte dort einen Hintereingang auf. Sie betraten einen Vorraum, und das Erste, was Jenny sah, war ein Baum, dessen Krone die ganze Zimmerdecke ausfüllte. An den Ästen hingen allerlei Kleidungsstücke, Kappen und Einkaufsbeutel. Darunter waren drei rote Theaterklappstühle an der Wand befestigt. Auf der anderen Seite des Raumes klebten Plakate diverser Aufführungen.

Callum half ihr aus der Jacke und legte diese dann über einen der Sitze. Neugierig befühlte Jenny die Blätter des Baumes.

»*Der Zauberer von Oz*«, erklärte Callum und hängte seine Weihnachtsmannmütze an einen Zweig. »Es hieß zuerst: vier Eichen. Dann hatten aber doch nur drei auf der Bühne Platz. Drum steht jetzt eine hier. Holzgestell, Gips, Farbe und Papier.«

»Total schön!«

»Ich kann mich schwer von den Dingen trennen, die ich entworfen habe, deshalb landet immer alles bei mir, wenn die Theater sie nicht behalten wollen oder können. Ist daher ein bisschen vollgestopft hier.« Er führte sie weiter in einen großen Wohnraum. Als er das Deckenlicht anknipste, konnte sie sehen, dass es sich um ein zweistöckiges Loft handelte. Mit nacktem Ziegel und schwarz lackiertem Metall war unschwer die ursprüngliche Bestimmung als Industriequartier zu erkennen.

»Warum siehst du dich nicht ein wenig um, während ich die Drinks mixe?«, bot er an. Er schlüpfte aus dem Pulli und warf ihn auf ein Sofa.

Dieses stand mitten im Raum, daneben ein ungeschmückter Tannenbaum, eine Kiste mit der Aufschrift *Christbaumschmuck* und ein fein säuberlich sortiertes Bündel Lichterketten. Jennys Blick wanderte weiter zu der die Sitzecke umgebende Kulissenwand. Mit den Stuckverzierungen und der floralen Bepinselung sah das Ganze aus wie ein altehrwürdiges Wohnzimmer. Aufgemalte Bücherregale, eine täuschend echt wirkende Kaminattrappe und Ahnenporträts vervollständigten das Ensemble.

»*Das Gespenst von Canterville*«, hörte sie Callum von irgendwo hinter dem Raumteiler erklären.

Sie probierte die Tapetentür in der Wand und trat hindurch, als sich diese tatsächlich öffnen ließ. Auf der Rückseite der Kulisse hatte Callum echte Bücherregale in die stützende Holzkonstruktion gebaut. Davor standen ein riesiger, weicher Sessel und ein Globus, der einen fremden Planeten darstellte.

Staunend schlenderte Jenny durch die fantastische Welt aus Bühnenbildteilen und bunt zusammengewürfelten Requisiten, kombiniert mit ein paar modernen Möbeln.

»Das alles hast du gefertigt?«, fragte sie ehrfürchtig, als sie zu ihm in die offene Küche kam.

»An großen Theatern haben sie Kulissenbauer, mit denen ich zusammenarbeite, aber unterm Strich ist das, was du hier siehst, von mir, ja.« Er reichte ihr ein Glas voll dampfender goldfarbener Flüssigkeit.

»Deine Wohnung ist einfach genial! Und du bist unfassbar talentiert – das sieht man an jeder einzelnen Arbeit.«

»Danke.«

Sie roch am Hot Toddie. Starker Alkoholdampf und Honigduft stiegen ihr in die Nase. »Von welchem Theaterstück ist das?«, fragte sie und deutete auf ein Stück Kulisse, das aussah wie die Ränge einer Zuschauertribüne. Statt Stühlen befanden sich auf den drei Etagen nun jedoch Matratzen mit jeder Menge Kissen. Die Konstruktion stand gegenüber einem großen Flachbildschirm.

»Das war für die Rennbahnszene aus *My Fair Lady*.«

Sie ging eine weitere Runde durch den Raum. Callum folgte ihr. »In meinem ganzen Leben war ich noch nie in einer so abgefahrenen Wohnung. Ich ziehe hier ein!«

Er schmunzelte. »Geht in Ordnung.« Dann legte er sich eine Hand aufs Herz und sagte: »Danke, Jenny, deine Begeisterung rührt mich wirklich sehr.«

Doch sie war mit ihrem Lob noch nicht fertig. »Ich sage das nicht einfach so dahin. Es haut mich regelrecht um, wie das alles hier gleichzeitig fantastisch aussehen, Bühnengeschichte erzählen und gemütlich sein kann. Wirklich total außergewöhnlich!«

Geschmeichelt lächelnd sah er sich in seinen eigenen vier Wänden um.

»Du bist mit Sicherheit der beste Künstler, den ich persönlich kennenlernen durfte!«

Er trank von seinem Glas. »*Danke schon, du bist sehr suß*«, erwiderte er auf Deutsch. »Wie viele Künstler hast du denn schon kennengelernt?«

»Einen.«

»Verstehe.«

»Eigentlich zwei, wenn man die Freundin meiner Mutter dazurechnet. Die macht sehr dekorative Blumenaquarelle. Das zählt doch im weitesten Sinne auch, oder? Zumindest hält sie es selbst für große Kunst.«

Er deutete auf das Glas in ihrer Hand. »Hast du deinen Drink schon probiert? Man sollte ihn genießen, solange er heiß ist.«

Jenny nahm einen Schluck. Scharf, sauer und süß zugleich rollte er ihre Kehle hinab, landete im Magen und schien dort dann vor sich hin zu glimmen.

»Erzähl mir alles! Von jedem einzelnen Theaterstück. Ich will es bis ins kleinste Detail hören. Lass nichts aus! Ich bin die neue Bewunderin deiner Arbeit, deine Enthusiastin, dein Fangirl.«

Callum lachte. »Diese Begeisterung wünsche ich mir auch in Bezug auf mein Weihnachtsprogramm, Cousine Jenny!«

»Wünschen kann man sich vieles«, antwortete sie und trat an ein Stehpult, das so aussah, als gehöre es Dumbledore, aber laut Callum eigentlich von einer *Macbeth*-Inszenierung stammte. Darauf lag ein Kochbuch von der Fernsehköchin Nadiya Hussain, in dem sie zu blättern begann.

»Jenny?«

»Hm?«

»Weil wir vorhin im Botanischen Garten über die Familienverhältnisse gesprochen haben: Stört es dich eigentlich, wenn ich dich Cousine Jenny nenne?«

Im Grunde hätte sie gern mit Ja geantwortet. Sie fragte sich, ob er sie damit aufziehen oder ob er sie tatsächlich so sehen wollte. Aber anstatt ihn das zu fragen, erwiderte sie: »Überhaupt nicht.«

Wann immer Callum Luft holte, stellte Jenny schon die nächste Frage. Jedes noch so kleine Fitzelchen seiner Wohnung interessierte sie, und es machte ihr Spaß, ihm zuzuhören. Mit all den Ideen und seiner Kreativität fand sie ihn einfach brillant.

»Ich zeige dir noch meine Werkstatt, wenn du willst«, schlug er schließlich vor.

Sie traten durch eine Tür in den ungeheizten Raum, der hinter der Straßenfront des Gebäudes lag.

»Hier entwerfe ich die Bühnenbilder, baue Modelle, mitunter Kulissen- und Requisitenteile und verwirkliche Privataufträge.«

Holzvorräte, Maschinen, Arbeitstische und Regale füllten die Wände. Jenny trat vor eins hin und besah die Lackeimer, Drahtrollen, Kästen voll Montageteile und Werkzeuge. In der Mitte des Raumes gab es viel freie Fläche mit Farbspritzern und Schrammen auf dem Fußboden. Etwas seitlich stand ein Schreibtisch mit Computer. Stapel von Plänen und Notizzetteln umgaben die Tastatur. An einer Werkstattwand entdeckte Jenny die viktorianische Fassade, die sie schon vom Foto kannte. Daneben, auf einem der Arbeitstische, stand ein ausladendes Puppenhaus. Drum herum lagen Tapetenstücke, noch nicht zusammengebaute oder bemalte Holzmöbelchen und ein wenig Plexiglas, aus dem wohl die Fenster entstehen sollten.

»Ein weiterer Weihnachtsauftrag«, erklärte Callum. »Die Elfjährige, die das bekommen wird, spielt gern mit Barbies. Daher der ungewöhnlich große Maßstab.«

»Als ich elf war, wäre ich für so etwas gestorben.« Jenny trank den letzten Tropfen ihres zweiten Hot Toddies. Als der erste ausgetrunken gewesen war, hatte er ihr sein Glas überreicht, von dem er nur einen Schluck genommen hatte. Obwohl es in der Werkstatt empfindlich kühl war, fand sie es mittlerweile angenehm. Sie ahnte, dass ihre Wangen bereits glühten.

»Wenn dir Puppenhäuser gefallen – es gibt noch mehr«, sagte er und führte sie zurück in den Wohnbereich. Dort stiegen sie eine gusseiserne Wendeltreppe hinauf auf die Empore.

»Da drüben schlafe ich«, erklärte er unnötigerweise, denn das Auffälligste hier oben war das riesige Bett.

Dann zeigte er ihr die Puppenhäuser in den verschiedenen Stilen und Größen, die auf etlichen Kommoden standen. Burgen, Bauernhäuser und Villen – alle auf einer Seite offen und perfekt eingerichtet. Jenny konnte sich gar nicht an den vielen kleinen Details sattsehen. Besonders gut gefiel ihr ein Exemplar, das eine Kopie des Balmoral Castles hier in Edinburgh darstellte und dessen Innenräume mit kleinen Püppchen bestückt waren, die sich eindeutig als die königliche Familie erkennen ließen.

»Mit den Puppenhäusern hat es angefangen. Die habe ich schon in der Schulzeit gebaut. Wie du dir vorstellen kannst, ein ideales Hobby für einen männlichen Teenager, der eigentlich cool rüberkommen möchte.« Er verzog das Gesicht.

»Aber du bist trotzdem dabei geblieben«, stellte sie fest.

»Meine Leidenschaft fürs Bauen war irgendwie stärker als die Hänseleien.«

»Was wahrscheinlich das Coolste überhaupt ist.« Jenny rückte King Charles auf seinem Stühlchen zurecht. »Das ist so bezaubernd!«

»Die Dinger sind auf jeden Fall eine sichere Einnahmequelle, wenn mal kein Theater- oder Messeprojekt reinschneit. Ich kann dir zeigen, was mich ursprünglich auf die Idee gebracht hat.« Er führte sie zu einer Kommode neben dem Bett, auf der ein weiteres Puppenhaus stand. Wie bei einem Kasten ließ sich die Fassade von diesem Exemplar auf- und zuklappen. Callum schloss sie und schaltete die Beleuchtung ein.

Ein Erker, der sich über die beiden Stockwerke zog, eine knallrote Tür, Dachgauben, beigebraune Farbe und die Nummer achtundzwanzig.

Überrascht wich Jenny einen Schritt zurück.

»Erkennst du es?«, fragte Callum und öffnete die Front wieder.

Wohnzimmer, Treppenhaus, Zimmer und Dachausbau.

»Hier hinten kann man es auch noch aufklappen. Schau mal: Nans Küche.«

Sie ließ sich auf die Bettkante sinken. »Jetzt fällt es mir wie Schuppen von den Augen. Deshalb kam mir das Haus so bekannt vor!«

Callum sah sie mit gerunzelter Stirn an. »Das meiner Großeltern? Was meinst du?«

»Als ich davorstand und dann auch drinnen. Ich dachte, ich muss in London ein ähnliches Gebäude gesehen haben. Aber das ist es nicht. Sondern ich kenne dieses Puppenhaus. Vor ein paar Jahren habe ich in meinem Elternhaus etwas gesucht und fand auf dem Dachboden ganz oben in einem alten Schrank genau so eins. Als ich meinen Vater danach fragte, meinte er nur, es stünde dort schon ewig. Ich war damals Mitte zwanzig, habe mich nicht wirklich für das Ding interessiert und deshalb nicht weitergefragt.«

»So ein Puppenhaus steht bei dir in Deutschland?«

Sie starrte in das kleine Wohnzimmer mit seinen geblümten Sofas, dem Kamin und dem Schreibtisch vor dem Fenster. »Wer hat das gebaut, Callum? Du?«

»Nein. Das war Nan. Sie hat es mir zu meinem achten Geburtstag geschenkt. Die Beleuchtung habe ich später installiert.«

»Das auf dem Dachboden meines Vaters hat keinen Wintergarten, soweit ich mich erinnere.«

»Den habe ich angefügt, als Nan und Granda den echten bauen ließen.« Er fuhr mit dem Finger über die Konstruktion aus Folie und weiß bemalten Holzstäbchen. »Dieses Schmuckstück von einem Puppenhaus ist dafür verantwortlich, was ich jetzt beruflich mache. Damit hat es angefangen.«

Sie nickte wie ferngesteuert, denn sie verstand nicht, was das alles bedeutete. Warum gab es ein zweites Exemplar, und wie war es nach München in den Dachbodenschrank gekommen?

Callum setzte sich neben sie, was sie erst realisieren ließ, worauf sie sich da niedergelassen hatte. Normalerweise hockte sie sich nicht einfach auf fremde Betten.

Sachte legte er einen Arm um ihre Schultern. »Hey, ist alles okay?«

Sie nickte. »Ich bin nur echt von den Socken. Aber ich werde Ingrid einfach nach dem anderen Puppenhaus fragen.«

Er zog sein Handy aus der Hosentasche. »Willst du sie anrufen?«

»Das hat Zeit. Morgen ist Samstag, und ich habe frei, da kann ich in Ruhe mit ihr drüber reden.«

»Aye.« Er hielt sie noch einen Augenblick fest, dann ließ er los und stand auf.

»Das hat mich jetzt echt für einen Moment umgehauen«, erklärte sie und erhob sich ebenfalls. Sie trat noch einmal an die Kommode. »Es ist wirklich hübsch. Das Original in Morningside und die Nachbildung hier genauso.«

»Wirst du auch mit deinem Vater drüber sprechen?«, fragte er.

Sie zögerte. »Dass ich bei Ingrid wohne, weiß er gar nicht. Ich will ihn nicht aufregen. Als ich die erste Nacht dort war und wir telefoniert haben, war das schon zu viel für ihn. Er denkt, ich hätte mich dann im Morgengrauen rausgeschlichen und würde seitdem wieder im Hotel übernachten. Normalerweise ist das nicht so zwischen uns … dass wir uns anlügen und so. Es ist eine komische Situation.«

»Oje.«

Sie ging etwas in die Knie und blickte in das kleine Dachzimmer des Puppenhauses, wo es sogar eine Nachbildung des Alkovenbettes gab. »Ist die Winkelgasse, die dort in Morningside im Regal steht, von dir?«, erkundigte sie sich, um das Thema zu wechseln.

Er nickte. »Mit ungefähr vierzehn habe ich im Sommer mehrere Wochen bei den Großeltern verbracht, weil meine Eltern zum zwanzigsten Hochzeitstag auf Europareise waren.«

»Wie viel Geduld muss man haben, um all die kleinen Dachschindeln aus Karton auszuschneiden, zu bemalen und aufzukleben?!«

»Wenn ich was habe, dann ist es Geduld, Cousine Jenny. Denk nur an unsere Weihnachtswette! Du bist eine harte Nuss, aber ich gebe nicht auf.« Er öffnete eine der Kommodenschubladen, holte die kleine Nachbildung eines Weihnachtsbaumes heraus und stellte sie ins Puppenhaus-Wohnzimmer in den Erker, an dieselbe Stelle, wo auch in Morningside einer stand. »Hätte ich beinahe vergessen, aber deine Anwesenheit erinnert mich jetzt daran …«

9

»Jetzt reden wir schon den halben Abend nur von meiner Arbeit«, stellte Callum fest.

Sie saßen auf dem Sofa in der Wohnzimmerkulisse, und Jenny hatte eine Mappe mit Bildern von Callums Bühnenbildern auf dem Schoß.

»Ich könnte dir noch ewig zuhören, aber meinst du, du hättest etwas zu essen für mich? Ich habe schon zwei Hot Toddies getrunken, und ehrlich gesagt fühle ich mich mittlerweile etwas angesäuselt.«

»Sorry!« Callum sprang auf. »Ich hätte dir längst was anbieten sollen. Ich bin echt ein miserabler Gastgeber.«

»Unsinn.«

»Eigentlich bin ich auch ziemlich hungrig. Willst du Shepherd's Pie? Ist noch was vom Mittagessen übrig. Ich könnte dir aber auch ein Putensandwich machen. Oder lieber was Süßes? Schokoladeneis?«

»In der Reihenfolge klingt das doch ganz gut.«

Er lachte.

»Einfach, was du essen möchtest, Maclain.« Sie folgte ihm zur Küche. Kurz bevor sie dort ankamen, schlug sie aber einen Haken und steuerte die *My Fair Lady*-Zuschauertribüne an. Aufseufzend ließ sie sich in die weichen Kissen fallen. »Das hier ist richtig bequem.«

Während sie ihn hantieren hörte, rutschte sie tiefer und genoss den leichten Alkoholnebel in ihrem Hirn. In dieser Wohnung konnte man sich wirklich wohlfühlen. Und endlich war ihr mal so richtig warm. Sie schlüpfte aus der Strickweste und zog sich dann den Pullover über den Kopf.

Wahrscheinlich sollte ich mich den schottischen Gepflogenheiten endlich anpassen, sinnierte sie. Callum trägt im Haus schließlich auch bloß T-Shirt, obwohl Winter ist.

Sie legte sich auf den Rücken und sah zu den schwarzen Metallbalken an der Decke. »Was war eigentlich früher hier im Gebäude?«

»Eine Leinenweberei. Und danach, bis vor zwanzig Jahren, eine Autowerkstatt. Siehst du den dunklen Ölfleck dort? Ich habe ewig versucht …« Callum war mit zwei Tellern in den Händen zu ihr gekommen und vor der Kulisse stehen geblieben.

Dass er seinen Satz nicht zu Ende sagte, brachte sie dazu, sich ein wenig aufzurichten. »Ist doch okay, wenn ich hier … rumfläze?«

In ihn kam wieder Bewegung. »Natürlich, *bonnie*.« Er ließ sich auf der Stufe unter ihr nieder und reichte ihr eine der himmlisch duftenden Portionen Shepherd's Pie. »Ich mag deinen Stil«, sagte er, nachdem sie eine Weile still vor sich hin gegessen hatten.

»Meine lässige Gefräßigkeit?«

»Die selbstverständlich auch. Aber ich meinte jetzt deinen Look. Die vielen Ringe und Ohrstecker. Das kleine Tattoo da am Handgelenk. Die Frisur.«

Sein Blick ließ sie schlucken. »Ehrlich? Danke. Ingrid hat

gestern eine dezente Andeutung gemacht, dass sie meinen Pony zu lang findet. Ob mich das nicht stört, wie mir die Haare immer in die Augen fallen.«

»Tun sie doch gar nicht.«

»Nur manchmal.«

Er sah sie einen Moment länger an, dann wandte er sich wieder seiner Pastete zu. »Es ist noch relativ früh am Abend. Wir sollten uns weiter mit der Wette beschäftigen und einen Weihnachtsfilm anschauen. Was hältst du von der Idee?«

»Relativ wenig.«

»Wenig ist nicht nichts, also lass es uns machen!«

»Sei artig, Callum. Ich bin gerade erst angekommen«, wiederholte sie Ingrids Worte.

»Ich bin genauso wenig unartig, wie dir deine Haare in die Augen fallen.«

»Nur manchmal?«

Das ließ er unbeantwortet, lächelte jedoch schief. »Kennst du *Tatsächlich … Liebe*?«

Sie schüttelte den Kopf. »Nie gesehen.«

»Ich bin mir sicher, dieser Film wird dich knacken. Der bringt sogar Jenny aus Deutschland in Weihnachtsstimmung, da bin ich mir sicher. Es gibt auch Schokoeis, so viel du willst.«

»Wette gewonnen!«, vermeldete Callum, als der Abspann durchs Bild lief.

Sie lagen nach wie vor auf zwei übereinanderliegenden Stufen.

Jenny sah zu ihm hinunter. »Mitnichten gewonnen. Der Film ist schon süß. Aber jetzt mal ehrlich: Diese Natalie ist nicht ansatzweise dick, und selbst, wenn sie es wäre, gäbe es trotzdem keinen Grund, das zu thematisieren. Dann wird sie vom Präsidenten am Arbeitsplatz sexuell belästigt, und anstatt dass sich Hugh Grant verhält wie ein Erwachsener, lässt er sie versetzen, als hätte sie was falsch gemacht.«

»Hm. Eigentlich ist das Täter-Opfer-Umkehr«, bemerkte Callum.

»Genau. Und was dieser Fotograf macht, ist genau genommen Stalking. Warum wird das romantisiert?«

Callum stieß Luft aus. »Meine Güte, Jen! Alles, was du sagst, stimmt natürlich. Aber man muss den Film doch mit dem Wissen anschauen, dass er zur Jahrtausendwende gedreht wurde. Vieles war damals halt noch anders. Vor zwanzig Jahren galt es als absolute Errungenschaft, dass Hugh Grant auf eine steht, die nicht mager ist und wie ein Model aussieht. Und er lässt sie versetzen, weil er eifersüchtig ist. Klar ist das nicht okay, aber irgendwie ist der Gedanke, dass der Prime Minister aus so profanen Gründen handelt, doch auch witzig. Genauso der Fotograf: Er ist verliebt – da benimmt er sich grenzwertig. Ist das nicht einfach nur menschlich? Wir alle machen, getrieben von Emotionen, ab und zu was falsch.«

»Es geht ja nicht so sehr darum, wie er sich anstellt, sondern dass sein Verhalten im Film als was Herzallerliebstes dargestellt und nicht kritisiert wird. Und was ist mit den Frauen los? Sie führen nicht ein einziges Gespräch, in dem es um was anderes als Männer geht.«

»Würdest du Jane Austens Werke einstampfen, weil sich bei ihren weiblichen Figuren alles nur ums Heiraten dreht? Das war eben damals so. Ihre Bücher sind genauso Zeitdokumente zur Rolle der Frau wie die Filme von vor zwanzig Jahren.«

Sie kaute auf ihrer Unterlippe. »Ich gebe zu, das ist ein berechtigtes Argument …«

»Haben dich all die Happy Ends nicht zumindest ein kleines bisschen in Weihnachtsstimmung gebracht?«

»Sorry.«

»Du bist so ein unverbesserlicher Grinch! Ganz objektiv gesehen, ist Weihnachten wunderschön. Kann es sein, dass du dir in der Rolle der Weihnachtsoppositionsführerin ziemlich gut gefällst? Schon ein bisschen spleenig.«

Sie warf ein Kissen nach ihm.

Er schüttelte es auf und stellte es neben sich. »Du würdest alles sagen, nur um nicht zugeben zu müssen, dass ich die Wette längst gewonnen habe. Ich konnte bei den *Christmas Lights* im Botanischen Garten den Ausdruck auf deinem Gesicht sehen.«

»Du hast diese Wette nicht gewonnen! Ich würde es selbstverständlich zugeben, wenn du mich überzeugt hättest. Aber tut mir leid, der *Tatsächlich … Liebe*-Schmus ist einfach überbewertet. Es gibt bessere Weihnachtsfilme als diesen.«

»Ach ja? Welchen denn zum Beispiel?« Er reichte ihr die Fernbedienung.

Sie stöhnte übertrieben. In Wahrheit konnte sie sich aber gerade nichts Gemütlicheres vorstellen, als weitere zwei

Stunden in seiner Wohnung zu verbringen und mit ihm fernzusehen. Also beeilte sie sich, den schwedischen Film *Neben der Spur* herauszusuchen.

Während sie gemeinsam der Geschichte über die völlig abgestürzte alleinerziehende Mutter Lisa und ihren Kampf zurück in ein vernünftiges Leben folgten, sah Jenny immer wieder zu Callum hinunter. Sie studierte sein kurzes rotes Haar, betrachtete, wie sich die Schultern unter dem T-Shirt abzeichneten, und beobachtete, wie sich der Brustkorb beim Atmen hob und senkte. Schließlich landete ihr Blick bei seinen Hüften und wanderte die langen Beine entlang. Dann sah sie zurück zum Bildschirm. Wenig später erwischte sie sich dabei, wie sie Callum erneut musterte. Das Ganze wiederholte sich, bis sie sich um hundertachtzig Grad drehte, sodass ihr Kopf über seinen Füßen lag. Mit Kissen baute sie unauffällig einen kleinen Sichtschutz.

Schließlich war der Film zu Ende, und Jenny richtete sich hinter ihrer Verschanzung auf.

Callum rührte sich nicht.

»Schläfst du?«

Er schüttelte den Kopf.

»Wie fandest du ihn?« Sie lehnte sich vor, um in sein Gesicht blicken zu können.

Er drehte sich weg, aber sie sah, dass er sich übers Gesicht wischte.

»Weinst du?«

»Alles gut.« Er setzte sich auf.

Sie ließ sich auf seine Stufe hinunterplumpsen und rutschte näher an ihn heran. Als sie die Hand nach seinem Rücken ausstreckte, stoppte sie die Bewegung im letzten Moment. Ihre Finger schwebten unschlüssig einige Zentimeter über seiner Wirbelsäule. »Schau mich an, Callum!«

In Zeitlupentempo wandte er sich um und zuckte dann mit den Schultern, als sie seine feuchten Augen sehen konnte. »Du hältst mich sicher für das totale Weichei.« Er trocknete die Wangen am Ärmel seines T-Shirts.

Jenny ließ die Hand nun doch auf seinen Rücken sinken. »Unsinn. Mich rührt der Film auch. Du hättest mich mal sehen sollen, als ich ihn zum ersten Mal geschaut habe. Sturzbäche! Abgesehen davon ist man nicht automatisch ein Weichei, nur weil man weint. Was ist überhaupt ein Weichei? Ist das ein Begriff aus der Küche oder aus der Anatomie? Falls es was Körperliches ist, stelle ich mir das Gegenteil davon eher unangenehm vor.«

Er lachte.

»Ehrlich! Weinen ist kein Zeichen von Schwäche.«

»Du hast dich heute schon mal über meine gefühlsbetonte Seite lustig gemacht, also dachte ich …«

»Ich liebe deine gefühlsbetonte Seite!«, unterbrach sie ihn. Ihre eigenen Worte ließen sie jedoch stutzen. Also nahm sie die Hand von seinem Rücken und beeilte sich, die zwei leer gegessenen Eisschälchen einzusammeln. »Es ist sympathisch, dass du Gefühle zeigst. Das würde wirklich jeder so sehen. Weinen ist das neue Coolsein.«

Er lächelte sie an. Dann fuhr er sich mit beiden Händen durch die Haare und schniefte. »Wie kannst du mir das als Weihnachtsfilm verkaufen? Also ehrlich. Das ist eindeutig ein Winterfilm. Nur ein Bruchteil der Handlung spielt im Dezember.«

Als er ihr die Schüsseln abnahm und damit Richtung Küche verschwand, blickte sie ihm stirnrunzelnd nach. Was genau fühlte sie da plötzlich?

Jenny lag im Bett und starrte vor sich hin. Durch den Spalt im Vorhang drang ein wenig Licht der Straßenbeleuchtung Morningsides, sodass sich schematisch das kleine Zimmer aus der Dunkelheit abzeichnete. Das Petrol der Tapete wirkte schwarz, die weiße Täfelung dunkelgrau. Die Dachschräge schien sich stärker über den Raum zu ducken als in Wirklichkeit.

Die Gedanken hörten nicht auf, durch ihren Kopf zu wirbeln, auch wenn es weit nach Mitternacht war.

Irgendwann nahm sie ihr Handy von der Ablage und schaltete den Flugmodus wieder aus. Sie rief eine Übersetzungs-App auf und tippte das Wort *bonnie* ein. Denn sie musste plötzlich unbedingt wissen, ob es wirklich das bedeutete, was sie glaubte. *Hauptsächlich schottisch: hübsch, ansehnlich, attraktiv, schön*, stand da.

Sie legte das Handy wieder weg, warf sich im Bett auf die andere Seite und schloss die Augen.

War Callum einfach ein Mensch, der gern Komplimente machte? Oder bedeutete es etwas, wenn er sie *bonnie* nannte?

Irgendetwas?

Andererseits sprach er sie ununterbrochen mit Cousine Jenny an. Wieder und wieder betonte er das Verwandtschaftsverhältnis, das eigentlich keines war.

Seufzend stopfte sie sich das Kissen in den Nacken, um bequemer zu liegen. Dann versuchte sie sich abzulenken, indem sie an Douglas und Alison aus dem Labor dachte, die heute in der Mittagspause geübt hatten, »The Twelve Days of Christmas« auf verschieden hoch mit Wasser gefüllten Glasgefäßen zu spielen. Es war ihnen gar nicht so schlecht gelungen.

Doch unwillkürlich wanderten ihre Gedanken bald wieder zu Callum zurück. Sie stellte sich vor, wie er sie anlächelte, wie er ihre kalten Hände hielt und ihre Haare unter die Mütze zurückschob. Dann malte sie sich aus, wie er seinen Mund auf den ihren senkte und sie küsste, was ein Ziehen ihren Bauch hinabschickte.

War sie von allen guten Geistern verlassen? Was dachte sie sich eigentlich? Callum war ein Teil ihrer neuen schottischen Familie. Abgesehen davon würde sie in wenigen Tagen nach Deutschland zurückkehren. Das Ganze war also auf jeden Fall kompletter Quatsch.

Sie rieb sich mit beiden Händen übers Gesicht, griff erneut nach dem Handy, las noch einmal die Übersetzungen für *bonnie* durch und dachte an die Situation, in der er sie so genannt hatte. Ein schwer deutbarer Ausdruck hatte in seinen Augen gelegen.

Sie wechselte zu WhatsApp und besah sich dort minutenlang Callums Profilbild. Es zeigte ihn, wie er in einer Windjacke an irgendeinem Strand saß, das sommersprossige

Gesicht von der Sonne beschienen und die Haare im Licht leuchtend.

Schläfst du?

Nachdem sie die Textnachricht abgeschickt hatte, bereute Jenny sie gleich wieder. Es war mitten in der Nacht. Natürlich schlief er. Und dasselbe sollte sie ebenfalls schleunigst tun.

Aye.

Ihr Herz machte einen Hüpfer. Er hatte so schnell geantwortet, dass er wach gewesen sein musste. Sie stellte sich vor, wie er in dem großen Bett auf der Empore lag und genauso wie sie jedes Detail des Abends im Kopf hin und her wendete.

Sie starrte auf das Display ihres Handys und wartete. Aber die Anzeige *»schreibt …«* blieb unter dem Namen *Callum Maclain aus*.

Seufzend legte sie das Handy weg. Ganz eindeutig war sie mental nicht auf der Höhe. Sie hatte ihn sicher mit ihrer Nachricht dabei gestört, wie er sich zum Einschlafen irgendetwas angesehen oder angehört hatte. Wahrscheinlich war er gerade am Wegdämmern gewesen. Wie man das um diese Uhrzeit eben vernünftigerweise machte. Er widmete ihr ohnedies schon seine gesamte Freizeit, damit ihr Edinburgh trotz des sozial etwas unflexiblen Arbeitsteams nicht langweilig wurde. Da konnte sie ihn zumindest nachts in Ruhe lassen.

Als das Telefon schließlich doch vibrierte, wäre sie vor Schreck beinahe aus dem Bett gefahren. Mit zittrigen Fingern entsperrte sie das Display.

Machst du dir Sorgen, weil du den Wetteinsatz einlösen musst? Solltest du auch! Es wird ungemütlich, du kleine deutsche Frostbeule.

Sie lachte auf. Ihr Puls hämmerte begeistert. Bereits in zehn Stunden würde sie ihn wiedersehen.

Du kannst nicht einfach behaupten, du hättest die Wette gewonnen. 🙄 Wir brechen wegen Sinnlosigkeit ab!

Ich habe in meinem Leben noch nie eine Wette abgebrochen und werde es auch jetzt nicht tun. Entweder wir machen mit dem Weihnachtsprogramm weiter 💪💪💪 oder du löst ein.

Du bist eine Nervensäge, Maclain.

Und du bist der Grinch.

Na schön, dann machen wir eben das, was du dir ausgedacht hast. Aber nicht zur Wetteinlösung, sondern als normale Schottland-Unternehmung.

Es wird sehr normal. 😈

Noch während sie überlegte, was sie zurückschreiben sollte, trudelte erneut eine Nachricht von ihm ein:

Ist alles okay bei dir, Jenny?

Ja. Warum nicht? Bei dir auch?

Kannst du nicht schlafen?

Doch-doch.

Liegst du wach und grübelst über das nach, was damals zwischen deinem Vater und Nan vorgefallen ist? Wir können telefonieren, wenn du reden willst.

Sie stellte fest, dass sie den ganzen Abend nicht mehr über Ingrid nachgedacht hatte.

Danke, das ist lieb von dir. Mir geht's gut. Ich habe nur ein bisschen zu viel Eis gegessen.

Im Badezimmerschrank gibt es sicher Magentropfen oder so was in der Art. XXX

Sie fixierte die drei X, die bei Briten für Küsschen standen. Ihr war klar, dass sie nichts zu bedeuten hatten, und dennoch konnte sie das warme Gefühl, das sie in ihr auslösten, nicht verhindern.

Ok, danke. XXX

Wenn dir kalt ist: Am Heizkörper muss man das Stellrad beim Drehen etwas rausziehen, sonst funktioniert es nicht. Und in der Kommode sind Klamotten von mir, falls du zum Schlafen noch was überziehen willst.

Sie führte den Ärmel zur Nase und schnupperte am Stoff. Sie erkannte den Duft des Waschmittels, das Ingrid benutzte. Und wenn Jenny tief einatmete, kam es ihr so vor, als hinge da auch noch ein Hauch von Callum in der Faser. Er roch nach Holz, Leim und Farben wie seine Werkstatt, aber zusätzlich nach etwas Frischem, Grünem.

Sie verriet ihm nicht, dass sie bereits seit der ersten Nacht in diesem Zimmer eines seiner Sweatshirts trug.

Danke! 🤩 Gute N8! 🌛

Schlaf gut! 🎄🎅⭐

🤮

😂😘

Jenny starrte auf das kleine Herzchen vor dem Mund des Emojis.

10

Als Jenny am nächsten Morgen die Küche betrat, roch es intensiv nach Weihnachten, weil Ingrid Vanillekipferl backte. Auf der Arbeitsfläche befanden sich bereits massenhaft fertige zum Auskühlen, ein Blech hatte sie gerade in Arbeit, und vor ihr lag noch ein ziemlich großer Klumpen Teig.

Durch das Glas des Wintergartens konnte Jenny sehen, dass John im Garten unter den Büschen Blätter zusammenrechte.

»Guten Morgen«, begrüßte Ingrid Jenny auf Deutsch. Ihre Finger rollten in irrer Geschwindigkeit kleine Stäbchen, die sie dann mit gekonnten Griffen zu Hörnchen formte und aufs Backpapier setzte.

»Ich habe den Wecker nicht gehört«, stellte Jenny fest. »Schon wieder. In deinem Haus schlafe ich sehr tief. Eigentlich war ich in dreißig Minuten mit Callum verabredet, aber ich habe ihm geschrieben, dass ich eine Stunde später komme.« Noch ganz benommen, ließ sie sich auf einem der Stühle nieder.

»Du warst sicher erschöpft von der Woche. Die fremde Umgebung, die langen Tage im Labor und abends das Besichtigungsprogramm mit Callum. Gut, dass jetzt Wochenende ist. Willst du Tee?«

»Gern. Ich habe noch nie so schöne Vanillekipferl gesehen. Und solche Mengen.«

»Unsere Enkel und Urenkel lieben sie. Sie mögen meine deutschen Weihnachtsrezepte, aber auch die britischen Klassiker wie Shortbread und Früchtekuchen. Also gibt es beides. Gestern habe ich Stollen gebacken. Möchtest du ein Stück?« Sie deutete auf eine Blechdose, die mit den Figuren aus dem *Nussknacker* bedruckt war.

»Ich habe in den letzten Tagen so ungesund gegessen, dass ich mich nach ein bisschen Obst sehne, wenn ich ehrlich bin.«

»Nimm dir einfach, worauf du Appetit hast. Dort steht frisch aufgebrühter Tee.«

Also schälte sich Jenny je eine Orange, einen Apfel und eine Banane und schnitt sich daraus einen Fruchtsalat. Währenddessen lauschten sie dem Wetterbericht im Radio, der *lovely weather* für diesen und die nächsten Tage ankündigte, jedoch vor einem Witterungsumschwung zu Weihnachten warnte. Vor allem in den Highlands sei dann mit Schneefall zu rechnen und in tieferen Lagen mit heftigem Regen.

Jenny setzte sich zu Ingrid an die Kücheninsel und aß ihr Frühstück. Die gleichmäßigen Handbewegungen der alten Frau zusammen mit dem betörenden Duft nach Vanille und der jazzigen Version von »Driving Home for Christmas« aus dem Radio lullten sie herrlich ein. Über sie breitete sich ein ungeahntes Geborgenheitsgefühl.

»Was habt ihr gestern unternommen?«, fragte Ingrid irgendwann. Mit dem mehligen Handrücken schob sie sich die bordeauxfarbene Hornbrille hoch, die sie wohl trug, um die Backarbeit besser zu sehen. Mit dem Jerseykleid, der Schürze und dem Tuch, mit dem sie die Haare zurückgebunden hatte, ergab ihr Outfit an diesem Tag eine Sinfonie aus Rottönen.

»Wir waren bei den *Christmas Lights,* und dann hat mir Callum seine Werkstatt und Wohnung gezeigt. Später haben wir uns Filme angesehen.«

»John und ich freuen uns sehr darüber, dass ihr euch so gut versteht.«

»Es macht Spaß mit Callum«, bestätigte Jenny. Da sie das Gefühl hatte, rot zu werden, sah sie angestrengt in ihre Teetasse. »Ich bin sehr froh, dass er sich so viel Zeit für mich nimmt.«

»Er ist von Johns Enkelkindern das aufmerksamste. Natürlich haben sie alle vier ihre Stärken und Schwächen, und wir lieben sie gleichermaßen, aber Callum ist mit seiner Hilfsbereitschaft und Empfindsamkeit schon ein ganz besonderer Mensch. Dazu kommen noch seine grenzenlose Fantasie und Kreativität – in seiner Gegenwart wird es nie langweilig. Wer ihn zum Freund hat, kann sich wirklich glücklich schätzen.«

Jenny saugte jedes von Ingrids Worten über Callum auf wie ein Schwamm, am liebsten hätte sie unendlich viele Fragen zu seiner Person gestellt – einfach, um über ihn reden zu können. Aber sie beschwor sich, das bleiben zu lassen.

»Und hat er nicht eine zauberhafte Wohnung?«, schwärmte Ingrid weiter.

»So etwas habe ich noch nie zuvor gesehen.« Jenny steckte sich einen Löffel voll Obst in den Mund.

»John ist stolz darauf, was sich Callum aufgebaut hat. Seine Arbeit ist mittlerweile sehr gefragt.«

Jenny fiel auf, dass Ingrid darauf zu achten schien, von Johns Enkeln zu sprechen, und es offensichtlich vermied, sich selbst als deren Großmutter zu bezeichnen. Sie blieb Jenny gegenüber zwar zurückhaltend und überließ ihr das Tempo beim gegenseitigen Kennenlernen. Dennoch machte es den Eindruck, als wolle sie den Platz der Enkelin für sie freihalten.

»Kann ich dich was fragen?«, begann Jenny.

Ingrid sah hoch. »Natürlich!«

»Du hast Callum doch mal das Puppenhaus geschenkt, das genauso aussieht wie dieses Haus hier. Davon gibt es noch ein zweites …«

Ingrid ließ nun komplett von der Backarbeit ab und wischte sich die Hände an einem Geschirrtuch ab. »Das habe ich dir damals 1999 zu Weihnachten geschickt.«

Jenny runzelte die Stirn.

»Ich mochte den Gedanken, dass du es hast. Ich habe mir immer vorgestellt, wie du genauso oft damit spielst wie Callum mit seinem.«

Die Erkenntnis, dass Ingrid ihr vor vielen Jahren ein Geschenk geschickt hatte, machte Jenny einen Augenblick lang sprachlos. Noch dazu etwas so Außergewöhnliches und Persönliches wie dieses Puppenhaus. Doch Jenny hatte es definitiv zum ersten Mal gesehen, als sie schon erwachsen gewesen war. Das bedeutete, dass ihr Vater es damals weggeräumt hatte, statt es ihr zu geben. Seine Beweggründe dafür konnte sie durchaus nachvollziehen.

Und doch schmerzte sie der Gedanke.

»Callum hat mir erzählt, dass sein Exemplar im Grunde der Auslöser für seine Berufswahl war.« Sie hoffte, dass Ingrid nicht mitbekam, wie sie das Gespräch vom eigentlichen Thema weglenkte.

»Das war wohl so. Zuerst bildete es das Zentrum all seiner Playmobil-Spiele. Später hat er begonnen, daran herumzubasteln. Neue Möbel, die Beleuchtung und der Wintergarten.« Ingrid lächelte in der Erinnerung. »Und du?«, hakte sie dann jedoch nach. »Hast du auch viel damit gespielt?«

»Ich … ähm …« Jenny suchte fieberhaft nach einer Antwort, die nicht enthüllte, dass sie das Puppenhaus nie bekommen hatte, aber trotzdem keine Lüge war.

Weiterzusprechen blieb ihr jedoch erspart, denn in diesem Augenblick kam Callum zur Tür herein. »Meine Güte, Nan, wie himmlisch es hier duftet.« Er küsste Ingrid auf die Wange und schnappte sich drei Vanillekipferl. »Da ich schon unterwegs war, als deine Nachricht kam, habe ich mir gedacht, ich hole dich ab«, sagte er mit vollem Mund zu Jenny. »Guten Morgen übrigens.«

»Morgen. Tut mir echt leid, dass ich verschlafen habe«, antwortete sie und fühlte sich plötzlich unsicher, weil ihr bewusst wurde, wie sie aussah: nicht zurechtgemacht, mit wild zerzauster Mähne und in seinem Sweatshirt.

Tatsächlich glitten seine Augen auch schon über dieses Kleidungsstück. »Macht doch nichts. So kann ich hier frühstücken. Geht es deinem Bauch besser?«

»Hattest du Bauchschmerzen?«, fragte Ingrid und musterte Jenny über den Rand ihrer Brille nun ebenfalls.

Jenny hob abwehrend die Hand. »Ist schon wieder gut.«

»Schöner Pulli«, sagte Callum mit einem schiefen Grinsen und öffnete dann neugierig die *Nussknacker*-Dose. »Hmm, *Stollen*.«

»Finger weg, der ist für Weihnachten!«, ermahnte Ingrid ihn. Gleich darauf zwinkerte sie Jenny zu – wahrscheinlich, weil sie ihr vorhin sehr wohl davon angeboten hatte.

Callums Blick landete im Garten. »Was macht Granda denn da? Aus dieser Position kommt er doch im Leben nicht wieder hoch.«

John kauerte mittlerweile unter einem der Büsche und streckte sich schwerfällig nach den letzten Blättern.

Callum trat zur Tür des Wintergartens hinaus, und bevor sie hinter ihm zuschlug, hörte Jenny ihn sagen: »Kann ich bei dir mitmachen? Ich wollte Jenny abholen, aber die ist noch nicht mal angezogen.«

Wie er so tat, als bräuchte er einen Zeitvertreib, statt dem Großvater dessen Gebrechlichkeit vor Augen zu führen, ging Jenny ans Herz.

»Warum willst du mir nicht sagen, was wir machen?«, fragte sie. »Hast du Angst, ich kehre um und steige wieder in den Bus?«

»Das auch. Aber du wirst es ohnehin gleich sehen.«

Eigentlich hätte sie gern mit einer flapsigen Bemerkung geantwortet, doch plötzlich fiel ihr das nicht mehr so leicht wie an den Tagen zuvor. Jenny fühlte sich in Callums Gegenwart nun befangen. Also schwieg sie lieber. Sie hatte mitbekommen, dass sie Richtung Norden gefahren waren, wo die Stadtteile an der Küste lagen. Außerdem konnte sie das Meer riechen und sah immer wieder eine Möwe über die Häuser hinwegsegeln. Dass sie an diesem sonnigen Dezembertag zum Strand gingen, fand sie eine wunderbare Idee.

»Du könntest mir von deiner Arbeit erzählen, während wir unterwegs sind«, schlug er vor.

»Von meiner Arbeit?«

»Erklär das, woran du forschst, so einfach, als hätte ich null Ahnung. Und zwar deshalb, weil ich null Ahnung habe.« Er zuckte entschuldigend mit den Schultern.

»Also, du weißt ja wahrscheinlich, dass Stoffe zum Teil unterschiedlich wirken, je nachdem, ob sie auf einen weiblichen oder männlichen Organismus treffen.«

»Schokolade zum Beispiel?«

Sie schmunzelte. »Ja, genau. Aber auch Wirkstoffe in Arzneimitteln. Früher – und das ist gar nicht so lange her – dachte man, eine Zusammensetzung oder Dosierung, die ausschließlich an Männern erprobt wurde, wäre automatisch auch die Richtige für Frauen.«

Callum trug einen Rucksack am Rücken, an dessen Gurte er nun seine Daumen einhakte. »Eigentlich unglaublich. Dass der Hormonstatus, die Aktivität des Immunsystems, das Fett-Muskel-Verhältnis und so weiter bei Männern und Frauen völlig anders ist, dürfte doch schon lange bekannt sein, oder?«

»Willkommen im Patriarchat, Callum. Das Labor, in dem

ich in München arbeite, beschäftigt sich viel mit den Fragen der gendergerechten Arzneimittelanwendung.«

»Meine Güte, ist das sexy«, antwortete er.

Sie wusste, wie die Leute über Menschen – insbesondere Frauen – in MINT-Fächern dachten, und war daran längst gewöhnt, dass diesbezüglich gern Witze gemacht wurden. Man musste ja nur fünf Minuten *The Big Bang Theory* sehen, um ein Potpourri davon präsentiert zu bekommen. Normalerweise konnte sie darüber lachen, aber in diesem Augenblick spürte sie ein kleines, aber fieses Gefühl der Kränkung. Sie wollte von Callum nicht für eine verschrobene Labormaus gehalten werden.

Auch wenn sie versuchte, sich nichts anmerken zu lassen, schien Callum mühelos in ihrem Gesicht lesen zu können. »Hey, das war kein Scherz. Ich finde so eine geballte Ladung Intellekt wirklich total aufregend! Du machst mit deiner Klugheit die Welt zu einem besseren Ort. Wer würde das nicht sexy nennen?«

Sie konnte sich ein dämliches Grinsen nicht verkneifen. »Also auf jeden Fall beginnen wir gerade ein neues Forschungsprojekt. Ich leite es …«

In diesem Augenblick traten sie auf die Uferpromenade. Ockerbrauner Sandstrand und das Meer breiteten sich vor ihnen aus.

»Wow«, machte Jenny und blieb ergriffen stehen.

»Willkommen in Portobello.«

Der Himmel spannte sich eisblau über die Nordsee. Kräftige Böen peitschten Wellen heran, die rauschend die Küste entlangrollten. »Ich war noch nie im Winter am Meer. Es ist wunderschön.« Staunend trat sie vom asphaltierten Spazierweg auf den weichen Sand, der unter ihren Stiefeln federnd nachgab, und ging näher ans Wasser. Dabei schlug sie die Kapuze ihrer Jacke über den Kopf, weil der Wind durch die Fasern ihrer Mütze bis an die Ohren drang. Im Nu schmeckte sie Salz auf der Zunge.

Ein leicht bekleideter Hundebesitzer war in ihrer Nähe an die Wasserkante gelaufen und ließ nun seinen Collie von der Leine. Völlig ekstatisch warf sich der Vierbeiner gegen die Wellen.

»Was meinst du, wie viel Grad es hat?«, rief Jenny Callum zu, der einige Meter von ihr entfernt gerade seinen Rucksack abstellte.

»Luft vier, Wasser sechs, würde ich schätzen.«

»Mit dem schneidenden Wind fühlt es sich an, als hätte es Minusgrade.« Sie stopfte ihre in Handschuhen steckenden Finger in die Jackentaschen und sah wieder hinaus aufs Meer. In der Ferne konnte man im Norden die andere Küstenseite des Firth of Forth ausmachen, etwas näher befand sich eine winzige Insel.

»Man spürt die Kälte schnell nicht mehr«, hörte sie Callum sagen.

Als sie sich wieder zu ihm umdrehte, war er gerade dabei, aus Schuhen und Socken zu schlüpfen.

»Du willst doch nicht etwa die Zehen da reinhalten?« Die Idee, bei diesen Temperaturen auch nur den geringsten Teil ihrer Kleidung abzulegen, kam ihr völlig absurd vor.

»Etwas typisch Schottisches? Da hast du es«, antwortete Callum und deutete hinter Jenny.

Sie entdeckte, dass dort, etwa fünfzig Meter weiter, ein kleines Grüppchen Leute im Begriff war, ins Wasser zu gehen – nur in Badehosen und offensichtlich völlig freiwillig. Jenny starrte zuerst einige Momente die Unerschrockenen und dann Callum an. »Das ist nicht euer Ernst. Schon möglich, dass ihr Kelten ein anderes Temperaturempfinden habt, aber das …?«

Callum zog sich Pullover und T-Shirt gleichzeitig aus.

Oh. Mein. Gott!, dachte Jenny und wusste selbst nicht so genau, ob sie damit seinen sommersprossigen, wohlgeformten Oberkörper oder das in ihren Augen völlig irrwitzige Vorhaben meinte.

»Na los! Ewig kann ich nicht drinbleiben und auf dich warten.« Er schlüpfte aus den Jeans und legte schwarze Trunks frei.

Langsam, aber sicher kam bei Jenny an, dass er das alles nicht als Scherz meinte. »Ich kann das nicht!«, stellte sie resolut klar.

»Es ist nicht so schlimm, wie es aussieht. Bitte, probier es mir zuliebe!«

Ihr Blick fiel auf sein Schlüsselbein, wo *MC1R* in die Haut tätowiert war.

»Zumindest bis zu den Knien«, schlug er vor. Gänsehaut breitete sich über seinem Körper aus und bewies, dass auch er in der Lage war zu frieren.

»Ich kann nicht«, wiederholte sie. Eine besonders heftige Böe fegte ihr die Kapuze vom Kopf, als wollte der Wind ebenfalls, dass sie endlich anfing sich auszuziehen. Jenny erschauderte.

Callum zuckte mit den Schultern, dann wandte er sich dem Meer zu. Geräuschvoll blies er die Luft aus und sprintete los. Mit Gebrüll sprang er in die Wellen.

Jenny blieb das Herz stehen bei der Vorstellung, wie sechs Grad kaltes Wasser ihren nackten Körper berührte und sie vom eisigen Wind noch weiter ausgekühlt wurde.

Callum warf die Arme in die Luft und jauchzte.

Über so viel überschäumende Lebensfreude musste Jenny lachen.

»Heilige …! Ist das frisch!«, hörte sie ihn johlen. Anschließend hechtete er in den nächsten Wellenkamm. Sein roter Schopf verschwand für einen Moment, um dann sofort wieder aufzutauchen. Er prustete so lautstark, dass ein paar warm eingemummelte Spaziergänger stehen blieben und begannen, ihn zu beobachten.

»Komm bloß nicht rein, Jenny, es ist arschkalt!«, rief er mit sich überschlagender Stimme.

Plötzlich beneidete sie Callum. Sie hatte den Eindruck, dass er sein Leben viel intensiver spürte als sie ihres. Er konnte lachen und weinen, sich über Kleinigkeiten richtig freuen und offensichtlich in einer Intensität fühlen, wie es den meisten anderen für immer verwehrt blieb. Einfach, weil er den Mut dazu aufbrachte. Er hatte keine Angst davor, sich von der rührseligen Geschichte einer Krebskranken in einer Fernsehshow ins Herz schneiden zu lassen, und scheute auch nicht die Nadelstiche von eisigem Wasser auf der Haut. Was für ein Naturschauspiel es war, ihm beim Leben zusehen zu dürfen, fand Jenny schier überwältigend.

Rasch, bevor sie es sich anders überlegte, riss sie den Reißverschluss ihrer Jacke auf, trat die Stiefel von den Füßen und sprang aus den Kleidern. Sie spürte den Wind über ihre bloße Haut peitschen, was sie antrieb statt entmutigte. Sie wollte diese Herausforderung schaffen. Ihre Komfortzone verlassen, um diesen Tag so richtig bis in ihr Innerstes zu spüren.

In Höschen und BH rannte sie Richtung Wasser.

Eiskalt leckten die Wellen zuerst an den Zehen, bald an den Knöcheln, Waden und Knien. Jenny spürte, wie sich ihre Blutgefäße schmerzhaft zusammenzogen.

»Nicht nachdenken!«, rief Callum. »Geh einfach weiter!«

Sie holte Luft, schloss die Augen und watete tiefer ins Wasser. Sie ließ sich in die Kälte fallen, erlaubte, dass sie ihr den Atem raubte, ihr Herz einen Moment zum Aussetzen brachte und ihr vorgaukelte, sie entzweizuschneiden.

Sie spürte, wie Callum ihre Hand nahm. Unterdessen wurde sie vom Nass, das ihre Brust berührte, schier überwältigt. Es tat so weh, dass sie dachte, sterben zu müssen, als die Wellen über ihren Schultern zusammenschlugen. Von Angst ergriffen versuchte sie, Luft zu holen, konnte ihre Lungen jedoch nicht gegen die Erstarrung anheben. Sie wollte schreien, brachte aber keinen Ton heraus. Auch ihre Gliedmaßen ließen sich nicht mehr bewegen.

»Alles klar?«, hörte sie Callum fragen.

Und in dem Moment, in dem seine Stimme zu ihr drang, war der Schockzustand vorüber. Sie konnte einen tiefen Atemzug nehmen, die Lider öffnen und die Arme aus dem Wasser reißen. So laut, wie sie in ihrem ganzen Leben noch nie geschrien hatte, brüllte sie ein derbes deutsches Schimpfwort. Dabei hatte sie das Gefühl, die gesamte Kraft der Weltmeere fahre in sie.

Callum schien den Fluch zu verstehen, denn er lachte ein kehliges Lachen.

»Ich hätte niemals gedacht, dass ich eine Grenzerfahrung wie diese überlebe«, sagte Jenny, dabei klapperten ihre Zähne so heftig, dass sie sich nicht sicher war, ob man viel verstand. Mit den von Callum im Rucksack mitgebrachten Handtüchern rubbelten sie sich trocken, so schnell sie konnten. Seit sie nach dem kurzen Bad aus dem Wasser gestiegen waren, fühlte es sich an, als bohrte die Kälte Löcher in Jennys Haut. Doch auch wenn es wehtat, kümmerte sie der Schmerz kaum, denn durch ihren Körper fluteten intensive Glücksgefühle.

»Und ich hätte niemals gedacht, dass du wirklich reingehst«, antwortete Callum. Seine Stimme hörte sich einigermaßen normal an, aber seine Haut war krebsrot.

Schnell stiegen sie in die Kleider.

Verstohlen schielte Jenny noch einmal nach seinen Schultern, als er sein T-Shirt überzog.

»Da vorne im Strandcafé gibt es Cock-a-Leekie, Hühnersuppe mit Lauch«, kündigte Callum an. »Die gehört unbedingt zu einem Winterbad und wird uns wieder aufwärmen.«

Nur wenige Minuten später saßen sie im Lokal auf einer Bank am Fenster und sahen auf die Spaziergänger, den Strand und die Wellen hinaus.

Die warme Raumluft brachte Jennys Haut zum Kribbeln.

»Ist es schon besser?«, fragte Callum.

Sie zog die Pulloverärmel über ihre klammen Finger. »Es geht schon.«

Daraufhin nahm er seine Jacke und hängte sie ihr um die Schultern.

»Alles in Ordnung, *love*?« Er sah ihr mit einer derart fürsorglichen Miene ins Gesicht, dass sie schlucken musste.

Wie ferngesteuert nickte sie. Callum saß einfach zu nah und blickte ihr zu intensiv in die Augen. »Es war das Beste, was ich jemals gemacht habe. Besser als jeder Kuchen, Sonnenuntergang oder Sex.« Sich in einen Scherz zu flüchten, half ihr ein wenig, die Kontrolle zurückzugewinnen.

Tatsächlich fand er diesen wohl sogar lustig.

»Ich habe jetzt alles erlebt und kann beruhigt sterben.«

»Na hoffentlich nicht«, antwortete er lachend. »Auf jeden Fall war das so ziemlich das Schottischste, was man unternehmen kann. Schlimmer wird es nicht mehr.«

»Gut.«

Er deutete auf einen Pulk junger Männer in Badehosen, die hingebungsvoll mit angespannten Bizepsen vor dem Meer für Fotoaufnahmen posierten.

»Scheint bei euch ein archaischer Initiationsritus zu sein«, bemerkte Jenny.

»Da man heute nicht mehr auf einer nebelumwaberten Moorwiese in kariertem Tuch gegen einen feindlichen Clan kämpfen kann, muss man es eben mit den eisigen Fluten aufnehmen. Was machen die Jugendlichen denn bei euch in München?«

»Keine Ahnung. Eine Lederhose anziehen und bis zum Sprachverlust Bier aus Litergläsern trinken? … Was mich darauf bringt: Besitzt du eigentlich einen Schottenrock?« Irgendwie konnte sie sich Callum in einem Kilt nicht recht vorstellen.

»Selbstverständlich! Aus Maclain-Tartan. Genau wie alle anderen männlichen Verwandten auch. Und wenn du so wie jede europäische Person jetzt fragen möchtest, was ich drunter trage: Tu's einfach nicht.«

»Und warum nicht? Ist das ein Staatsgeheimnis?«

»Weil man das nicht fragt. Ich erkundige mich ja auch nicht danach, was du unter diesem Pulli anhast.«

Sie schnaubte. »Was für eine Meisterleistung der noblen Zurückhaltung. Du hast es vor zehn Minuten vorgeführt bekommen.« Dass er sie in Unterwäsche gesehen hatte, fühlte sich seltsam an. Sie hatte grundsätzlich kein Problem damit, sich so zu zeigen. Aber sonst ging dem immer ein gewisses Maß an Vorbereitung voraus – zumindest die Wahl einer passenden Slip-BH-Kombination. Doch Callum hatte sie exakt so gesehen, wie sie an einem normalen Tag eben untendrunter aussah.

»Ich gebe zu, das ist in diesem Fall ein schlechtes Argument«, antwortete er.

Um sich irgendwie zu beschäftigen, begann Jenny, die Tischdekoration aus Weihnachtskugeln und Muscheln neu zu arrangieren.

»Schau mal! Du warst viel unerschrockener.« Er deutete aus dem Fenster auf die jungen Männer. Diese wateten gerade ins Wasser, dabei zuckten sie immer wieder vor den

Wellen zurück. Keiner von ihnen sah auch nur annähernd so heldenhaft aus, wie Callum es getan hatte.

Seine Tätowierung fiel ihr wieder ein. »Wenn du schon das letzte schottische Geheimnis bewahren willst – vielleicht möchtest du dann darüber etwas sagen?« Sie legte ihm den Finger aufs Schlüsselbein, dort, wo sich unter der Kleidung der Schriftzug *MC1R* befand.

»Mein Tattoo? Das ist der …«

»Code des Gens, das für rote Haare, helle Haut und Sommersprossen verantwortlich ist. Ich weiß. Das sogenannte Ginger-Gen.«

Er nickte anerkennend. »War eigentlich klar, dass du es kennst.«

»Sehr coole Idee. Wie kam es dazu?«

»Nichts Spektakuläres. Mein Vater und ich hatten eine Phase mit viel Streit, als ich so etwa fünfzehn Jahre alt war. Kräftemessen, Machtspielchen, Grenzen ausloten und so weiter. Als er sagte, dass er mir niemals erlauben würde, mir ein Tattoo stechen zu lassen, bin ich trotzdem losgezogen. Zu einem zwielichtigen Hinterhof-Pfuscher, der keine Einwilligung der Eltern verlangt hat. Nur um meinem Vater zu beweisen, dass er mir gar nichts verbieten kann.« Er verzog das Gesicht.

»Und? Wie hat er darauf reagiert?«

»Ich habe mich nicht getraut, es ihm zu zeigen. Er hat es erst Monate später mitbekommen. Und da auch nur, weil meine Cousins es so toll fanden, dass sie sich das Gleiche haben stechen lassen. Onkel Murray hatte es ihnen erlaubt. Da konnte Dad dann wohl irgendwie schwer sauer auf mich sein. Und deines?« Er nahm ihre Hand, schob den Ärmel zurück, fuhr mit dem Finger den dünnen Strich rund um ihr Handgelenk nach und ließ ihn anschließend um die Blume kreisen, die sich ein paar Zentimeter weit ihren Unterarm hinaufrankte.

Jennys seit dem Bad so überaktives Blut rauschte bei der sanften Berührung in ihre Körpermitte und begann dort zu pulsieren. »Das … ähm … habe ich mir in Südamerika auf einer meiner Weihnachtsreisen machen lassen.«

»Total schön.« Sein Blick hob sich zu ihren Augen, wo er verweilte. »Noch immer kalt?«

»Ein bisschen«, krächzte sie, obwohl sie sich gerade nicht sicher war, ob das überhaupt stimmte. Denn der Schauer, der über ihren Körper lief, war kein Frieren.

Callum murmelte: »Darf ich?« Und als sie ganz automatisch nickte, griff er nach dem Kissen, auf dem sie saß, und zog sie damit zu sich heran. Danach schlang er den Arm um Jenny.

Sie wusste, dass sie für ihren eigenen Seelenfrieden jetzt besser für etwas Abstand sorgen sollte, aber ihr Hirn weigerte sich, die richtigen Befehle an die Gliedmaßen zu schicken. Stattdessen schmiegte sie sich an Callums Brust.

Er roch nach frischer Brise und Meer. Und strahlte eine geradezu absurde Körperwärme aus – als hätte er nicht vor einer Viertelstunde in den eisigen Wellen gebadet. Mit einer unendlich liebevollen Geste strich er ihr die Haare aus der Stirn. »Dir sollte längst nicht mehr kalt sein«, sagte er, und sie spürte seinen Atem über ihr Gesicht streichen. Dann begann er, mit gleichmäßigen, irgendwie für den Zweck, sie aufzuheizen, ein wenig zu langsamen Bewegungen mit der Hand ihren Rücken auf und ab zu gleiten.

Von ihm auf diese Art berührt zu werden, vernebelte Jenny völlig die Sinne.

Erst die Stimme der Kellnerin riss sie aus ihrer Trance. »Was kann ich euch bringen?«

Jenny setzte sich wieder gerade hin und rutschte ein Stück von Callum weg.

11

In das Haus in Morningside zurückzukehren, fühlte sich an, wie in einen schützenden Kokon zu schlüpfen. Callum hatte vorgeschlagen, Jenny dorthin zu begleiten, damit sie noch ein paar Schlückchen von Johns Whisky-Sammlung kosten konnten. Aber sie hatte Müdigkeit vorgeschoben und war allein in den Bus gestiegen. Sie brauchte eine Auszeit von der Anspannung, die Callum neuerdings in ihr auslöste. Ohne es zu wollen, hatte sie sich in ihn verliebt und benötigte jetzt ein wenig Abstand, um ihre Gefühle wieder an den rechten Ort zu schicken. Dafür war ein ruhiger Abend genau das Richtige.

Als Jenny das Wohnzimmer betrat, saß Ingrid am Arbeitstisch vor dem Fenster und beugte sich über eine Papierarbeit. Die Stehlampe neben ihr und die Lichterketten des Weihnachtsbaumes tauchten den Raum in sanftes Licht, es roch anheimelnd nach Holzfeuer und Tanne. Aus der Stereoanlage erklang Tschaikowskys *Schwanensee*.

»Da bist du ja, meine Liebe«, begrüßte Ingrid sie. »Wie war dein Tag?«

»Callum hat mich dazu gebracht, im Meer zu baden. Das war ein echtes Erlebnis. Danach haben wir uns die Royal Yacht angesehen und waren in einem netten Fischrestaurant.«

Jenny trat näher, um zu sehen, woran Ingrid arbeitete. Aus dickem Papier hatte sie Klappkarten gefaltet, die sie jetzt aufwendig verzierte. Durch Schneiden, Falten, Malen und Kleben entstanden wahre Kunstwerke. Gerade war sie dabei, Rocaillen aus dunkelgrünem Karton zu stanzen.

»Der Junge hat dich nicht wirklich ins eiskalte Wasser gescheucht, oder?«

»Doch. Aber das tat erstaunlich gut.«

Ingrid schüttelte den Kopf. »Hoffentlich hast du dich nicht erkältet. Willst du heiße Schokolade? Hier, riech mal. Mein Spezialrezept mit Chili, Zimt und Kardamom. Die wird dich von innen aufwärmen.«

Jenny schnupperte an Ingrids Tasse. Ein ausgeprägtes Aroma von Kakao und Gewürzen stieg ihr in die Nase. »Ich will keine Umstände machen.«

»Unsinn! Ich habe eine zweite Portion auf dem Herd stehen. John hat dann doch lieber Tee getrunken. Jetzt sieht er oben fern.« Ingrid verschwand Richtung Küche.

Eigentlich wollte Jenny dringend duschen, denn sie fühlte noch immer Salz und Sand an ihrem Körper, aber sie mochte *Schwanensee* so gern, dass sie sich auf dem Sofa niederließ, die Augen schloss und ein wenig zuhörte. Das Orchester spielte ein von den majestätischen Klängen der Kontrabässe getragenes Crescendo. Jenny sah förmlich vor sich, wie ein stolzer Schwan über die Wasseroberfläche dahinglitt.

Wohlig atmete sie durch. Sie fragte sich, was es mit diesem Haus auf sich hatte, dass sie zur Tür hereinkam und sich umgehend geborgen fühlte.

»Nimm dir doch eine von den Decken«, schlug Ingrid vor, als sie zurückkam. Noch bevor sich Jenny auch nur bewegen konnte, hatte sie die Tasse heiße Schokolade vor sie auf den Couchtisch gestellt, ein kuscheliges Wollplaid über sie gebreitet und es unter ihren Beinen eingeschlagen.

Diese so durch und durch großmütterliche Geste berührte Jenny. Mit wohligem Gefühl im Herzen beobachtete sie Ingrid, wie sie die Musik etwas leiser stellte und sich mit ihrem eigenen Kakao zu ihr aufs Sofa setzte. Sie trug einen weiten senfgelben Lounge-Anzug aus Kaschmir, der sich bauschig um ihren dünnen Körper schmiegte. Jenny war fasziniert davon, wie farbkräftig die Garderobe der alten Frau war und wie umwerfend gut ihr diese stand.

Jenny kostete vom heißen Getränk. Intensiver Schokoladengeschmack entfaltete sich cremig in ihrem Mund. Beim Schlucken spürte sie die leichte Schärfe der Chili. Dann begann Wärme, sich tröstlich in ihrem Bauch auszubreiten.

»Eine der ersten Kulissen, die Callum als fertiger Bühnenbildner gestaltet hat, war für ein kleines Glasgower Theater«, erzählte Ingrid. »Das war für einen Tschaikowsky-Ballettabend – drum muss ich gerade daran denken. Er hat sich schrecklich viel Mühe gegeben, einen Landschaftsgarten der Romantik nachzubilden. Die Schwänchen waren von efeuberankten Säulen umgeben und tanzten zwischen Schilf und Weidenruten. Im Hintergrund gab es sogar eine aus Styropor und Pappmaschee gebaute Ruine, die täuschend echt aussah. Das war natürlich alles weit zu aufwendig für eine Produktion mit eher überschaubarem Budget. Aber er wollte, dass es perfekt wird, und hat aberwitzig viele Stunden in diese Kulissen gesteckt.«

Callum war ein echter Künstler, der für seine Werke brannte. Das gefiel Jenny, und sie überlegte, ob sie selbst für ihre Arbeit auch nur annähernd so viel Leidenschaft aufbrachte.

»Damals ging er einige Monate lang mit einer Ballerina aus. Meine Güte, war der Junge verliebt in das Mädchen!« Ingrid schmunzelte. »Als sie einer Tanzkompanie in New York beitrat, war er drauf und dran, alles stehen und liegen zu lassen und sie zu begleiten. Zu unserem Glück hat sie das aber abgelehnt und sich von ihm getrennt.«

Die Vorstellung von Callum, hin und weg von einer dünnen Tänzerin, behagte Jenny überhaupt nicht. Im Versuch, den Pfeil der Eifersucht, der sich in ihre Brust bohrte, wegzuschwemmen, nahm sie einen großen Schluck Kakao. Warm, herbsüß und weich floss er ihre Kehle hinab.

Dann ging ihr die Frage durch den Kopf, wie die Ex-Freundin, die ihn nicht erwachsen genug gefunden hatte, wohl ausgesehen hatte. Ebenfalls dünn und sportlich?

Genervt von sich selbst stellte sie die Tasse auf dem Couchtisch ab. Warum verschwendete sie überhaupt Gedanken daran, welcher Frauentyp Callum gefiel? Ihre Zukunft würde niemals etwas bringen, was in irgendeiner Form mit ihm zu tun hatte. Sie würden in Kontakt bleiben, sich ab und zu eine lustige Nachricht schreiben – vielleicht nicht einmal das.

»Hast du gerade Weihnachtskarten gebastelt?«, wechselte sie das Thema und hoffte, es wirkte nicht allzu desinteressiert, wenn sie die Ballett-Geschichte überging.

»Genau. Am Montag bringe ich die letzten zur Post.« Ingrid stand auf, holte eine fertige Karte vom Schreibtisch und zeigte sie ihr. »Jedes Jahr wähle ich ein anderes Motiv. Dieses Mal den *Christmas Robin*.«

Auf beigem Grund klebte ein Rahmen aus tannengrünen Schnörkeln, darin ein Ästchen aus unterfüttertem Papier, auf dem ein filigranes, aus mehreren Lagen zusammengesetztes Rotkehlchen saß. Darunter stand in verschlungenen Buchstaben *Merry Christmas*.

»Das ist wunderschön, Ingrid! Ein wahres Kunstwerk. Warum hast du dich für das Vögelchen entschieden?«

»Für die Briten steht es für die Boten, die ihnen die Weihnachtspost bringen. In der viktorianischen Zeit trugen die nämlich eine Uniform mit rotem Brustteil und hatten den Spitznamen Robin. Aber es existiert auch die Legende, dass im Stall von Bethlehem ein Lagerfeuer außer Kontrolle geriet. Ein Rotkehlchen setzte sich daraufhin zwischen das Jesuskind und die Flammen. Indem es seine Flügel ausbreitete, schützte es das Gesichtchen des Babys vor der Hitze. Dabei verbrannte es sich die Brust. Seitdem haben seine Nachfahren rote Hälse.«

»Das ist ja eine süße Geschichte.« Jenny fuhr vorsichtig mit dem Finger über die feine Papierarbeit. Sie ahnte, wie beeindruckend das alles für Callum in seiner Kindheit gewesen sein musste. Ingrids Kreativität hatte ihn bestimmt sehr inspiriert.

»Ich finde auch. Wie ich höre, heben einige meiner Bekannten die Karten auf und haben nach den vielen Jahren schon eine stattliche Sammlung, die sie ab und zu durchblättern oder zu Weihnachten sogar aufhängen. Das freut mich natürlich besonders. Die Post, die ich euch früher geschickt habe, ist nicht mehr vorhanden, nehme ich an.« Sie formulierte es nicht als Frage, sondern eher wie eine Feststellung. Ein betrübter Ausdruck erschien auf ihrem faltigen Gesicht.

Jenny, die in den vergangenen Minuten von der Wärme und Gemütlichkeit im Raum immer träger geworden war, setzte sich auf. »Warte! Was? Du hast uns früher solche Karten geschrieben?«

»Vielleicht erinnerst du dich nicht mehr. Jedes Jahr zu Weihnachten, zu Ostern und zu deinem Geburtstag. Als du etwa zehn warst, ließ mir Ralf schließlich durch meine Freundin Christine ausrichten, dass ich nichts mehr schicken darf.«

»Das wusste ich nicht.«

Ingrid wirkte kurz, als wollte sie etwas sagen, schwieg dann aber. Sie senkte den Blick auf ihre Hände und knetete diese. Jenny konnte spüren, wie sehr sie sich zurückhielt. Ingrid hatte all die Tage, die Jenny nun schon bei ihr wohnte, nicht an der Vergangenheit gerührt. Und Jenny war dafür dankbar gewesen, denn so hatte sie sich nicht gezwungen gefühlt, Stellung zu beziehen. Dass sie sich hier aufhielt, widersprach ohnehin allem, wovon sie bisher überzeugt gewesen war.

»Ich erinnere mich an keine Karten … Und das Puppenhaus habe ich auch nie bekommen«, sagte sie leise.

Ingrid sah hoch.

Im Hintergrund perlten Harfenklänge aus den Lautsprechern, als gäbe es keine Schwere.

Jenny räusperte sich. »Wahrscheinlich hat mein Vater es sofort auf den Dachboden verbannt. Dort habe ich es vor ein paar Jahren entdeckt, die Hintergründe dazu aber nicht gewusst und mich damals auch nicht sonderlich dafür interessiert.«

»Ich verstehe.«

Jenny drehte sich so, dass sie Ingrid zugewandt saß, und zog die Füße unter. »Darf ich ehrlich sein?« Als Ingrid nickte, fuhr sie fort: »Eigentlich kann ich nicht richtig nachvollziehen, warum du uns die Karten und das Puppenhaus geschickt hast. Hat es dir leidgetan, den Kontakt zu deinem Sohn abgebrochen zu haben? Und wolltest du das durch die Sachen irgendwie rückgängig machen?«

Ingrids Augen wurden groß. »Ich habe den Kontakt zu Ralf nicht abgebrochen. Im Gegenteil. Du glaubst nicht, was ich alles probiert habe. Das Puppenhaus war nur einer von unzähligen Versuchen, meine Hand nach Deutschland auszustrecken.«

»Davon weiß ich nichts. Aber darf ich fragen, ob du es bereut hast, Mann und Kind verlassen zu haben?«

»Nein, Jenny. Ich habe nichts von dem, was ich getan habe, bereut. Aber das, was sich daraus als Konsequenz ergeben hat, hat mich sehr traurig gemacht – macht es mich immer noch! Ralf ist mein Sohn. Daran wird sich niemals etwas ändern. Und du bist meine Enkeltochter. Dass ich nicht Teil eures Lebens bin, schneidet mir immer wieder aufs Neue ins Herz.«

Jenny verstand nicht recht, was genau Ingrid beklagte. Einerseits der radikale Bruch damals, andererseits aber dann diese Versuche, eingerissene Brücken wieder aufzubauen. Irgendwie konnte sie schon nachvollziehen, warum es bei ihrem Vater nicht gut angekommen war, dass seine Mutter Karten und ein Puppenhaus geschickt hatte. Es musste sich wie Hohn angefühlt haben, nachdem sie sich zuvor für die schottische Familie entschieden hatte.

Jenny sah zur Weihnachtsdekoration auf dem Couchtisch. Origamitannen in verschiedenen Grüntönen gesellten sich zu goldglitzernden Kugeln, bizarren Gebilden aus Flechten und Bienenwachskerzen. Was hatte Ingrid vor ein paar Tagen gesagt? Dass Jennys Vater Weihnachten früher geliebt hatte.

»Kannst du dir denn überhaupt nicht vorstellen, wie es sich für Papa angefühlt haben muss, von dir eine Weihnachtskarte zu bekommen?«, fragte sie. »Eine Karte?! Statt alldem hier?!« Sie deutete auf die Gesamtheit des stimmungsvollen Zimmers. Sich vorzustellen, wie es ihrem Vater beim Erhalt der Post aus Schottland gegangen sein musste, regte sie ziemlich auf.

Ingrids Augen ruhten auf Jennys Gesicht, Verständnis und Mitgefühl lagen auf ihrer Miene. »Ich möchte keine Grenze überschreiten. Es liegt mir wirklich fern, dich zu verärgern. Und ich will nicht, dass du auch nur annähernd in einen Gewissenskonflikt gerätst …«

»In dem bin ich schon«, unterbrach Jenny sie schroff. »Papa würde nicht wollen, dass ich hier sitze. Deine heiße Schokolade trinke. Unter Johns und deinem Dach wohne. Weil es eine traumatische Erfahrung für ihn war, von der eigenen Mutter verlassen zu werden.« Sie biss sich auf die Lippe, weil es sich nicht gut anfühlte, in Ingrids Gegenwart derart aufzubrausen. Aber es gelang ihr nicht, sich wieder zu beruhigen. »Weißt du, was ich nicht verstehe? Es ist eine Sache, sich zu verlieben.« Sie zeigte Richtung Obergeschoss, wo John fernsah. »Aber musste das unbedingt so ablaufen? Dass du deinen Sohn sich selbst überlässt?« Verständnislos schüttelte sie den Kopf.

Ingrid sah drein, als hätte Jenny sie geohrfeigt. »Das ist es also, was er dir erzählt hat?« Mit einem Mal wirkte sie wie ein Häufchen Elend – völlig in sich zusammengesunken und kraftlos.

Jenny tat es umgehend leid, so forsch mit Ingrid gesprochen zu haben. »Entschuldige. Ich wollte nicht … Das Ganze ist auch für mich ein recht emotionales Thema.«

»Schon gut, mach dir keine Gedanken, Liebes. Ich verstehe das schon.« Ingrid lächelte, wirkte dabei aber ziemlich geknickt.

»Warum schilderst du mir nicht mal deine Sicht der Dinge?«, schlug Jenny vor. Sie wollte endlich ergründen, warum das Bild, das ihr Vater von seiner Mutter zeichnete, sich so schlecht mit dem jener Ingrid, die gerade neben ihr saß, vereinbaren ließ.

Die alte Frau richtete sich ein wenig auf und atmete einmal tief durch, bevor sie begann: »Dein Großvater ist gestorben, als du noch recht klein warst. Daher erinnerst du dich wahrscheinlich nicht daran, wie er war: ein sehr gut aussehender und freundlicher Mann – dabei auch ehrlich und geradeheraus. Man konnte sich immer auf ihn verlassen. Und alles, was er tat, geschah mit einer unerschütterlichen Korrektheit.«

Das klang nach einer Beschreibung ihres eigenen Vaters, fand Jenny. Ihr war nie klar gewesen, dass er so sehr nach seinem alten Herrn kam.

»Aber dein Großvater war auch ausgesprochen konservativ. Als wir geheiratet haben, wollte er, dass ich meinen Beruf als Schaufensterdekorateurin aufgebe, daheimbleibe und mich um den Haushalt kümmere. Ich war jung, und es waren die Sechzigerjahre. Also habe ich gemacht, was er für richtig hielt. Auch wenn es nicht das war, was ich mir vorgestellt hatte. Ich habe meine ganze Energie und Kreativität eben darin gesteckt, ihm und Ralf das anheimelndste Nest zu bieten, das man sich nur vorstellen kann.« Sie trank einen Schluck Schokolade, bevor sie fortfuhr: »Meine kleine Familie war alles für mich. Aber ausgefüllt habe ich mich nicht gefühlt. Ich spürte, dass es mehr geben musste. Meine Freundin Christine im Nachbarhaus ging arbeiten und blieb unverheiratet, weil sie unabhängig leben wollte. Darum habe ich sie sehr beneidet, weißt du?« Wieder machte sie eine kurze Pause, in der Jenny sie genau beobachtete. Sie sah Ingrids tiefen Atemzug und nahm wahr, wie ihre Lider flatterten, als sie erklärte: »Dein Großvater war kein rücksichtsloser Despot, sondern einfach ein Kind seiner Zeit. Das ist mir wichtig zu betonen. Er dachte eben, für Ralf wäre es das Beste, wenn ich als Mutter rund um die Uhr zur Verfügung stehe. Dass sich beide Eltern die Kinderbetreuung teilen, war damals noch nicht üblich. Und so wurde ich immer unzufriedener. Natürlich habe ich versucht, meinem Mann zu sagen, wie es mir geht, und Veränderungsvorschläge gemacht. Dass ich Bastelstunden für Kinder geben kann, zum Beispiel. Oder dass wir Ralf mal für ein paar Tage bei meiner Mutter einquartieren, um zu zweit nach Paris zu reisen. Aber dein Großvater wollte das alles partout nicht.«

Die Holzscheite im Kamin fielen in sich zusammen und ließen Jenny hochschauen. Ihr Blick landete bei den Fotos auf dem Sims: ihr Vater ohne Brille und sie selbst als junges Mädchen – zwischen all den Maclains.

Ingrid schien die kurze Ablenkung nicht mitzubekommen. Einen Moment lang starrte sie gedankenverloren ins Leere, dann fuhr sie auch schon fort: »Als ich zum vierzigsten Geburtstag von Christine ein Flugticket nach Schottland geschenkt bekommen habe, weil ich dort schon ewig hinwollte, hat sich mein Mann geweigert mitzukommen. München ist interessant genug, meinte er. Und ich soll besser bei unserem Sohn bleiben, der mich braucht. Dabei war Ralf zu dem Zeitpunkt sechzehn Jahre alt!« Sie hatte die Tasse mit ihren Fingern umschlungen gehalten. Nun stellte sie diese auf dem Couchtisch ab.

»Du bist trotzdem gefahren?«, fragte Jenny.

»Peter wollte, dass ich das Flugticket zurückgebe. Vom Geld sollte ich mir stattdessen etwas beim Juwelier aussuchen. Er bot an, noch einige Scheine draufzulegen. Das fand ich irgendwie demütigend, weil es das, was ich mir eigentlich wünschte, so sehr ignorierte. In einem Akt der Selbstbefreiung habe ich die Reise dann tatsächlich allein angetreten, so wie Christine mir riet. Sie meinte, ich bräuchte mal etwas nur für mich. Aber du kannst mir glauben: Das habe ich nicht gemacht, ohne Unmengen vorzukochen, jemanden für den Haushalt zu organisieren und jedes Detail im Leben meiner Familie für zwei Wochen vorauszuplanen. Es war mir nicht egal, was aus den beiden in der Zwischenzeit wird. Das Einzige, was ich mir bei der ganzen Aktion vorzuwerfen habe, ist, dass ich ein Sparbuch von Ralf um ein paar Hundert Mark erleichtert habe, um zumindest über eine kleine Reisekasse zu verfügen. Dieses Geld habe ich aber später zurückgezahlt.«

Jenny studierte jede Furche in Ingrids Gesicht und registrierte auch die kleinste Bewegung ihrer Hände. Wie aufwühlend das alles für die alte Frau war, konnte sie eindeutig erkennen.

»Hier in Edinburgh lernte ich dann John kennen. Seine Frau war ein Jahr zuvor gestorben, und er war einsam. Genauso wie ich. Ab der ersten Sekunde, als wir auf dem Aussichtspunkt Arthur's Seat ins Gespräch kamen, haben wir uns gefühlt wie Seelenverwandte. Ich weiß, das klingt abgedroschen, aber ich kann es nicht anders beschreiben. Da war eine Verbindung zwischen uns, wie ich sie noch nie zuvor mit einem Menschen gespürt hatte. Ich habe es nicht darauf angelegt, ihn zu finden, Jenny. Und schon gar nicht wollte ich mich so heftig in ihn verlieben. Das ist einfach passiert. Natürlich habe ich dagegen angekämpft und bin reumütig zu meiner Familie zurückgekehrt. Ich dachte, die Gefühle würden mit der Zeit schon wieder abflauen. Aber dem war nicht so. John hat mich im Herzen durch all meine Tage begleitet. Er ist sozusagen morgens mit mir aufgestanden und hat sich nachts mit mir schlafen gelegt, obwohl er über tausendsiebenhundert Kilometer entfernt war. Ein paar Jahre lang gab es nur ab und zu ein Telefonat. Bei jedem einzelnen habe ich mich für immer von ihm verabschiedet und mich danach noch mehr um meine Ehe bemüht. Nur um einige Wochen später doch wieder einzuknicken und ihn anzurufen, weil mich die Sehnsucht fast um den Verstand brachte. Ich habe gewartet, bis Ralf mit der Schule fertig war und mit neunzehn von zu Hause auszog. Dann habe ich mich von Peter getrennt und bin zu John nach Edinburgh gegangen.« Plötzlich war da eine Träne in ihrem Augenwinkel. Bevor sie die Wange hinunterkullern konnte, wischte Ingrid sie weg. »Auch wenn diese Trennung eigentlich für ihn nicht überraschend hätte kommen dürfen, weil ich so viele Jahre immer wieder das Gespräch gesucht habe, fiel Peter aus allen Wolken. Zu dem Zeitpunkt wusste er noch gar nichts von John. In seiner Welt verließ eine Frau ihren Mann einfach nicht. Dein Großvater war bestimmt kein rücksichtsloser Mensch. Aber es war ihm trotzdem absolut unmöglich, auch nur einen Schritt in meine Richtung zu machen.«

Gerade endete der zweite Akt von *Schwanensee,* und es blieb für einen Moment absolut still im Raum.

»Was ist dann passiert?«, fragte Jenny nach einer kurzen Pause.

»Peter war zutiefst fassungslos und gekränkt, als ich ging. Und er hat es geschafft, Ralf auf seine Seite zu ziehen. Unser Sohn war erwachsen, und ich habe versucht, ihm meine Gefühle zu erklären, aber er wollte die Situation nur so sehen, wie auch sein Vater sie interpretierte: der arme, sitzen gelassene Mann und die egoistische, unmoralische Frau.

Christines Bruder arbeitete als Anwalt und hat mir mit der Scheidung geholfen. In den Achtzigerjahren war es für eine Frau noch nicht ganz so einfach, sich zu trennen, wie heute. Ich verließ Peter ja wegen eines anderen und trug somit die Schuld an der Trennung. Also durfte ich nichts mitnehmen und verlor all meine Ansprüche. Doch das war mir egal. Ich wollte sowieso nichts. Hier in Schottland habe ich bald zu arbeiten begonnen und hatte dann endlich eigenes Geld. Ich kann dir gar nicht sagen, was für ein schönes Gefühl das war!«

»Das kann ich mir gut vorstellen.«

»Aber mein neues Leben wäre kein Hinderungsgrund gewesen, trotzdem Ralfs Mutter zu sein. Für mich stand völlig außer Frage, dass ich uneingeschränkt für ihn da sein wollte. Ich habe ihn oft angerufen, ihm regelmäßig geschrieben und bin nach München geflogen oder habe ihm Geld für Flugtickets geschickt. Aber Ralf hat sich zu hundert Prozent auf Peters Seite gestellt und jeglichen Kontakt zu mir rigoros abgeblockt.« Tränen quollen jetzt unaufhaltsam aus Ingrids Augen, und ihre Stimme kippte immer wieder. »Außer etlichen missglückten Versuchen in den ersten Jahren, ihn vor dem Haus oder an der Uni abzufangen, habe ich meinen Sohn seit der Scheidung 1987 nicht mehr gesehen.« Sie musste kurz innehalten, um überhaupt weitersprechen zu können. Jenny sah, wie Ingrid schwer schluckte und sich zusammenriss, bevor sie sagte: »Meine einzige Informationsquelle war Christine. So wusste ich zumindest, was er macht, erfuhr von seiner Heirat und von deiner Geburt.«

Betroffen beobachtete Jenny, wie Ingrid aufstand, um sich ein Taschentuch zu holen. Nachdem sie sich die Nase geputzt hatte, trat sie an den Schrank und goss ein Glas Whisky ein. »Willst du auch einen?«, fragte sie.

Jenny schüttelte stumm den Kopf. Sie fühlte sich von den neuen Informationen wie erschlagen.

Ingrid setzte sich wieder zu ihr. »Der Schmerz, dass ich für die Liebe meines Lebens meinen Sohn verloren habe, quält mich auch nach knapp vierzig Jahren noch jeden einzelnen Tag«, sagte sie, dann hob sie das Glas an die Lippen und trank einen Schluck.

Jennys Augen brannten, so intensiv konnte sie nachempfinden, was in Ingrid vorging. »Es tut mir leid«, stieß sie heiser hervor.

»Da ist nichts, wofür du etwas kannst, meine Liebe. Wahrscheinlich ist niemand wirklich schuld daran, wie die Dinge gekommen sind.«

»Es tut mir leid, dass ich das alles bisher so falsch eingeschätzt habe. Ich hatte keine Ahnung! Was mein Vater mir erzählt hat, deckt sich nicht mal annähernd mit dem, was du mir da schilderst. Seine Darstellung war, dass du von heute auf morgen aus München abgehauen bist, weil du dich im Urlaub verliebt hattest. Und dass du dich danach nie wieder um ihn gekümmert hast. Ich verstehe, dass er nach eurer Scheidung erst mal gekränkt und traurig war. Das war bei mir genauso, als sich meine Eltern getrennt haben. Aber mir ist nicht klar, warum er dir auch später nie eine Chance gegeben hat. Du bist damals einen selbstbestimmten, emanzipierten Weg gegangen, um glücklich zu werden. Und das war dein gutes Recht! Es ist ja nicht gerade so, als wäre er ein kleines Kind gewesen.«

Ingrid griff nach ihrer Hand. »Sei ihm nicht böse. Er hatte als junger Mann offensichtlich den Eindruck, er müsse sich zwischen seinem Vater und mir entscheiden. Eine andere Möglichkeit hat er wohl nicht gesehen. Und jetzt ist vermutlich zu viel Zeit vergangen, um die Dinge noch in Ordnung zu bringen.«

Als erneut Tränen aus Ingrids Augenwinkel rannen, traten auch in Jennys welche. Sie rutschte näher und umarmte ihre Großmutter.

12

»Habe ich dich geweckt?«

»Nein, ich schaue die Spätnachrichten an.« Jennys Vater klang müde. »Wie geht es dir? Ich habe am Handy gesehen, dass ihr jetzt besseres Wetter habt.«

»Es ist sonnig. Aber trotzdem Winter.«

»Und wie läuft es im Labor? Versuchen die Schotten schon, dich abzuwerben? Bestimmt sind sie mächtig beeindruckt von dir.«

Jenny liebte es, wie unerschütterlich ihr Vater an sie und ihre Qualitäten als Wissenschaftlerin glaubte. »Die sind hier alle ziemlich mit sich selbst beschäftigt.« Sie lachte. Dann atmete sie tief durch, denn für das, was sie jetzt sagen wollte, musste sie Anlauf nehmen.

Kurz vor diesem Anruf hatte sie länger mit ihrer Mutter telefoniert. Die war wie immer, wenn es um ihren Ex-Mann ging, zurückhaltend geblieben. Aber sie hatte Jenny zugehört, bis diese für sich zu der Entscheidung gekommen war, die Dinge offen anzusprechen.

»Papa, ich wohne nach wie vor im Haus deiner Mutter«, begann Jenny nun deshalb.

Auf der anderen Seite der Leitung blieb es still.

»Ich will dich nicht aufregen oder kränken. Mir ist klar, dass sich der Gedanke für dich mies anfühlt. Aber für mich ist es einfach wichtig, sie ein bisschen kennenzulernen.«

»Aha.«

»Von meinen vier Großeltern ist sie die Einzige, die noch lebt. Ich will wissen, woher ich komme. Wer die Leute sind, von denen ich abstamme. Das kannst du doch bestimmt nachvollziehen, oder? Ingrid ist schließlich meine Großmutter.«

»Du hast nichts, aber wirklich rein gar nichts mit dieser Frau zu tun, Jennifer!« Seine Stimme hatte eine ungewohnte Schärfe angenommen. »Dass sie mich geboren hat, macht sie nicht automatisch zu deiner Großmutter.«

Sie versuchte, in möglichst ruhiger Tonlage zu antworten, um zu unterstreichen, dass ihr Aufenthalt in Morningside keine Staatsaffäre war. »Ich will das bitte selbst entscheiden.«

»Sie interessiert sich nicht für dich!«

»Du weißt, dass das nicht wahr ist. Genauso wenig wie deine Version, wie herzlos sie dich als Neunzehnjährigen völlig dir selbst überlassen hat.«

Sie hörte ihren Vater nach Luft schnappen.

»Sie hat sich von Opa scheiden lassen, weil sie schon ewig unglücklich war. Viele Menschen machen das. Du und Mama auch, falls du es vergessen haben solltest.«

»Bei uns war das doch etwas völlig anderes!«

»Inwiefern denn? Deine Eltern haben sich getrennt, als du bereits erwachsen warst. Meine genauso. Ich sehe da keinen Unterschied.« Um die unangenehmen Gefühle in Schach zu halten, roch sie an Callums Sweatshirt, das sie vor dem Telefonat übergezogen hatte.

»Weder deine Mutter noch ich haben liebestoll das Land verlassen. Wir waren weiterhin eine Familie und immer für dich da. Ich kann nicht fassen, dass du jetzt nach über einem Jahrzehnt beginnst, uns das vorzuwerfen.«

»Ich werfe euch gar nichts vor. Und weißt du, warum nicht? Weil ich dabei war, Papa. Ich habe gespürt, dass ihr euch nicht mehr geliebt oder glücklich gemacht habt. Mir war völlig klar, aus welchem Grund ihr euch trennt. Und deshalb frage ich mich, warum du dasselbe bei deiner Mutter nicht genauso mitbekommen hast.«

»Muss ich mich jetzt rechtfertigen, oder wie?« Er klang mittlerweile richtig ärgerlich. »Dass ich das Verlangen meiner Mutter nach einem Mann, der nicht mein Vater war, nicht verstanden habe? Weißt du was, mir ist das zu blöd! Ich lege auf!«

»Warte! Es tut mir leid. Ich möchte dich nicht beschuldigen. Eigentlich frage ich mich nur, warum du mir nie erzählt hast, dass sie durchaus Kontakt gesucht hat … und sich nach der Trennung weiterhin um dich kümmern wollte.«

Ihr Vater seufzte und klang erschöpft, als er antwortete: »Sie hat sich ausgesucht, Teil dieser schottischen Familie zu sein, und war dann lieber die Mutter der Söhne ihres neuen Typs. Wie ernst konnte ich ihre halbherzigen Versuche da schon nehmen? Um ihr Gewissen zu beruhigen, hat sie eben ab und zu probiert, mich anzurufen oder zu treffen.«

»Bist du nie auf die Idee gekommen, dir ihre Sicht der Dinge anzuhören?«

»Welchen Sinn hätte das gehabt? Ehrlich, ich bin enttäuscht, dass du mich da jetzt so infrage stellst. Das ist genau der Grund, warum ich nie wollte, dass sie deine Oma spielt. Weil sie dich gegen mich aufbringt und dir wer weiß was erzählt. Was damals passiert ist, geht nur mich und sie etwas an. Das hat doch alles Jahre vor deiner Geburt stattgefunden.«

Jenny konnte die Mauer, die plötzlich zwischen ihrem Vater und ihr stand, deutlich spüren. Das hatte es noch nie gegeben und war etwas zutiefst Verunsicherndes für sie. »Ingrid hat mir ein Puppenhaus geschickt. Und selbst gemachte Grußkarten. Ich finde es nicht gut, dass du mir nie davon erzählt hast.« Sie hörte, wie rau ihre Stimme klang.

Nur kurz zögerte ihr Vater, bevor er antwortete: »Du warst ein kleines Kind, und es hätte dich nur verwirrt.«

»Als ich das Puppenhaus zufällig gefunden und dich darauf angesprochen habe, war ich Mitte zwanzig. Da hättest du mehr als eine ausweichende Antwort geben können.«

»Himmel, du bist wie deine Mutter! Wenn was nicht nach eurem Kopf geht, bohrt ihr weiter und weiter. Ich habe es vorhin schon gesagt und wiederhole es noch einmal: Ganz bestimmt werde ich mich jetzt nicht rechtfertigen! Versteh, dass ich mit dieser Frau nichts mehr zu tun haben will, oder versteh es nicht, Jennifer. Triff deine eigenen Entscheidungen, aber respektiere gefälligst meine!«

Einige Momente lang war es still.

Jenny grub ihre nackten Zehen in den dicken Teppich vor dem Alkovenbett. Fieberhaft überlegte sie, was sie sagen musste, damit ihr Vater erkannte, dass er Scheuklappen aufhatte. »In Ingrids Wohnzimmer stehen zwei Uhren nebeneinander im Regal«, begann sie. »Die eine zeigt die hiesige Zeit an. Die andere die von Deutschland. Siebenunddreißig Jahre nachdem sie aus München weggegangen ist, will sie noch immer ständig parat haben, wie spät es bei dir ist.«

Ihr Vater schwieg.

»Du bist unversöhnlich. Das ist zwar schade, aber deine Sache – da hast du recht. Bedenk bitte nur, dass sie achtzig Jahre alt ist und nicht mehr ewig leben wird. Wenn du irgendwann deine Meinung änderst und alles mit ihr aufarbeiten möchtest, ist es eventuell zu spät.«

Sie wartete einen Augenblick, aber er sagte noch immer nichts. Kurz dachte sie, er wäre vielleicht gar nicht mehr in der Leitung, doch schließlich hörte sie ihn angestrengt durchatmen.

»Ich weiß, es fühlt sich für dich an wie Verrat, dass ich jetzt bei ihr bin. Das tut mir leid. Aber bitte akzeptiere, dass es für mich wichtig ist, sie kennenzulernen.«

Ihr Vater ließ erneut einige Momente verstreichen. Dann sagte er: »Ich bin müde und werde jetzt schlafen gehen, Jenny. Noch viel Erfolg bei den Edinburgher Kollegen. Gute Nacht.« Dann legte er auf.

Jenny blieb eine Zeit lang auf der Bettkante sitzen und starrte vor sich hin, obwohl sie im kühlen Dachraum längst ziemlich fror.

Callum stellte den Picknickkorb ins Gras. »Wenn wir uns hier in die Kuhle setzen, sind wir ein wenig windgeschützt, und die Sonne wird uns wärmen.«

»Okay.« Schon den ganzen Spaziergang lang wollte Jennys Puls nicht aufhören, zu schnell zu schlagen – was sie ärgerte, denn sie wollte eigentlich eine nette Zeit mit Callum verbringen und sich nicht die ganze Zeit wie im Ausnahmezustand fühlen.

Er holte eine Wolldecke hervor und breitete sie auf dem für Dezember überraschend grünen Boden aus. »Bitte sehr. Unser Logenplatz mit Blick über ganz Edinburgh und den Firth of Forth.«

Sie ließen sich nieder, und Jenny sah sich um. Das Panorama war atemberaubend. In nur fünfundvierzig Minuten waren sie auf den mitten in Edinburgh thronenden Felsen Arthur's Seat gestiegen und konnten jetzt ein hügelig-felsiges Plateau, die gesamte Stadt und das Meer überblicken.

»Wunderschön«, kommentierte Jenny und vergrub die Hände in ihren Jackentaschen.

Callum musterte sie. »Alles in Ordnung, *love*?«

Sie wusste, dass Briten gern alle möglichen Leute mit *love* ansprachen. Es war einfach ein nettes Wort für Alltagssituationen. Und doch begann irgendetwas hinter ihrem Brustbein aufzuquellen, wenn Callum sie so nannte.

»Alles bestens. So ein kleiner Aufstieg kann einer bayerischen Laborratte nichts anhaben.« Sie hätte jeden blöden Spruch gebracht, nur um zu verbergen, in welche Aufregung seine Gegenwart sie versetzte. Schnell redete sie weiter: »John und Ingrid haben sich hier oben kennengelernt. Auf Arthur's Seat sind sie ins Gespräch gekommen. Das hat sie mir erzählt, als ich ihr gesagt habe, wohin wir heute spazieren wollen. Hast du das gewusst?«

»Aye.« Er deutete zu der felsigen Kuppe, die sich in nicht allzu weiter Entfernung vor ihnen erhob. Das schräg stehende Sonnenlicht zeichnete lange, harte Schatten und ließ die Steine karstiger aussehen, als sie eigentlich waren. »Dort oben beim Gipfelkreuz war es. Das berichten sie gern in aller Ausführlichkeit ... Ist es für dich irgendwie komisch, dass wir jetzt hier sind?« Er sah ihr noch einmal prüfend ins Gesicht. »Weil das wohl der Zeitpunkt war, an dem der Zufall die Weichen dafür gestellt hat, dass sie Deutschland verlässt?«

»Unsinn. Ich freue mich, dass wir hier sind. Es ist atemberaubend schön. Ein wenig frisch vielleicht.« Sie kicherte, weil ihr bewusst wurde, wie konsequent sie bei jeder Unternehmung die Kälte kommentierte.

»Trink ein bisschen Tee.« Er packte die Thermoskanne aus, reichte sie ihr und sah sie dann mit leicht schräg gelegtem Kopf an. »Sorry, wenn ich jetzt noch einmal nachfrage: Ich habe schon die ganze Zeit das Gefühl, dass bei dir heute was nicht stimmt. Wenn du reden möchtest, höre ich gern zu. Es ist aber natürlich auch okay, wenn wir einfach nur hier sitzen und die Aussicht genießen.«

»Gestern war ein ziemlich emotionaler Abend. Wegen der Sache zwischen Ingrid und meinem Vater. Das hat mich mitgenommen.«

»Oje, du Arme.«

Eigentlich hatte sie nur von der Sache angefangen, weil sie ja schlecht sagen konnte, dass er selbst der Grund für ihre Nervosität war. Aber ein Blick in Callums Augen reichte, und Jenny wusste, dass er der Mensch war, mit dem sie besprechen wollte, was sie Aufwühlendes über ihre Familie erfahren hatte. »Ingrid hat mir gestern ihre Sicht der Dinge geschildert. Wie unglücklich sie war, wie lange sie vor der Trennung gezögert und wie sehr sie sich danach um meinen Vater bemüht hat. Dass sie ihren Sohn kaltschnäuzig aufgegeben hat – was er mir ja immer erzählt hat –, stimmt einfach nicht.« Sie goss ein wenig vom dampfenden Tee in den Becher und trank einen Schluck. Der Earl Grey schmeckte angenehm stark. Seine aromatische Bitternote war wie etwas, an dem man sich festhalten konnte. »Und jetzt sitze ich irgendwie zwischen zwei Stühlen«, fuhr sie fort. »Einerseits möchte ich meinem Vater nicht wehtun. Andererseits genieße ich es, meine Großmutter kennenzulernen. Das alles wühlt mich ziemlich auf.«

»Völlig verständlich. Unangenehme Situation.«

»Nach einem Telefonat mit meinem Vater habe ich mich dann ganz schrecklich gefühlt und konnte nicht einschlafen. Aber irgendwann habe ich überlegt, ob das alles vielleicht einfach ein weiterer Abnabelungsschritt ist: Ich bin bei Ingrid, weil es sich für mich richtig anfühlt, auch wenn es meinem Vater gegen den Strich geht. Du hattest als Teenager dein Tattoo. Ich mit dreiunddreißig meine Großmutter.« Sie schnaubte.

Er lächelte sie so liebevoll an, dass es sich in Jennys Brust anfühlte, als würde ihr Herz vibrieren. »Ingrid bedeutet es viel, dass du da bist … Und mir auch.«

Eine Zeit lang saßen sie schweigend nebeneinander.

Um sich ein wenig von den übersprudelnden Gefühlen, die Callums Worte in ihr auslösten, abzulenken, ließ Jenny ihren Blick über die ihr bereits bekannten Sehenswürdigkeiten im sonnengefluteten Stadtpanorama wandern: die Princes Street, das Schloss, die Royal Mile, die Küstenlinie mit dem Hafen und schließlich Portobello. Dahinter spannte sich stahlgrau die Nordsee, die von hier oben aus gesehen überraschend ruhig wirkte.

»Ich habe eine Tea Time improvisiert«, sagte Callum irgendwann und begann, Lebensmittel aus dem Picknickkorb zu packen. »Gurken- und Lachssandwiches, Scones nach einem Rezept meiner anderen Großmutter und Whisky Fudge von Glenfarclas. Womit möchtest du beginnen?«

»Scones vielleicht?« Eigentlich hatte sie an diesem Tag nicht viel Appetit, aber der Anblick der mit Rosinen gespickten Brötchen ließ ihren Magen knurren.

»Hervorragende Wahl. Danach die Sandwiches und die Süßigkeiten zum Schluss.« Er reichte ihr je ein Gläschen Marmelade und Clotted Cream.

Sie riss ein Stück vom Gebäck ab, bestrich es mit der Sahnemasse und leuchtend gelbem Lemon Curd, anschließend kostete sie. Das Zitronenaroma der Marmelade mischte sich im Mund mit der sanften Butternote und dem lockeren Gebäck. Das ergab einen perfekten Bissen, der nach sonnigem Wintertag schmeckte. Genießerisch schloss Jenny die Augen.

»Wenn man dir beim Essen zuschaut, hält man sich selbst für den grandiosesten Bäcker aller Zeiten«, stellte Callum fest.

»Mein Ex-Freund fand mich verfressen. Damit hat er mich gern aufgezogen.« Sie dachte an Callums dünne Tänzerin und lachte unbehaglich.

»Hm«, machte Callum. »Klingt passiv-aggressiv. Aber natürlich würde ich mir niemals ein Urteil über jemanden erlauben, den du mal mochtest.« Er verdrehte die Augen.

Sie musste schmunzeln. »Natürlich nicht.«

»Ich finde eben, was eine Person isst, geht nur sie selbst was an. Oder vielleicht noch das Restaurantpersonal, das für sie kocht und ihr serviert.«

»Oder das Ärzteteam, das ihr den Magen auspumpt, wenn sie was Falsches erwischt hat.«

Er lachte.

»Was riecht hier eigentlich so nach Kokos?«, fragte Jenny und schnupperte am Scone in ihrer Hand.

»Das ist der Stechginster dort drüben. Normalerweise blüht der erst im Frühling. Aber unser mildes Klima lässt einige Sträucher auch im Winter aufgehen. Ich weiß, du Frostbeule hältst es nicht für mild. Aber du weißt schon: Golfstrom, selten Temperaturen unter dem Gefrierpunkt und so weiter.«

Jenny sah zu dem dornigen Busch hinüber, der mit strahlend gelben Blüten übersät war. Wie wenig es hier nach Dezember und Weihnachten aussah, gefiel ihr. Immer wieder kamen Wanderer in knalligen Anoraks des Weges, Bergdohlen segelten über der Hügelkuppe, und die Gräser tanzten im Wind. Zwischen den Wiesenstücken sah man ockerbraune Erdschollen hervorlugen. Wenn Jenny das Stadtpanorama dahinter ausblendete, fühlte sie sich, als wäre sie mitten in den Highlands.

Ihr fiel auf, dass Callum offensichtlich versuchte, ihr nun ein eher neutrales Programm zu bieten. Keine Spur mehr von Christbäumen, Weihnachtsmännern und der Wette. Er hatte wohl aufgegeben oder eingesehen, dass nicht alle Menschen dieses Fest lieben mussten.

Sie musterte ihn von der Seite. Im Sonnenlicht fielen seine Sommersprossen noch deutlicher auf als sonst, und seine Haare leuchteten beinahe orange. Die blauen Augen strahlten, und er sah mit den vom Wind leicht geröteten Wangen unfassbar frisch und gesund aus.

Er reichte ihr je ein dreieckig geschnittenes Sandwich mit Gurke und Lachs. »Edinburgh hält immer eine Überraschung bereit«, sagte er und ließ offen, ob er damit das Picknick auf diesem Hügel, den Ginster oder etwas anderes meinte.

»Es ist toll. Ich verstehe, warum du hier wohnen willst«, bemerkte sie.

»Wie ist München denn so?«, fragte er. »*Vieles Geld*«, probierte er sich in Deutsch. »Richtig?«

»Im Vergleich zu anderen Orten gibt es schon haufenweise Reiche. Es ist ungefähr dreimal so groß wie Edinburgh. Also nicht gerade klein, aber nicht so riesig wie Berlin oder London. Ich lebe ganz gern dort. Und ja, es ist teuer.«

Der Wind zog an Jennys Haaren und wehte sie in ihren Mund, als sie vom Sandwich abbiss. Sie strich die Strähnen zurück und schob sie unter die Mütze. Langsam, aber sicher war sie ziemlich durchgefroren, doch sie scheute sich davor, das Callum zu sagen. Sie würde nicht schon wieder wegen der Kälte jammern. Außerdem wollte sie so lange wie möglich hinauszögern, dass dieses Winterpicknick endete. Also trank sie vom heißen Tee und tat so, als wäre nichts.

Er schien es dennoch zu merken und kramte ein weiteres Schafwollplaid aus seinem Rucksack. Sorgfältig breitete er es über sie beide. Dafür rutschte er näher an Jenny heran.

Ihre Oberarme berührten sich nun. Durch die dicke Winterjacke spürte sie nicht viel, aber gemeinsam unter der Decke zu sitzen, fühlte sich so intim an, dass Jennys Atem stockte. Ohne sich darauf zu konzentrieren, biss sie vom Sandwich ab und kaute mechanisch.

»Wie geht es nun weiter?«, fragte er nach einer Weile.

Da sie einen Moment lang glaubte, Callum meine sie beide, hielt sie verblüfft inne. Spürte er diesen Funken zwischen ihnen etwa auch?

Doch er fuhr fort: »Hast du noch viele Termine an der Uni?«

Sie schluckte den Bissen, der plötzlich trocken an ihrem Gaumen klebte, mühsam hinunter und antwortete: »Morgen treffe ich den Dekan, am Dienstag bin ich zum letzten Mal im Labor und Mittwochfrüh geht mein Zug.«

In drei Tagen fuhr sie nach Hause …

Daher war dieses Herzflattern wirklich sinnlos.

»Hast du Lust, morgen Abend noch mal was mit mir zu unternehmen?«, schlug Callum vor. Er schob dabei mit dem

Finger eine herausgerutschte Gurkenscheibe zurück zwischen die Toastbrotscheiben seines Sandwiches.

Jenny lächelte und nickte. Beides fühlte sich merkwürdig verkrampft an.

»Den letzten Abend willst du dann sicher mit Nan verbringen, oder?«

»Ja.«

Callum beugte sich zur Teekanne und ließ dabei sein Bein ein wenig zur Seite kippen. Jetzt lag es direkt an ihrem. Ihr war, als würde durch diese Berührung ein Stromkreislauf geschlossen und Elektrizität durch ihren Körper surren.

»Wir könnten ins Sandy Bell's gehen.« Er schenkte Tee ein und trank davon. »Das ist ein nettes Pub, wo regelmäßig schottische Livemusik gespielt wird.«

Offenbar sah sie ihn so verdattert an, dass er noch »Morgen Abend, meine ich«, hinterherschob.

»Ah. Okay.«

Er stieß sie sanft mit dem Ellbogen an. »Sie spielen keine Weihnachtslieder, und dekoriert ist dort auch nicht. Totale Grinch-Wohlfühlzone.« Er lächelte sie so innig an, dass sie das Gefühl hatte, nie wieder von seinem Gesicht wegsehen zu können. Und sie brachte es kaum fertig, ihre Aufmerksamkeit auf etwas anderes zu lenken als auf all die Stellen, an denen sie einander wie zufällig berührten. Sie räusperte sich und riss ihren Blick nun doch von ihm los. Befangen schaute sie stattdessen auf das Schottenkaro des Plaids.

So gern wäre sie in seiner Gegenwart einfach wieder gelassen.

»Hey, Jen«, sagte Callum leise. Seine Hand verschwand unter der Decke und tastete dort nach der ihren, die er dann sanft drückte. »Es ist okay, wenn es dir heute nicht gut geht. Wir müssen nicht reden und können, wie gesagt, auch einfach nur hier sitzen.« Er ließ ihre Hand nicht los, und ihre Finger verschränkten sich bereitwillig mit seinen.

»Oder«, fuhr er fort, »wenn du möchtest, kann ich dir auch was zur Zerstreuung erzählen. Wir haben hier in Schottland die großartige Tradition des *story tellings*.«

»Gern eine Geschichte«, antwortete sie. Sie war sich sicher, dass ihr dabei die Verknalltheit quer übers Gesicht geschrieben stand. Callums einfühlsame Art riss sie einfach komplett von den Füßen.

Mit seiner freien Hand kramte er Fudge aus dem Picknickkorb und legte es ihr in den Schoß. Zum Auswickeln hätte Jenny beide Hände gebraucht, aber sie wollte ihn auf keinen Fall loslassen. Also blieben die Bonbons liegen.

»Mal überlegen … Du hast dich doch sicher schon gefragt, wie es kommt, dass wir Schotten alle so unglaublich trainierte Sportskanonen sind. Kraftstrotzende Bären. Furchtlose Krieger. Wilde Tiere.«

Auch wenn Callum eine gute Figur hatte, waren all diese Beschreibungen für ihn natürlich pure Ironie, was sie zum Lachen brachte.

Das Kichern tat gut, denn es holte sie auf den Boden zurück.

»Ich ignoriere deine niederschmetternde Belustigung und erzähle dir, was meine Vorfahren zu dem gemacht hat, was wir Schotten heute sind.« Er richtete sich ein wenig auf und sprach dann mit feierlicher Vortragsstimme weiter: »König Malcom der Dritte lebte im elften Jahrhundert. Er war ein wohlhabender, einflussreicher Mann. Aber das, so kann ich berichten, reichte ihm nicht. Denn als gewiefter Regent wollte er seinen Hof zum großartigsten aller Herren Länder aufmotzen. Also setzte er sich mit Tee und Whisky Fudge an den Kamin und dachte nach.« Er deutete auf die Süßigkeiten.

»Sicher, dass es zu der Zeit schon Tee in Schottland gab?«

Er zwinkerte ihr zu, ließ ihre Hand los, wickelte ein Karamellbonbon aus und reichte es ihr.

Weich und süß zerging es, um dann sein angenehm rauchiges Alkoholaroma zu entwickeln.

»König Malcom kam zu dem Schluss, dass er für sein Vorhaben die besten Männer des Landes brauchte. Er wollte den schnellsten Läufer als Boten, die stärksten und tapfersten Krieger für sein Heer und die talentiertesten Künstler zur Unterhaltung. Also schrieb er einen Wettbewerb aus, bei dem die Männer gegeneinander antreten sollten. Jeden einzelnen Clan lud er dazu ein. Und die trachteten natürlich alle danach, in möglichst vielen Disziplinen den ehrenvollen Gewinner zu stellen. Bevor du meiner Geschichte nun Sexismus vorwirfst, weil keine Frauen darin vorkommen, bedenke bitte, in welcher Zeit sie spielt.«

Sie schmunzelte. »Schon klar.«

»In Kilt gewandet und von Dudelsackmusik begleitet, wurden also Querfeldeinrennen, Steinstoßen, Hammer- und Baumstammwerfen ausgetragen. Dazu gab es Gesangs- und Tanzdarbietungen.«

»Die Highland Games!«

»Erraten. Diese Spiele werden bis heute veranstaltet. Über all die Jahrhunderte hinweg wurden wir Schotten dadurch immer stärker und rauer.« Er klopfte sich mit der Faust gegen die Brust.

»Daher ja auch deine Berufswahl und deine Affinität zu knallharter Fernsehunterhaltung«, zog sie ihn auf.

»Wir Schotten können beides sein: wilde Tiere und weiche Gefühlsmenschen. Wir sind wie unsere Nationalblume, die Distel: stechend und widerspenstig, aber auch ganz sanft und lieblich.« Er ließ seine Augenbrauen tanzen.

Wieder musste Jenny lachen. Sie konnte sich Callum beim besten Willen nicht dabei vorstellen, wie er einen Baumstamm warf. »Hast du mal bei so etwas mitgemacht?«

»Nein, aber ich war in der Schule im Rugby-Team … bis George Selkirk mir Nase und Bein gebrochen hat und ich beim Knocheneinrichten so geheult habe, dass meine Mutter meinte, ich sollte mir lieber ein anderes Hobby suchen.« Er bedeckte seine Augen mit der Hand und schüttelte den Kopf.

Jenny tätschelte seinen Arm. »Wäre jetzt das elfte Jahrhundert, hättest du es mit deinem kreativen Talent bestimmt in König Malcoms Theatergruppe geschafft.«

Er deutete eine Verbeugung an. »Und dich würde er einladen, in Schottland zu bleiben, um mit seinem weißbärtigen Heiler an neuen Arzneien zu forschen. Dir würde es zufallen, herauszufinden, ob des Königs Angetraute mit der gleichen Dosis Stärkungsmittel zu behandeln sei wie er selbst.«

Jenny nickte amüsiert. Längst fühlte sie sich wieder wohler in ihrer Haut. Neben Callum konnte man gar nicht dauerhaft angespannt bleiben.

»Du bist ein richtig guter Freund«, sagte sie, was er mit einem kleinen Lächeln würdigte.

13

Jenny blickte vom Laptop auf.

Laborkollege Douglas zupfte an seinen Klamotten herum und sah zu seinen Schuhen hinab. »Sag mal, Germany, du scheinst dich ja in Modefragen auszukennen«, fing er an.

»Na ja, ich weiß nicht.« An diesem Tag trug sie Jeans und einen schlichten schwarzen Pulli, also fragte sie sich, wie er zu dieser Annahme kam.

»Findest du, dass mir Lila steht?« Er spreizte die Arme ein wenig vom Körper ab, um ihr noch bessere Sicht auf sein Hemd zu gewähren.

»Doch. Ja. Du scheinst ein Sommertyp zu sein, und für die ist pudriges Lila gut.«

Er hob eine Augenbraue. »Sommertyp?«

»Du weißt schon – Frühling: strahlende, warme Farben; Sommer: cremige Pastelltöne; Herbst: gedeckte, erdige Nuancen; Winter: Knalliges und Schwarz.«

Alison, die bisher über ein Mikroskop gebeugt gewesen war, richtete sich auf und zog sich die Handschuhe von den Fingern. »Und was bin ich?« Sie trug wie jeden Tag ein Exemplar aus ihrem offensichtlich unerschöpflichen Weihnachtspulli-Fundus. Er war A-förmig, tannengrün und hatte bunte Schaumstoffbällchen aufgenäht.

»Es gibt auch Mischtypen«, antwortete Jenny.

Mittlerweile waren die beiden an ihren Tisch getreten und sahen interessiert auf sie herab.

»Und was bist du? Winter?«, wollte Douglas wissen.

»Ich glaube schon.«

Er besah noch einmal sein Outfit. »Vielleicht wäre doch das Hellblaue besser gewesen …«

Alison runzelte die Stirn. »Warum machst du denn so ein Drama um dein Hemd? Das hast du schon x-mal angehabt.«

Er spitzte die Lippen. Nach einer kleinen, bedeutungsschwangeren Pause antwortete er: »Ich habe ein Date.«

»Wollt ihr beim Zocken die Kameras einschalten?« Alison pflückte eine Fluse von Douglas' Schulter.

»Nein«, erwiderte er schlicht.

»Wozu dann die Aufregung?« Alison schüttelte verständnislos den Kopf.

»Ist dein Bekannter aus Birmingham etwa hier in Edinburgh? Und ihr trefft euch im echten Leben?«, kombinierte Jenny.

»Genauso ist es.« Jetzt strahlte Douglas.

»Wie bitte?«, fragte Alison.

»Das freut mich wirklich sehr. Was werdet ihr unternehmen?« Jenny mochte Douglas und wünschte ihm aufrichtig, dass er glücklich wurde.

»Wir besuchen ein Kerzenlicht-Konzert in der Greyfriars Kirk und gehen dann noch zum Weihnachtsmarkt.«

»Wie bitte?«, wiederholte Alison. Sie warf Jenny einen Blick zu, der klarmachte, dass sie nicht glaubte, was sie da hörte.

Erneut begann Douglas, an seinem Hemd herumzunesteln. »Wenn ich nur nicht so schrecklich nervös wäre!«

»Ich habe auch ein Date und bin nervös«, sagte Jenny, merkte dann aber, dass sie mehr ausgeplaudert hatte als geplant. Eigentlich hatte sie gegenüber den doch eher fremden Leuten hier im Arbeitskontext nicht so privat werden wollen. »Na ja, es ist im Grunde kein Date. Eher ein Treffen mit einem Freund«, relativierte sie rasch.

Diese Information schien Alison weit mehr zu interessieren als Douglas' Neuigkeit. »Du bist eine halbe Woche hier und hast schon jemanden kennengelernt? So etwas passiert auch nur hübschen Menschen wie ihr, oder, Doug?« Mit dem Ellbogen stieß sie ihm so schwungvoll in die Seite, dass ihre Schaumstoff-Christbaumkugeln bebten.

»Nun, ich habe ja ebenfalls ein Date, nicht wahr?«, antwortete er. »Du, liebe Alison, bist die Einzige, die heute Abend allein bei ihren Katzen hockt.«

»Pff«, machte diese. »Vielleicht ziehe ich die Gesellschaft von Stefan und Damon ja allen anderen vor.« Sie verschränkte die Arme vor der Brust.

Jenny winkte ab. »Ich habe ihn nur ganz zufällig über meine Großmutter kennengelernt, die hier in Edinburgh lebt. Es ist wie gesagt kein richtiges Date. Da ist nichts zwischen uns«, erklärte sie mehr sich selbst als den anderen.

Douglas ließ sich auf der Ecke des Labortisches nieder. »Woran merkt man das denn? Ob da was ist? Ich habe Angst, die Signale heute nicht deuten zu können und mich zu blamieren. Woher weiß ich, ob er Interesse an mir hat? Dass er mich süß findet?«

»Wenn er nach einer Viertelstunde sagt, es tut ihm leid, aber er muss los, dann hat er kein Interesse«, steuerte Alison bei.

»Ich habe Germany gefragt.«

Jenny strich sich mit beiden Händen die Stirnfransen zurück und überlegte kurz. »Nun also … na ja, wenn er um ein weiteres Treffen bittet, ist das sicher ein gutes Zeichen. Und falls er dir viele Fragen stellt, weil er Dinge über dich in Erfahrung bringen will. Über deine Witze lacht. Dich wie zufällig mal an der Hand berührt …«

Jenny verstummte, da ihr Herz heftig zu schlagen begonnen hatte.

»In meiner Lieblingsserie bekommen die Männer immer diesen weichen Blick, wenn ihre Angebetete auftaucht«, meinte Alison. »So ungefähr …«

Douglas schnalzte unwirsch mit der Zunge. »Ich möchte nicht wissen, wie es bei amerikanischen Vampiren läuft, Al.«

Diese ließ sich jedoch nicht beirren. »Ich glaube, du solltest auf seine Augen achten. Alles, was Jenny aufzählt, könnte ja auch andere Gründe haben: Ihm ist sterbenslangweilig in seinem Leben, und daher trifft er sich lieber ein weiteres Mal mit dir, als zu Hause zu versauern. Er redet nicht gern von sich und stellt deshalb lauter Fragen. Er ist höflich und lacht nur aus diesem Grund über deine grottigen Witze. Und er berührt dich tatsächlich zufällig. Mein Onkel Beathan zum Beispiel kann nicht dreidimensional sehen. Der stößt dauernd gegen die Leute. Ganz ohne verliebt zu sein.«

In diesem Augenblick betrat Professor Shaw das Labor. »Na? Werden hier wichtige wissenschaftliche Fragen erörtert?«

»Ja, Chef«, antwortete Douglas. »Wir tauschen gerade unterschiedliche Erfahrungen zu einer Versuchsanordnung aus.«

Shaw schob seine Brille den Nasenrücken hinauf und fuhr sich durch den Bart. »Ich hoffe, wir bringen Sie ein gutes Stück weiter, Jennifer, und Sie können übermorgen mit ganz vielen Antworten nach München zurückkehren.«

Jenny zwang sich, den Whisky nicht hinunterzustürzen, wonach ihr eigentlich der Sinn stand. Seit sie das Labor Richtung Pub verlassen hatte, spielte ihr Kreislauf völlig verrückt, und ab dem Augenblick, von dem an sie in Callums Nähe war, schwitzte sie vor Aufregung. Sie wusste, dass sie sich da in etwas hineingesteigert hatte, was gegen jede Vernunft ging.

Dass wegen der live gespielten Geigenmusik gar nicht auffiel, wie wenig sie plötzlich wusste, was sie mit Callum reden sollte, erleichterte sie. Sie konnte einfach so tun, als höre sie interessiert zu, obwohl sie kaum etwas von ihrer Umgebung mitbekam. Stattdessen war ihre gesamte Aufmerksamkeit auf Callum gerichtet, der neben ihr an der Bar stand. Mit dem weißen Hemd, das zwei Knöpfe weit offen stand, sah er einfach umwerfend aus.

»Hast du Hunger?«, fragte er irgendwann.

Sie schüttelte wahrheitsgemäß den Kopf. Ihr Magen hatte sich verkrampft und schien in ihrem Bauch wie ein Gummiball auf und ab zu springen.

Er schaute mit zusammengezogenen Augenbrauen auf sie herab. »Echt nicht?«

Das war eindeutig kein weicher Blick. Er sah eher so aus, als könne er nicht glauben, dass sie zur Abwechslung mal nichts futtern wollte.

»Der Dekan hat mich zum Mittagessen eingeladen. Das war ziemlich üppig.«

»Okay.«

»Hast du denn Hunger? Wir können schon was essen, wenn du möchtest.«

»Auch nicht.«

Weil sie nicht wusste, was sie als Nächstes tun oder sagen sollte, nippte sie am Whisky. Die Schärfe schnitt wie ein Messer in ihre Zunge.

»Wie findest du es? Schottische Fiddle-Musik ist ein wenig gewöhnungsbedürftig.«

In rasantem Tempo wechselten hohe und tiefe Töne, die durch rasche Bewegungen des Bogens immer nur kurz erklingen konnten. Die drei Männer an den Geigen klopften dazu den Takt mit ihren Füßen. Das kleine Pub vibrierte förmlich vor Stimmung. »Ich finde es toll. Danke, dass du mich hergebracht hast.«

Er schenkte ihr ein Callum-Lächeln, das eine weitere Portion Adrenalin in ihr freisetzte. Sie sah wieder zu den Musikern hinüber. Es war niederschmetternd, sich nach all den Tagen der guten Gespräche plötzlich so beklommen zu fühlen.

Eine Zeit lang sagten sie nichts, dann meinte Callum: »Ich verschwinde mal kurz.«

Als sie allein an der Bar zurückgeblieben war, spürte sie, wie Ärger in ihr hochkroch. Dies war ihr letzter gemeinsamer Abend, und sie war drauf und dran, ihn zu verderben, weil sie sich einfach nicht unter Kontrolle hatte. Verhielt sich so eine Erwachsene? Unwillig stellte sie ihr Glas auf dem Tresen ab und beschwor sich, zur Vernunft zu kommen.

»Darf ich mal?« Ein Typ war hinter sie getreten.

Sie machte ihm Platz, und er bestellte zwei Bier und ein Irn-Bru.

»Bist du aus Edinburgh?«, fragte er, während er auf die Getränke wartete. »Ich denke nicht, dass ich dich hier im Sandy Bell's schon einmal gesehen habe. Daran würde ich mich erinnern.« Er hatte ein wunderschönes Gesicht, schwarze Haare, die ihm lässig in die Stirn fielen, und die strahlendsten grünen Augen, die Jenny je untergekommen waren.

»Ich bin aus München.«

Er hatte sich zu ihr gedreht und musterte sie. »Mir war nicht klar, dass es dort so hübsche Frauen gibt.« Sein Blick wanderte langsam über ihr Gesicht und landete auf ihren Lippen. »Was bringt dich nach Schottland?«

»Berufliche Gründe.«

»Ich war mal in Köln«, erwiderte er. »Magst du schottische Folk Music?«

»Ist total interessant, das mal zu hören.«

Er lachte, ohne zu sagen, worüber. Dabei bildeten sich entzückende Grübchen auf seinen Wangen. Keine Frage, er war extrem attraktiv, und ihr schmeichelte, dass er mit ihr flirtete.

Aber wo blieb Callum?

Jenny warf einen Blick über ihre Schulter in Richtung Toiletten. »Und das ist also die schottische Cola, die ihr alle so gern trinkt?«, fragte sie dann und zeigte auf die quietschorange Flüssigkeit in einem der Gläser, die gerade vor sie hingestellt wurden.

»Irn-Bru ist ganz klar die beste Limo der Welt. Willst du mal probieren?«

Sie nahm einen Schluck. Süßer Kaugummigeschmack mit einer künstlichen Bananennote breitete sich in ihrem Mund aus. »Nun ja …«

»Möchtest du zu mir an den Tisch kommen? Ein Freund und seine Schwester sind auch da.«

»Also, ich …«

»Hallo, Neil«, wurde sie von Callum unterbrochen, der in ebendiesem Moment hinter sie trat.

»Maclain, altes Haus, schön, dich zu sehen!«, begrüßte ihn der andere und schlug ihm auf die Schulter. »Darf ich vorstellen, das ist …«

»Jenny … meine Cousine aus Deutschland«, ergänzte Callum. »Wir kennen uns. Jenny, das ist Neil. Er ist Musiker.« Callums Stimme klang kühl.

»Welches Instrument spielst du?«, fragte sie den Schwarzhaarigen.

»Hauptsächlich Saxofon. Am Mittwoch trete ich in der Usher Hall auf. Vielleicht willst du kommen?«

Jenny öffnete den Mund, doch Callum war schneller: »Da ist sie nicht mehr hier.«

Sie nickte bedauernd.

»Das ist ja schade«, antwortete Neil. »Dann solltet ihr jetzt aber unbedingt an unseren Tisch kommen.«

»Lass gut sein«, lehnte Callum ab. Als sich Jenny zu ihm umdrehte, bemerkte sie seinen angespannten Gesichtsausdruck.

Erstaunt sah sie zwischen den beiden Männern hin und her.

»Alles klar, Jenny aus München, dein Cousin will dich offensichtlich für sich allein«, sagte Neil und grinste. Anschließend nahm er die drei Getränke von der Bar, nickte grüßend und verschwand zu seinem Tisch.

Die Musik im Lokal schwoll an, weil sich zu den Geigern jetzt auch noch eine Trommlerin gesellt hatte.

Callum blickte über die Köpfe der anderen Besucher hinweg zu ihnen hinüber.

»Was war da eben los?«, fragte sie ihn.

»Was soll los gewesen sein?«

»Du kannst Neil nicht ausstehen. Das war offensichtlich. Erzählst du mir, warum?«

Callum strich sich mit der Hand über den Nacken und wandte sich ihr nun doch zu. »Er ist einer meiner besten Freunde.«

Ihre Augenbrauen hoben sich.

»Theaterszene. So groß ist Edinburgh nicht.«

»Schon. Aber es hat eher so gewirkt … keine Ahnung … als wolltest du ihm an die Gurgel gehen.«

Callum zuckte mit den Schultern.

Sie musterte ihn, dann sah sie noch einmal hinüber zu Neil, der gerade mit seinen Leuten anstieß.

»Mir hat nicht gefallen, wie er dich angesehen hat«, hörte Jenny Callum sagen.

Ihr Blick huschte zu ihm zurück.

Er inspizierte die Getränkekarte, die neben ihr auf dem Tresen lag.

Ein kleines Glücksfeuer begann, in ihrer Brust zu lodern. Es war genauso plötzlich da, wie das Nervenflattern zwei, drei Tage zuvor aus dem Nichts aufgetaucht war.

Mit einem Mal klang die Musik für Jennys Ohren so beschwingt und fröhlich, dass sie den Takt mit ihrem Fuß mitwippte. Jetzt empfand sie es auch nicht mehr unangenehm heiß, sondern angenehm warm zwischen all den ausgelassenen Menschen.

»Gefällt es dir hier?«, hörte sie Callum fragen. »Wir können woanders hingehen, wenn du willst.«

»Total netter Laden!«

Sie sah zu ihm hoch und traf auf seinen Blick. Erst als sie ihn anlächelte und er dies erwiderte, hatte sie den Eindruck, der locker entspannte Callum, mit dem sie tagelang unterwegs gewesen war, sei zurück.

Ein Barhocker wurde neben ihnen frei, und Jenny kletterte darauf. Sie setzte sich so, dass sie zwischen den Barbesuchern hindurch zu den Geigern und der Trommlerin sehen konnte. Trotz all der Menschen im Pub existierte für sie nach wie vor nur Callum, aber plötzlich fand sie das gar nicht mehr schlimm. Am Kribbeln in ihrer Haut merkte sie, dass er nah hinter ihr stand. Einige Augenblicke gab sie sich dieser Empfindung hin, dann lehnte sie sich vorsichtig an ihn.

Kaum dass ihr Rücken seinen Bauch berührte, trat er noch näher an sie heran.

»Tut mir leid, Jen«, sagte er nach einiger Zeit nur eine Handbreit von ihrem Ohr entfernt, was ihr die Härchen im Nacken aufstellte. »Ich habe mich vorhin aufgeführt wie der hinterletzte Chauvi.«

»Ist schon gut.« Sie nahm ihr Glas von der Bar und nippte am Whisky. Diesmal schmeckte er voll und kräftig, nach Früchten, Honig, Ingwer und Anis.

»Es geht mich natürlich absolut nichts an, mit wem du redest und an wessen Tisch du dich setzt. Es war unangemessen, dass ich so getan habe, als würde ich das für dich entscheiden. Entschuldige bitte. Das ist sonst nicht meine Art.«

Sie konnte sich ein kleines Schmunzeln nicht verkneifen. »Das weiß ich doch.«

»Es ist nur: Neil hatte so ungefähr die gesamte weibliche Bevölkerung Edinburghs im Bett ... und auch große Teile der männlichen ... Ich wollte nicht, dass er bei dir seine Aufreißer-Masche abzieht.«

»Vielleicht steh ich ja auf so was«, zog sie ihn auf, aber er schien nicht mitzubekommen, dass sie es nicht ernst meinte. Sie konnte förmlich spüren, wie er sich hinter ihr wieder anspannte. Also drehte sie sich zu ihm um. »Komm schon,

Maclain, das war ein Scherz. Das ist unser letzter Abend. Als würde ich mich da mit irgendeinem Saxofonisten abgeben!«

»Ich weiß auch nicht, was ich mir gedacht habe. Tut mir echt leid.«

Jenny, die sonst wenig davon hielt, Eifersucht mit Romantik zu verwechseln, schwebte auf Wolke sieben.

Callum schlug vor, Jenny ins Royal Lyceum Theatre mitzunehmen, um ihr die Kulissen für Charles Dickens' *A Christmas Carol* zu zeigen. Sie spazierten also eine Viertelstunde lang durchs nächtliche Edinburgh zum Theater, wo er den Portier, der gerade abgeschlossen hatte, um Einlass bat. »Nur einige Minuten, Landrum. Ich sehe bloß ein wenig nach dem Rechten.«

»Also schön. Aber du bist dafür verantwortlich, dann wieder alle Lichter auszuschalten. Ich mache bestimmt nicht noch mal meine Kontrollrunde.«

»Selbstverständlich. Das ist übrigens meine Freundin Jenny.« Er sagte nicht Cousine, sondern *friend*.

Der Portier musterte sie, als müsse er abchecken, ob sie imstande wäre, ein Requisit mitgehen zu lassen.

»Warum schaust du nicht ins Pub auf ein Bier, und ich bringe dir den Schlüssel dann rüber, wenn wir fertig sind«, schlug Callum vor. »Das *pint* geht auf mich. Danke, Landrum.«

Zufrieden schlurfte der Portier davon.

Callum schloss auf, knipste ein Licht an und ging einen Gang entlang voraus ins Innere des Gebäudes. Es roch nach Schminke, staubiger Elektrik und Schweiß. Sie kamen an dunklen Garderoben und Lagerräumen vorbei.

»Warst du schon einmal im Backstage-Bereich eines Theaters?«, fragte er.

»Nein.«

An eine Wand hatte jemand mit Edding *Break a leg!* geschrieben und dazu ein kleines Männchen gemalt, das in einen Abgrund stürzte.

»Das sind die Kostüme, die sehr schnell gewechselt werden müssen«, erklärte Callum, als sie einen rollbaren Kleiderständer passierten. *Scrooge*, *Fred*, *Mr. Fezziwig*, *Belle* und andere Namen standen auf Schildchen bei den einzelnen Haken. Jenny strich über den Ärmel eines dunkelroten Samtanzuges. Das alles flößte ihr viel Ehrfurcht ein, denn sie selbst konnte sich nicht vorstellen, vor einen Saal voller Leute zu treten und ein Stück zum Besten zu geben. Wenn jemand seine gesamte Energie darauf verwendete, anderen einen schönen Abend im Theater zu bereiten, beeindruckte sie das.

»Hier entlang.« Er führte sie zu einer Eisentür, die er für sie aufhielt. Sie tauchte unter seinem Arm hindurch und machte ein paar Schritte in den stockdunklen Raum.

Er schaltete das Licht seiner Handytaschenlampe ein. »Mach die Augen zu«, bat er und nahm sie an der Hand. »Die Wirkung ist so am besten.« Dann führte er sie ein Stück geradeaus und anschließend zweimal nach rechts. Unterwegs spürte sie, wie sich ihre Finger berührten. Wie die Nerven ihrer Haut dort jeden einzelnen Mikromillimeter meldeten. Als sie abbogen, legte sich Callums andere Hand an ihren Ellbogen, was sie ein wenig zusammenzucken ließ.

»Gleich geschafft«, sagte er. »Vorsicht, da liegt ein Kabel auf dem Boden.«

Nach einigen weiteren Metern blieben sie stehen.

»Warte hier und mach die Augen erst auf, wenn ich es sage, okay?«

Als er sich entfernte, schloss sie, dass sie mittlerweile auf der Bühne stand. Denn Callums Schritte wippten sanft unter ihren Füßen, so wie es nur bei einem Bretterboden der Fall war.

Sie hörte, dass Kippschalter umgelegt wurden, und sie sah es hinter ihren Lidern hell werden.

»Jetzt?«

»Noch einen kurzen Augenblick«, antwortete Callum von etwas weiter weg.

Nun ertönte Hufgetrappel, das Rattern von Kutschenrädern auf Kopfsteinpflaster und fernes Hundegebell.

»Oh«, machte Jenny. Danach spürte sie, dass sie federleicht von etwas im Gesicht berührt wurde.

»Jetzt.« Callums Stimme kam wieder von direkt neben ihr.

Langsam öffnete sie die Augen und blinzelte.

Sie standen mitten auf einer viktorianischen Straße, mit Geschäftsfronten und -schildern, Handkarren und Laternen. Hinter den Fenstern der Häuserfassaden brannten Lichter und beleuchteten die Interieurs von Werkstätten und Lokalen. Bei näherer Betrachtung erkannte Jenny, dass es sich dabei um naturalistische Malereien auf Kulissen einen halben Meter hinter den Scheiben handelte. Dort und da gab es an Türen und Stockwerksimsen Weihnachtsdekoration aus grünen Kränzen oder Girlanden mit roten Maschen. Das alles fand Jenny ganz zauberhaft. Aber das Beste war: Aus einem Behälter hoch über der Bühne rieselten Schneeflocken aus Papier auf sie herab.

»Oh, Callum!«, hauchte sie.

Er lächelte.

Sie trat an eines der Ladenfenster. »Das ist wie das Harry-Potter-Diorama aus deinem Zimmer bei Ingrid. Nur begehbar!« Vorsichtig drückte sie die Klinke an einer Tür, die sich tatsächlich öffnen ließ. Auf der Rückseite klebte eine geblümte Tapete. »So etwas Fantastisches habe ich in meinem ganzen Leben noch nie gesehen. Ich bin im neunzehnten Jahrhundert!« Sie breitete die Arme aus und drehte sich begeistert im Schneefall um ihre eigene Achse. Die Papierfetzchen stoben dabei rund um ihre Füße auf.

»Hier steht im ersten Akt ein Chor und singt ›Deck the Halls‹«, erklärte er. »Und dann kommt ein schlecht gelaunter Ebenezer Scrooge vorbei. Er ist am Beginn des Stückes genauso ein Grinch wie du.«

Sie schloss kurz die Augen und lachte. »Ich kann es selbst kaum glauben, aber hier und jetzt empfinde ich zum ersten Mal seit sehr langer Zeit echte Weihnachtsstimmung. Es ist umwerfend! Richtig ergreifend! Das ist doch dieses Weihnachtsgefühl, von dem du immer sprichst und das du so liebst, oder?«

Er lächelte. »Gut möglich.«

»Deine großartige Kulisse löst das in mir aus, was der Weihnachtsmarkt, die *Christmas Lights* oder Ingrids wirklich wunderschöne Deko nicht geschafft haben.«

»Das macht mich sehr stolz. Wenn du dich mal für einen Augenblick hierhin stellen möchtest, *love.*« Er führte sie nah an den geschlossenen roten Samtvorhang heran und verschwand dann erneut hinter der Bühne. Die Straßengeräusche verstummten und der Schneefall hörte auf. Nur noch vereinzelte weiße Flocken segelten zu Boden. »Nicht erschrecken, das ist eine Drehbühne, und ich lasse sie jetzt mal weiterfahren«, rief er. »Du stehst aber außerhalb. Die Bühnenbilder werden also an dir vorbeiziehen.«

Fast lautlos begann die Kulisse, sich zu bewegen. Die Stadtszenerie machte einem Ballsaal Platz. Seine Tapezierung hatte Jenny vorhin auf der Rückseite der Tür gesehen. Über dem Fischgrätparkett hingen Kristalllüster, und in einer Ecke stand ein goldgeschmückter Christbaum. Der Drehmechanismus stoppte aber erst im dritten Segment der Bühne. Dort befand sich ein holzgetäfeltes Zimmer mit einem schwerbetuchten Himmelbett.

»Das ist Scrooges Schlafraum. Die Möbel lassen sich wegschieben und durch andere ersetzen. So wird die Kulisse dann zu Freds Wohnzimmer, zu einem Raum in Ebenezers Schule und so weiter.«

Jenny trat zum Kulissenkamin, auf dem Kerzenleuchter standen, strich mit den Fingern über die Buchattrappen im Regal und bewunderte die aufgemalten Eiskristalle an der

Fensterscheibe. Jedes Detail war in hinreißender Perfektion ausgeführt. Immer wieder schüttelte sie staunend den Kopf und ließ entzückte Laute hören.

Als sie schließlich zu Callum sah, merkte sie, dass er sie lächelnd beobachtete.

»Darf ich? Oder ist das nur aus Karton?«, fragte sie und hielt in der Bewegung inne, als sie sich auf die seidig schimmernde Tagesdecke des Bettes setzen wollte.

»Es ist hart, aber stabil. Scrooge und Marleys Geist wälzen sich darauf herum. Also keine Angst, es trägt.«

»Das ist alles so brillant!«, rief sie enthusiastisch und konnte nicht aufhören, sich umzusehen. »Du bist der kreativste, talentierteste Mensch, den ich kenne.« Ihr Blick blieb an dem Ohrensessel vor dem Kamin hängen. Das Rocaille-Muster darauf bildete kleine Gesichter. »Danke, dass du mich hergebracht hast.«

»Gern.« Er ließ sich neben ihr nieder.

Ohne groß darüber nachzudenken, fiel sie Callum vor lauter Begeisterung um den Hals und drückte sich an ihn.

Doch als er ihr die Hände auf den Rücken und das Kinn an den Scheitel legte, durchfuhren sie seine Berührungen wie ein Blitz und ließen ihr Herz stolpern.

»Es bedeutet mir viel, dass dir meine Arbeit gefällt«, flüsterte er. Sie konnte seine Atemluft an ihrem Haar fühlen.

Ihn loszulassen, schaffte sie einfach nicht. Stattdessen umarmte sie ihn noch ein wenig enger. Sie spürte, wie sich ihre Brust dabei gegen seine Rippen drückte.

Langsam wanderten seine Hände zu ihrer Taille, was Schauer über ihre Haut jagte.

Als er ihre Hüften umfasste und sie sanft ein wenig von sich schob, erschrak sie.

Was tat sie da nur?

Doch er wich nicht weiter zurück, sondern sah ihr in die Augen.

»Callum …« Ihre Stimme klang heiser. Eigentlich wusste sie gar nicht, was es zu sagen galt. Sie wollte sich nicht für etwas entschuldigen, was sie sich sehnlichst wünschte.

»*Aye*«, flüsterte er und strich ihr sanft die Haare aus der Stirn. Schließlich blieb seine Hand an der Seite ihres Halses liegen.

Sein Blick wanderte zu ihrem Mund, was ihre Lippen so stark pulsieren ließ, dass sie draufbeißen musste.

Mit dem Daumen berührte er ihre Wange und fuhr dann langsam weiter bis zu ihrem Mundwinkel. Es fühlte sich an wie die Berührungen mit einer Feder. Sie schloss die Augen und seufzte.

Als seine Daumenkuppe ihren Amorbogen erreicht hatte, rieselten Schauer die Nervenbahnen hinab bis in ihren Schoß. Sie spürte, wie er mit beiden Händen ihr Gesicht umrahmte und seine Lippen weich und warm auf die ihren legte. Voll Verlangen drückte sie ihren Mund auf seinen, dann begegneten sich ihre Zungen. Zuerst umspielten sie einander vorsichtig, als der Kuss sich vertiefte, drängender und härter.

Jenny wühlte ihre Finger in Callums Haar. Vor Aufregung atmete sie so flach und schnell, dass ihr schwindelig wurde.

Irgendwann rückte Callum ein Stück von ihr ab. Er hielt

sie aber weiter mit seinen Armen umfangen. Schwerfällig öffnete Jenny die Lider und traf auf einen Blick aus geweiteten Pupillen. Seine Augen wanderten über ihr Gesicht. Dann schenkte er ihr ein Lächeln und küsste sie erneut, bis sie glaubte, das Universum um sie herum versinke.

14

»Du solltest vielleicht aufhören, mich Cousine Jenny zu nennen«, schlug sie vor, als sie beim Haus in Morningside ankamen. Etwas unschlüssig blieben Callum und sie vor dem Gartentor auf der Straße stehen. Sie wollte seine Hand nicht loslassen, und er tat es auch nicht.

»Ich habe seit Tagen nicht mehr Cousine Jenny zu dir gesagt.«

»Ähm. Im Sand Bell's? Als du mich deinem flirty Freund Neil vorgestellt hast?«

»Okay, da schon. Aber sonst zuletzt an dem Abend, als du in meiner Wohnung warst.«

»Tatsächlich?« Sie hätte schwören können, er hätte das nach wie vor ständig getan.

»Auf der *My Fair Lady*-Tribüne ist mir klar geworden, dass ich dich nicht mal annähernd als Cousine sehe und hoffnungslos in dich verliebt bin.« Er wollte sie küssen, aber sie hielt ihn auf, indem sie ihm die Hand auf die Brust legte.

»Moment mal! Du weißt seit Freitagabend, dass du in mich verliebt bist, und sagst bis heute – unserem letzten Abend am Montag – keinen Ton?«

Er zuckte mit den Schultern. »Ich habe es nicht für möglich gehalten, dass du auch nur annähernd etwas anderes fühlst als Freundschaft. Nicht einmal jetzt kann ich's glauben.« Er lächelte so strahlend, dass Glücksgefühle durch sie fluteten.

»Ich bin seit der Minute, in der ich dich hier im Wohnzimmer zum ersten Mal heulend auf dem Sofa gesehen habe, total in dich verschossen, Cal.«

»Verdammt! … Aber dann hättest du ja auch mal was andeuten können.«

Sie mussten beide lachen, dann fielen sie einander in die Arme und küssten sich stürmisch.

»Das darf jetzt einfach nicht der letzte Abend gewesen sein«, bemerkte er. »Es tut mir wirklich leid, aber ich kann mich noch nicht von dir verabschieden.« Sie standen nach wie vor eng umschlungen vor dem Gartentor.

»Ich mich auch nicht von dir.« Jenny schmiegte sich an ihn und verfluchte ihre dicke Winterjacke, die verhinderte, dass sie Callum richtig spürte.

»Wie wäre es, wenn wir uns morgen doch noch mal auf ein, zwei Stunden treffen? Ich weiß, es ist auch dein letzter Abend mit Nan. Aber vielleicht lässt sich die Zeit ein wenig aufteilen? Natürlich nur, wenn du willst. Kein Druck.«

»Beste Idee von allen!«, erwiderte sie überschwänglich.

Und wieder küssten sie einander.

Jennys Lippen fühlten sich von den vielen Zärtlichkeiten im Theater und später in der letzten Reihe des Doppeldeckerbusses geschwollen an. Aber selbst wenn sie wund wären, hätte sie noch nicht genug. Sie war verrückt danach, wie Callum küsste, denn er wusste genau, was er mit Lippen und Zunge anstellen musste, um sie total um den Verstand zu bringen.

»Großartig! Dann sehen wir uns morgen.«

»Fantastisch!«

»Gute Nacht, *sweetheart*.«

»Schlaf gut.«

Sie ließen einander nicht los, sondern klammerten sich noch fester aneinander.

»Bis morgen. Ich schreibe dir, *bonnie*.«

»Kann es kaum erwarten.«

Callum seufzte.

Nach einigen Augenblicken schlug Jenny vor: »Wir könnten noch eine Tasse Tee zusammen …«

»Tee wäre perfekt!«, unterbrach er sie, ehe sie den Satz zu Ende gesprochen hatte.

Sie lächelte ihn an wie auf Droge, und er drückte ihr einen Kuss auf die Lippen, bevor er sie schließlich losließ und das Gartentor öffnete.

»Meinst du, sie sind noch wach?«

Er sah auf sein Handy. »Um diese Uhrzeit eher nicht. In ein bis zwei Stunden steigt die Wahrscheinlichkeit, dass sie im Haus herumgeistern. Aber zwischen zehn und eins schlafen sie meist wie die Steine.«

»Gut.«

Obwohl er sicher einen Schlüssel in der Hosentasche stecken hatte, wartete er, bis sie aufgesperrt hatte und ihn hereinbat, als wäre er ihr Gast. Er marschierte auch nicht voraus in die Küche wie jemand, der schon seit seiner Kindheit in diesem Haus ein und aus ging, sondern blieb im Vorzimmer stehen, bis sie Jacke, Schal, Mütze und Handschuhe verstaut hatte.

»Ist es dir wegen Nan und Granda unangenehm, wenn wir zusammen hier sind?«, fragte er mit gesenkter Stimme, als sie schließlich den Flur entlang in den hinteren Teil des Hauses schlichen. »Ich meine: zusammen-zusammen.«

Darüber hatte sie im Gefühlsrausch der letzten Stunden noch gar nicht nachgedacht. Vor allem für Ingrid würde es sicher seltsam sein. Als Jennys Gedanken zu ihrem Vater weiterwanderten, verkrampfte sich ihr Magen. Nachdenklich wiegte sie den Kopf hin und her.

Sie öffnete die Küchentür und schaltete das Licht ein. Die intensiven Weihnachtsgerüche im Raum fand sie himmlisch. Sie liebte es mittlerweile, ganz und gar davon eingehüllt zu werden. Auf der Kücheninsel lagen zwei Backbleche voll mit frischen Zimtsternen, fein säuberlich glasiert und über Nacht zum Trocknen stehen gelassen. Und in einer Schale auf der Anrichte waren mit Nelken in Sternmustern gespickte Orangen drapiert. Im Wintergarten auf dem Tisch befanden sich mehrere große Bogen graues Packpapier, auf das Ingrid begonnen hatte, hübsche Wintermotive zu malen.

»Wir müssen es ihnen ja nicht unbedingt sagen«, schlug Callum vor und trat an den Wasserkocher. »Wir könnten auch erst mal abwarten, was passiert.«

»Okay.« Dass dieser Vorschlag sich vermutlich auf die Zeit bezog, in der sie wieder in Deutschland und unendlich weit von ihm entfernt war, schnitt ihr ins Herz.

Er füllte den Wasserkocher und stand mit dem Rücken zu ihr, schien aber trotzdem zu merken, dass sich ihre Stimmung schlagartig verändert hatte. Denn er drehte sich zu ihr um, musterte kurz ihr Gesicht und sagte dann: »Ist dir doch lieber, ich gehe, und wir sehen uns morgen, *love*?«

Die Vorstellung, dass er jetzt zur Tür hinausmarschierte und sie allein ließ, fand Jenny so furchtbar, dass sie vehement den Kopf schüttelte.

Nachdem er den Wasserkocher eingeschaltet hatte, kam er zu ihr und schlang die Arme um sie. »Willst du was Süßes zum Tee?«

»Hab ich direkt vor mir«, antwortete sie, legte ihm die Hände in den Nacken und zog seinen Kopf zu sich herunter.

Er lachte an ihrem Mund. »Wir sollten die *Zimtsterne* trotzdem testen«, schlug er vor, nachdem er sie neuerlich hingebungsvoll geküsst hatte. Sie liebte es, wie er dieses deutsche Wort mit seinem schottischen Akzent aussprach. Er suchte zwei Exemplare aus, deren Glasur nicht perfekt gelungen war, und reichte ihr einen. »Meine Lieblingsbäckerei. Weihnachtsgefühle zum Essen.«

Sie schob sich den Keks in den Mund. Er war weich und saftig.

»Sag mal«, begann sie dann. »Warum hast du es eigentlich schlagartig aufgegeben, mich ununterbrochen mit Weihnachten zu nerven? Weil du dir irgendwann keine weiteren Diskussionen über Adventsbeleuchtung und Klimaschutz oder Feminismus im Weihnachtsfilm antun wolltest?«

»War es nicht ziemlich offensichtlich, dass die ganze Wette nur ein Vorwand dafür war, Zeit mit dir zu verbringen? Ob du Weihnachten magst oder nicht, ist mir nie ein wirkliches Anliegen gewesen. Dich jeden Tag zu sehen aber schon.« Er lächelte mit schief gelegtem Kopf.

»Oh.«

»Ich dachte, du hast das von der ersten Sekunde an durchschaut. Als wir uns angefreundet hatten, konnte ich das mit der komplett sinnbefreiten Wette unter den Tisch fallen lassen.«

»Und hast du wiederum nicht bemerkt, dass ich alles mitgemacht hätte, um in deiner Nähe zu sein? Ich wäre sogar ein drittes Mal auf diesen unsäglichen Kinderweihnachtsmarkt gegangen. Ich war im Santa Land, Callum. Nicht zu fassen!«

Grinsend hakte er seinen Finger in eine der Schlaufen am Bund ihrer Jeans und zog sie wieder nah zu sich heran.

»Du gibst also zu, dass du die Wette niemals gewonnen hast?«, zog sie ihn auf.

»Nein, das gebe ich nicht zu.« Er legte ihr die Hand an die Wange und berührte wieder auf diese unwiderstehliche Art mit dem Daumen ihre Lippen, die sie schon einmal an diesem Abend völlig aus der Fassung gebracht hatte.

»J-jetzt warte mal.« Sie bemühte sich um Konzentration. »Die Wette drehte sich darum, mich davon zu überzeugen, wie großartig Weihnachten ist. Und nicht darum, dass du zeigst, wie gern die meisten Menschen das Fest mögen. Okay, das hast du vielleicht bewiesen. Aber mich umgestimmt hast du nicht. Was soll denn das bitte für eine Versuchsanordnung sein, wenn du mittendrin die Fragestellung änderst? Die Wette wurde ganz klar eingestellt und nicht gewonnen.«

»Soso.« Er neigte seinen Kopf und saugte sanft an ihrer Unterlippe, was einen neuen Blitz der Erregung durch Jenny fahren ließ.

»Und das hier ist der eindeutiger Versuch, das Wettergebnis zu verfälschen«, murmelte sie. Ihre Stimme klang brüchig. Hitze war in ihre Wangen gestiegen.

»Wir können uns auf unentschieden einigen«, schlug er vor. »Immerhin hast du im Theater gesagt, du fühlst diese spezielle Stimmung.«

»Also gut. Unentschieden. Weil in ein paar Tagen Weihnachten ist.«

Er lächelte auf unbeschreiblich verführerische Art und ließ sie dann los, um zwei Teetassen aus dem Schrank zu holen.

Sie legte sich die Hände ans Gesicht. »Eines ist schon mal klar: Für die heutige Nacht unterm Dach bin ich gut aufgewärmt. Ich werde zur Abwechslung mal nicht frieren.«

»Ist dir oben denn kalt?«

»Nicht so tragisch. Du weißt ja, ich fröstle fast immer. Ich habe versucht, die Heizung nach deiner Anleitung höher zu drehen, aber das ist mir nicht richtig gelungen.« Sie winkte ab. »Kein Problem.«

»Kommt gar nicht infrage, dass du im Bett liegst und frierst. Ist es okay, wenn ich mal eben raufgehe und mir das ansehe?«

»Natürlich. Aber ehrlich, mach dir keine Umstände!«

»Ich bin gleich wieder da«, sagte er. »Gießt du schon mal den Tee auf?« Damit verließ er die Küche.

Einen Augenblick stand Jenny allein mitten im Raum und sah zur Tür, durch die er eben verschwunden war. Der Wasserkocher begann zu rauschen, also legte sie zwei Teebeutel in die Tassen. Bei dem Gedanken, dass Callum gleich oben im Zimmer sein würde, fing ihr Herz an, aufgeregt zu pochen. Sie holte tief Luft, dann schaltete sie den Wasserkocher aus. Beim Verlassen der Küche löschte sie auch das Licht.

»Der Regler ist abgebrochen«, sagte Callum, als sich Jenny durch ein Räuspern bemerkbar gemacht hatte. Er betrachtete das Teil in seiner Handfläche. »Deshalb konntest du die Heizung nicht stärker aufdrehen. Es ist wirklich eher frisch hier oben.« Durch die Dachschräge sah er noch größer aus als sonst.

Sie lehnte sich an den Türrahmen. »Tut mir leid, wenn ich was kaputt gemacht habe.«

»Ich bin sicher, das war schon vorher so. Mach dir keine Gedanken. Das ist ein altes Haus mit vielen Wehwehchen. Wir bekommen das auf jeden Fall repariert. Ich kümmere mich morgen drum.« Nachdem er den Regler auf die Kommode gelegt hatte, wirkte er etwas unschlüssig. »Am besten, du ziehst dich warm an und nimmst dir eine zusätzliche Decke.« Er deutete auf die Schubladen.

Sie nickte.

»Möchtest du zum Aufheizen einen Schuss Whisky in den Tee?«

Kopfschüttelnd trat sie vor ihn hin, stellte sich auf die Zehenspitzen und drückte ihm einen Kuss auf die Lippen. Was als kleines Dankeschön für seine Fürsorge gemeint war, vertiefte Callum sofort. Er legte ihr die Hände auf die Hüften und zog sie an sich, bis sich ihr Bauch an sein Becken drückte. Sie konnte spüren, wie sehr er sie wollte.

Er wich zurück, fuhr sich durch die Haare und murmelte: »Tut mir leid. Wir müssen echt nicht …«

Doch Jenny ließ ihn gar nicht ausreden. Viel zu groß war ihr Verlangen nach ihm. Es war ihr egal, wie wenig Zeit ihnen bis zur Abreise noch blieb und ob das zwischen ihnen danach auch nur ansatzweise eine Chance hatte. Was die Zukunft brachte, spielte im Augenblick keine Rolle. Deshalb küsste sie ihn begehrlich und zog ihm das Hemd aus der Hose. Endlich spürte sie seine warme Haut unter ihren Fingern. Als ihre Hände knapp über dem Hosenbund den Bauch entlangwanderten, hörte sie Callum Luft einsaugen. Er packte ihren Kopf und umspielte ihre Zunge mit der seinen noch leidenschaftlicher. Keuchend zerrte er dann den Kragen ihres Pullovers zur Seite, um auch ihren Hals, das Schlüsselbein und die Kehle küssen zu können. Schließlich richtete er sich wieder auf und ließ seine Hände zu ihrem Hinterteil gleiten. »Verflucht, du haust mich einfach um!«

Seine raue Stimme brachte ihr Inneres noch mehr zum Glühen, also riss sie sich selbst Pullover und T-Shirt über den Kopf, packte Callum am Hemd und dirigierte ihn auf das Bett. Als er sich darauf fallen gelassen hatte, kletterte sie auf seinen Schoß.

Beim Aufwachen brauchte Jenny wie so oft einen Augenblick, um sich zu orientieren. Doch dann fühlte sie Callums Körperwärme an ihrem Rücken und seinen Arm, den er um ihren Bauch geschlungen hatte. Sein angenehmer Geruch stieg ihr in die Nase, und sie spürte sein gleichmäßiges Atmen. Das alles in der heimeligen Höhle des Alkovenbettes bescherte ihr ein nie gekanntes Geborgenheitsgefühl. Wohlig kuschelte sie sich tiefer ins Kissen.

Callum seufzte im Schlaf.

Sie hatte ihn gebeten, noch ein wenig zu bleiben. »Wenn du eingeschlafen bist, schleiche ich mich raus«, hatte er gesagt.

Sie wusste nicht, wie spät es nun war, aber sie ahnte, dass ein paar Stunden vergangen waren. Mit angehaltenem Atem lauschte sie, doch im Haus war noch alles still.

»Callum«, flüsterte sie.

Er bewegte sich ein wenig.

»Wach auf, Cal! Wie spät ist es?«

»Hey«, krächzte er und küsste Jenny auf die Wange. »Ich bin wohl eingeschlafen.«

»Macht ja nichts. Aber kannst du mal auf dem Handy nach der Uhrzeit sehen?«

Er angelte nach seiner Hose. »Halb vier. Was, wenn ich Nan und Granda einfach sage, ich hätte dich heimgebracht und wäre zu faul zum Heimfahren gewesen? Dann könnte ich jetzt hierbleiben. Nebenan ist ja auch noch ein Gästezimmer. Da habe ich geschlafen. Einverstanden?«

»So ein Mist, dass du meinetwegen deine Großeltern anschwindeln musst.«

»Muss ich nicht. Ich bin tatsächlich zu faul, jetzt heimzufahren. Und ich gehe gleich rüber, dann ist auch das die Wahrheit. Nur noch fünf Minuten.« Er schlang seine Arme fester um sie. »In wenigen Tagen ist schließlich Weihnachten.«

Sie lachte, drehte sich auf die andere Seite und kuschelte sich wieder eng an ihn. Ihre Rückseite an ihn zu schmiegen, fühlte sich einfach himmlisch an.

»Sehr weihnachtlich, Maclain!«, flüsterte sie nach ein paar Augenblicken, als sie spürte, dass ihm das auch ausgesprochen gut gefiel.

»Nicht meine Schuld. Dein *bahookie* ist einfach zu aufregend.«

»Ist das ein schottischer Ausdruck für ausladendes Hinterteil?«

»Einfach nur Po. Und deiner ist rattenscharf. Genauso wie der Rest von dir: dein Körper, deine Schönheit, deine Intelligenz, dein ganzes Wesen. Eine Offenbarung!«

»Wenn diese Rede darauf abzielt, dass ich mir schon wieder wie von Sinnen die Kleider vom Leib reiße, kann ich dir gleich sagen: Es funktioniert.«

»Gut.« Nervenaufreibend langsam glitt seine Hand unter das Sweatshirt, strich ihren Bauch entlang bis zu ihrer Brust.

Ineinander verschlungen lagen sie schwer atmend auf der Decke.

»Wow.«

»Aye!« Er zog sie auf sich und bettete ihren Kopf auf seine Brust.

»Sag mal, hattest du auch Geld in deinem Portemonnaie oder waren da nur Kondome drin?«

»Nicht, dass du glaubst, ich habe die extra reingetan, weil ich heute irgendwelche Absichten hatte.«

»Nicht die Spur einer Absicht.« Es fiel ihr nun wieder ganz leicht, Callum aufzuziehen.

»Dann im Laufe des Abends natürlich schon, aber beim Weggehen von zu Hause dachte ich echt noch, das wird eine weitere völlig harmlose Jenny-und-Callum-Zeit. Die Kondome waren in meiner Geldtasche, seit ich im Sommer auf einem Festival war.«

»Na, da hatte ich ja Glück, dass du sie da nicht aufgebraucht hast.«

Er fuhr mit den Fingerspitzen ihre Wirbelsäule entlang über die nackte Haut, was kleine Schauer durch sie rieseln ließ. Fürsorglich zog er die Bettdecke über sie.

»Wenn ich nur für immer mit dir hier liegen könnte.«

»Deine Forschung lässt sich sicher auch in dieser Position betreiben. Zur Not legen wir uns in ein Labor.«

Sie gluckste.

»Und für meine nächsten Bühnenbilder und Puppenhäuser wird es auch irgendwie gehen. Nirgendwo steht geschrieben, dass ich beim Arbeiten angezogen sein muss.«

Tastend suchte sie nach seiner Hand und zog sie an ihren Mund. »Ich bin echt unfassbar verliebt in dich.«

»Ich noch mehr in dich«, erwiderte er. »Bei dem Gedanken, dass du übermorgen abreist, komme ich fast um.« Er schlang Arme um Beine um sie, als wolle er sie niemals wieder gehen lassen.

Sie atmete durch. »Ich wünschte auch, wir hätten mehr Zeit miteinander.«

»Und was, wenn du einfach noch bleibst?«

»Es ist so verdammt mieses Timing. Du weißt ja, dass ich mit meiner Freundin über Weihnachten in den Urlaub fahre. Ich habe nur knapp zwei Tage daheim, und dann geht es gleich wieder los. Warum habe ich nicht schon am Freitagabend bei dir in der Wohnung versucht, dich zu küssen? Oder du mich?«

»Da waren wir offensichtlich noch nicht so weit.« Er legte seine Hand auf ihren Kopf und begann, ihr mit den Fingern durch die Haare zu fahren.

Auf einmal fühlte sie Traurigkeit in sich hochsteigen. »Wie soll das funktionieren, sobald ich wieder zu Hause bin?«

»Keine Ahnung. Wir finden schon einen Weg, *love*. Wenn du freihast, kommst du her. Und ich kann zwischen meinen Projekten bei dir in Deutschland sein.«

Wenn sie daran dachte, wie lange sie mit dem Zug unterwegs gewesen war, wurde ihr ganz schlecht. Für ein verlängertes Wochenende konnte man die Strecke zwischen München und Edinburgh bestenfalls im Flugzeug schaffen, und eigentlich hatte sie sich geschworen, maximal noch einmal im Jahr zu fliegen, um das Klima nicht unnötig zu belasten.

So weh der Gedanke auch tat, aber realistisch betrachtet war es eher unwahrscheinlich, dass Callum und sie eine gemeinsame Zukunft hatten.

Sie hörte seinen Herzschlag an ihrem Ohr und wünschte sich, es wäre zur Abwechslung mal irgendetwas in ihrem Leben einfach nur unkompliziert.

»Jenny?«

»Hm?«

»Mich beunruhigt, dass du nicht antwortest. So was wie: Ja, Callum, wir werden uns ganz häufig treffen! Warum sagst du nichts?«

»Lass uns einfach die Zeit genießen und dann sehen wir weiter, ja?«

»Okay.«

Als sie den Kopf hob, um ihn in der Dunkelheit anzulächeln, küsste er sie.

15

John hatte Callum beim Frühstück dazu angehalten, seine »Cousine aus Deutschland« zum *Ceilidh* auszuführen, bevor sie heimfuhr. Das müsse man erlebt haben, um Schottland wirklich zu verstehen. Daraufhin hatte Callum Jenny das Versprechen abgenommen, keine Fragen zu stellen, nicht zu googeln und sich einfach darauf einzulassen.

»Ich war im eiskalten Meer und im Santa Land, schon vergessen?«, hatte sie erwidert. »Ich bin dieser Tage ausgesprochen unerschrocken.«

An ihrem letzten Abend in Edinburgh trafen sie sich also vor dem Gebäude, in dem die mysteriöse Veranstaltung stattfinden sollte.

»Ist nicht wahr!«, rief Jenny schon von Weitem, als sie Callum vor der Tür stehen sah. »Du hast nicht wirklich einen Kilt an?!«

Er drehte sich einmal im Kreis, damit sie den dunkelgrün-blau karierten Rock, die knielangen Strümpfe, die *Sporran*-Ledertasche vor seinem Bauch und das kurze Sakko mit Hemd begutachten konnte.

»Sehr stimmig!« Sie fand, so ein Schottenrock ließ bayerische Lederhosen richtig langweilig aussehen. »Werde ich vielleicht doch noch herausfinden, was der Edinburgher darunter trägt?«

Callum lachte und küsste sie zur Begrüßung. »Mal sehen. Wie war dein letzter Tag im Labor, *love*?«

»Ganz okay. Ich beherrsche die Abläufe jetzt und denke, ich werde in München gut mit dem Gerät zurechtkommen. Doch die Leute hier werde ich vermissen. Es sind echt schräge Vögel, aber irgendwie sind sie mir diese Woche ans Herz gewachsen.«

»Du kannst sie ja besuchen, wenn du bei mir bist. Gehen wir rein?« Er hielt ihr die Tür auf. »Ich will dich jetzt endlich tanzen sehen.«

»Wie bitte?« In diesem Augenblick hörte sie schon die Musik aus dem Inneren des Gebäudes. Geige und Gitarre, rhythmisches Händeklatschen und ausgelassene Stimmen. »Was genau wird das hier?«

»Du wirst es mögen.«

»Ich kann nicht tanzen. Überhaupt nicht! Bewegungsanalphabeten-gar-nicht.«

»Für Ceilidh muss man nicht tanzen können. Man braucht nur zwei Beine. Ein bis zwei Arme sind auch von Vorteil.« Er nahm sie an der Hand und zog sie durch den Eingang.

»Ich trage Jeans und ein Sweatshirt«, wandte sie ein.

»Du siehst super aus! Es ist ganz egal, was man trägt. Legere Kleidung ist genauso in Ordnung wie Tracht.« Er führte sie die Treppe hinauf und zahlte den Eintritt.

Unterdessen sah Jenny nun doch im Internet nach, was sie erwartete. »Schottischer Volkstanz, Callum? Lässt du deinen fast neunzigjährigen Opa oft Vorschläge für deine Dates machen?«

Er lachte.

Sie betraten den Tanzsaal, der voller Menschen war. Luft und Atmosphäre waren aufgeheizt und die Scheiben beschlagen. Auf einer Bühne spielten Musiker ein schnelles Lied, zu dem sich die Leute paarweise bewegten. Der Raum pulsierte förmlich vor Energie und Begeisterung. Erst auf den zweiten Blick fiel Jenny auf, dass sich die Tanzenden in Stil und Alter sehr unterschieden. Dennoch schienen alle bestens miteinander zurechtzukommen. Ein traditionell mit Hemd, Kniebundhose und Tartan-Schal bekleideter älterer Mann tanzte mit einem jungen Mädchen in zerrissener Hose mit grünen Haaren und Piercings. Einige der Tanzenden wirkten wie Profis und führten die Schritte perfekt aus, andere sprangen einfach ausgelassen herum. Keiner schien sich daran zu stören.

»Schalte deinen Kopf aus und hab Spaß!«, hörte sie Callum sagen, anschließend schubste er sie bereits sanft Richtung Parkett.

»Immer wenn du glaubst, dich kann nichts mehr überraschen …«, murmelte sie noch, dann hatte Callum ihre Jacke und sein Sakko schon beiseitegelegt und ihr gegenüber Aufstellung genommen. Er nahm sie an den Händen. »Drei Schritte vorwärts, drehen, drei rückwärts und dann dasselbe nach hinten.«

Jenny versuchte, die Bewegungen nachzumachen. Zuerst klappte es sogar ganz gut. Als sie die Kombination danach aber im von der Musik vorgegebenen Tempo probierten, verwechselte sie die Richtungen und prallte unsanft gegen ihn.

»Tut mir leid, ich bin echt nicht gut in so was.«

»Niemand kann das auf Anhieb. Genieß einfach die Stimmung!« Gerade als er das gesagt hatte, wurde Jenny von einer jungen Frau von ihm fortgerissen. In wildem Polkatanz galoppierte sie mit ihr durch den halben Saal. Anschließend vollführte sie mit ihr dieselbe Schrittkombination wie eben schon Callum, dann wurde Jenny bereits zum nächsten Partner geschoben. Etliche Male murmelte Jenny »Sorry«, weil sie herumstolperte oder sich verzählte. Irgendwann ließ sie aber auch das bleiben, weil sie merkte, dass niemand ein Problem damit zu haben schien, wie schlecht sie tanzte. Stattdessen strahlten alle pure Freude aus. Und ehe sie es sich versah, schwappte diese Euphorie auf Jenny über. Als sie bei einem korpulenten Mann mit weißem Rauschebart und Kilt landete, der bei der Polka sonore Jauchzer ausstieß, riss die ausgelassene Stimmung Jenny so mit, dass sie aus vollem Halse lachen musste. Sich gänzlich ungeniert zur Musik zu bewegen und sich dabei auf diese Art intensiv zu spüren, tat unfassbar gut. Überwältigt von der wunderbaren Erfahrung, schaute sie zu Callum, der am anderen Ende der Tanzfläche gerade mit einer kleinen Dunkelhaarigen tanzte.

Als sich ihre Blicke trafen und Callum Jenny quer durch den Saal anlächelte, flutete so viel Zuneigung durch Jenny, dass sich ihr Herz weitete.

»Dieser Abend wird mir bestimmt für immer in Erinnerung bleiben. Ich danke dir so sehr! Das war etwas ganz Besonderes.«

Jenny und Callum standen im Treppenhaus, und er half ihr in die Jacke. Die Leute, die den Ceilidh-Abend besucht hatten, strömten an ihnen vorbei in Richtung Ausgang.

»Sehr gern, *love*. Ich bin froh, dass es dir gefallen hat. Aber eigentlich hatte ich keine großen Zweifel, so begeisterungsfähig, wie du bist.«

Jenny sah überrascht auf. »Findest du? Sind Grinches nicht eher das Gegenteil davon?«

Callum grüßte einen der Musiker, der mit Weihnachtsmannmütze auf dem Haupt an ihnen vorbeikam, dann nahm er ihre Hand. »Du beim Essen!? Im Meer!? In der Theaterkulisse!? Und gerade vorhin beim Tanzen!? Jenny, du bist kein Grinch. Das war ein blöder Scherz von mir. Am liebsten würde ich von jetzt an alles nur noch mit dir erleben. Einfach, um zu sehen, wie ein ums andere Mal die Lebensfreude aus dir herausbricht. Dann gestattest du nämlich einen Blick hinter die Fassade der Vernunft und Reflektiertheit. Und das ist einfach anbetungswürdig.«

Seine Bemerkung versetzte ihr einen Stich. Für die restlichen Stunden des Abends war sie mit Ingrid verabredet, und am nächsten Morgen würde sie abreisen. Davon, dass sie von nun an alles gemeinsam erleben würden, konnte einfach nicht die Rede sein. Sie senkte den Kopf und versuchte, tief durchzuatmen.

Callum schien sofort zu wissen, was sie so schlagartig traurig gemacht hatte, denn er trat näher an sie heran und sagte sanft: »Ich fahre im Bus mit nach Morningside. Dann haben wir zumindest noch die Fahrt – das ist besser als nichts.« Er zog sie an sich.

Mittlerweile waren die meisten Besucher des Tanzabends gegangen. Nur einige wenige standen nach wie vor in der Eingangshalle beisammen und unterhielten sich. Ihre Stimmen hallten durchs kühle Treppenhaus.

»Der heutige Abend gehört Ingrid und dir«, fuhr Callum fort. »Aber morgen früh komme ich dich abholen und bringe dich zum Bahnhof. Wir werden die Zeit bis zur letzten Minute nutzen.«

Jenny spürte, wie ihre Kehle eng wurde. Sie hasste Abschiede und diesen hier ganz besonders. Wenn sie daran dachte, wie weit sie voneinander entfernt sein würden, zog sich ihr Magen zusammen. Bevor sie allein in den Zug nach Deutschland stieg, musste sie sich von Callum verabschieden. Und wenn sie das geschafft hatte, würde sie das Ganze bei jedem einzelnen Besuch oder Telefonat erneut erleben. Es würde wieder und wieder wehtun. Callum kennengelernt zu haben, war, wie durch den Spalt einer Tür etwas Vielversprechendes zu entdecken, sie dann aber nicht durchschreiten zu können.

Sie vergrub den Kopf an seiner Brust, atmete seinen ihr mittlerweile schon vertrauten Geruch ein und versuchte, die negativen Gefühle mit Gewalt zurückzudrängen.

Callum legte die Hand auf ihren Hinterkopf. »Alles okay, Jenny?«

»Ich bin traurig. Weil es so sein wird wie bei diesem einen Typen aus der griechischen Mythologie, der an den Felsen gebunden wird und dem die Adler täglich aufs Neue die Brust auspicken.«

»Prometheus?«

»Genauso wird es sich anfühlen. Jedes Mal, wenn wir uns von einem Abschied erholt haben, wird uns der nächste die Herzen herausreißen.«

Die Anspannung, die seinen Körper ergriff, fühlte sie deutlich.

»Klar, wir könnten so tun, als wäre alles wunderbar. Als wäre die Entfernung zwischen München und Edinburgh ein Klacks. Aber in Wahrheit … Ich bezweifle, ob ich das ertragen kann. Dazu habe ich mich zu schnell zu heftig in dich verliebt. Es wird so verdammt schwer, Callum.« Ihre Stimme versagte.

Er drückte ihr einen Kuss auf die Haare und schwieg.

»Du glaubst so fest daran, dass das richtig super wird mit den gegenseitigen Besuchen, aber ich weiß einfach nicht …«

Sie spürte, wie er nickte.

Den Kopf zu heben, kostete sie unendlich viel Kraft. Doch sie wollte ihn ansehen, damit er von ihrer Miene ablesen konnte, wie sehr es sie schmerzte, realistisch sein zu müssen.

Aus Callums Augenwinkel rannen Tränen. »Mir ist das alles auch klar. So zu tun, als würde es für immer weitergehen wie in den letzten Tagen, ist einfach leichter. Aber ich bin mir natürlich bewusst, wie weit München weg ist und wie beschäftigt wir beide sind.«

Sie brauchte ein wenig Anlauf, um das zu sagen, was sie dachte: »Ich habe das noch nie nach so kurzer Zeit zu jemandem gesagt … Ich glaube, ich liebe dich, Callum. Hoffentlich überrumpelt dich das jetzt nicht völlig, aber ich habe nicht die Gelegenheit, einen geeigneteren Moment abzuwarten. Und ich weiß schon nach dieser einen Woche, dass ich noch nie einen Mann wie dich kennengelernt habe. Um *Tatsächlich … Liebe* zu zitieren: ›Du bist der Eine‹!« Sie versuchte zu lächeln, was misslang.

Seine Unterlippe zitterte heftig. »Und ich liebe dich.« Er stockte und musste sich offensichtlich zusammenreißen, um weitersprechen zu können. »Du machst mich irgendwie … ganz.«

Sie legte die Hand an ihren Mund und schloss die Augen, um das Schluchzen niederzukämpfen, das ihre Brust hochdrängte. Sie schluckte mehrere Male, bis sie schließlich zu sagen in der Lage war: »Und du machst mich ganz … Und ich werde es nicht überstehen, wenn dieses Stück immer aufs Neue aus mir herausgerissen wird. Das kann ich einfach nicht!« Verzweifelt blickte sie wieder zu ihm hoch.

Er nickte und wischte sich über die Wangen. Sofort waren neue Tränen nachgeronnen. Es war erstaunlich: Vor ihr stand dieser weinende Mensch, von dem aber dennoch immense Stärke ausging. Einfach weil er seine Gefühle nicht versteckte und sich nicht davor fürchtete, ihr seine Verletzlichkeit auf dem Silbertablett zu präsentieren.

Er zog Jenny wieder an sich und schlang auf eine Art die Arme um sie, die bewirkte, dass sie sich zumindest für einen Augenblick lang völlig behütet fühlen konnte. Dieses überwältigende Gefühl ließ die Schluchzer aus ihr herausbrechen.

»Ich weiß, *my love*, ich weiß«, hörte sie ihn leise sagen, während er ihr mit der Hand über den Nacken strich.

Jenny brauchte eine Weile, bis sie sich so weit erholt hatte, dass ihr das Sprechen wieder gelang. »Darf ich dich um was bitten?«

»Natürlich.«

»Küssen wir uns. So als wäre es der erste Kuss von einer Million. Und danach drehe ich mich um und gehe. Ich kann morgen einfach nicht in den Zug steigen, wenn du auf dem Bahnsteig stehst.«

Callum umfasste ihr verweintes Gesicht mit seinen Händen und sah sie einen Moment mit dem gefühlvollsten aller Blicke an. Dann senkte er seine Lippen auf die ihren.

Nachdem sie sich innig geküsst hatten, ließ er Jenny los.

Jenny weinte während der gesamten Busfahrt bis Morningside. Eine Passagierin fragte sie, ob sie etwas für sie tun könne. Wackelig zu lächeln und abzuwinken, war alles, was Jenny zustande brachte. Erst nach dem Aussteigen gelang es ihr, sich einigermaßen zusammenzureißen. Sie ging noch einen Umweg, damit die frische Luft ihr verquollenes Gesicht und die geröteten Augen kühlte. Im Selfiemodus ihres Handys überzeugte sie sich davon, dass sie nicht mehr allzu schlimm aussah, bevor sie schließlich das Haus Nummer achtundzwanzig betrat. Sofort hüllten sie wieder die köstlichsten Düfte ein – wie wenn sie in eine Dose mit Weihnachtsbäckerei gefallen wäre.

»Da bist du ja, *Schatz*«, antwortete John auf ihren Gruß, als sie kurz den Kopf in den Wohnraum steckte. Immer wenn er das deutsche Kosewort für sie verwendete, wusste Jenny, dass er sie für Ingrid hielt. Das ging ihr jedes Mal aufs Neue ans Herz. Jetzt, da der Abend schon so aufwühlend gewesen war, musste sie sich einen Moment lang gegen die Vorzimmerwand lehnen und durchatmen. Erst dann konnte sie zu John gehen und sich ihm gegenüber aufs Sofa setzen.

»Ich war beim Ceilidh. Das war eine gute Idee von dir«, sagte sie. »Liest du ein schönes Buch?« Sie deutete auf den dicken Wälzer, der auf seinen Oberschenkeln ruhte.

»Zum dritten Mal *Der Name der Rose*.« Er sah auf den Roman, hob wieder den Blick und musterte sie dann. Nach einigen Sekunden änderte sich der Ausdruck auf seinem Gesicht und er sagte: »Jennifer.«

Sie nickte.

»Als ich deine Großmutter kennenlernte, war sie etliche Jahre älter als du. Wir waren keine ganz jungen Leute mehr und hatten beide unsere Päckchen zu tragen. Aber schon nach kurzer Zeit war mir klar, dass sie die Richtige für mich ist. Diese deutsche Frau, mit der sich alles so schrecklich kompliziert gestaltete, weil sie weit weg lebte und verheiratet war, passte zu mir wie keine andere auf der Welt. Ich wusste schon, als wir uns auf Arthur's Seat zum ersten Mal unterhalten haben, dass sie mich vervollständigt.«

Jenny schluckte an neuen Tränen. Die Wortwahl war einfach zu ähnlich der von Callum. Kein Wunder – die beiden waren schließlich Großvater und Enkel.

»Entschuldige, ich werde schon wieder sentimental.

Wahrscheinlich ist das unvermeidlich, wenn man alt ist.«

John lachte heiser. »Warum gehst du nicht in die Küche zu Ingrid? Sie bäckt für Weihnachten, als müsste sie eine Kompanie verköstigen. Na ja, bald kommen die Kinder mit ihren Familien. Da wird hier ganz schön was los sein. Schade, dass du dann nicht mehr da bist.«

»Finde ich auch«, antwortete sie. Dieses Haus am nächsten Tag zu verlassen, tat ihr noch zusätzlich weh. Niemals hätte sie es eine Woche zuvor für möglich gehalten, so schweren Herzens wieder abzureisen. »Danke, dass ich bei euch wohnen durfte, John.«

»Du gehörst zur Familie und bist hier immer willkommen, *lassie.*«

Nach diesem Satz kämpfte Jenny erneut mit den Tränen. Rasch murmelte sie ein weiteres Danke, dann stand sie auf und ging in die Küche. Schließlich gab es noch jemanden, von dem sich Jenny verabschieden musste.

»Da bist du ja, meine Liebe!« Über einem türkisfarbenen Jogginganzug trug die alte Frau eine Schürze, auf der *Kiss the cook!* stand.

»Tut mir leid, dass ich später bin als verabredet.«

Ingrid hielt inne und sah ihr direkt ins Gesicht. »Ist alles in Ordnung?« Offensichtlich spürte sie Jennys emotionalen Aufruhr.

Jenny reagierte mit einer wegwerfenden Handbewegung. »Ich bin nur ein wenig bedrückt, weil ich morgen abreise. Es war wunderschön bei euch.«

»Uns macht das auch sehr traurig. Komm einfach bald wieder, ja?«

»Ihr seid so lieb, vielen Dank!« Jenny sog den in der Küche hängenden intensiven Geruch nach Gewürzen und Honig ein. »Welche Kekse machst du jetzt?«

»Vorhin Lebzelten. Und das hier ist typisch schottisches Shortbread. Koste mal.« Sie reichte ihr eines der rechteckig geschnittenen Plätzchen vom Blech.

Jenny steckte sich die nach Butter duftende Köstlichkeit in den Mund. Die knusprige, mürbe Textur zerfiel zu einem reichen, süßen Geschmack.

»Erzähl mir, wie es dir beim Ceilidh gefallen hat«, bat Ingrid. Sie griff nach einer Gabel und drückte ein Rillenmuster ins ungebackene Shortbread auf dem Holzbrett vor sich.

»Es hat mir großen Spaß gemacht. Wie alles, was Callum in den letzten Tagen mit mir unternommen hat. Er hat sich mit dem Programm so viel Mühe gegeben.« Einen Moment spürte sie den Impuls, mit Ingrid ganz offen über ihre Gefühle für Callum zu sprechen. Es fühlte sich seltsam an, dies nicht zu tun. Doch sie schwieg, weil sie nicht wusste, wie Ingrid darauf reagieren würde, dass sich ihre leibliche Enkelin in ihren Herzensenkel verliebt hatte. Irgendwie hatte sie den Eindruck gewonnen, Callum scheue davor zurück, mit dieser Neuigkeit herauszurücken. Und er kannte die alten Leute schließlich besser als sie.

»Er ist ein guter Junge. Ich versuche, keinen Unterschied zwischen den Kindern zu machen. Aber da Callum John so ähnlich ist, steht er mir außergewöhnlich nah … Und als er noch ein kleiner Bengel war, hat er mich viel an dich denken lassen, weil ihr gleich alt seid. Da habe ich mir immer vorgestellt, dass du gerade die gleichen Entwicklungsschritte durchmachst wie er.« Sie lächelte.

»Callum ist wirklich ein ganz besonderer Mensch«, erwiderte Jenny. Da sie beinahe wieder zu weinen begonnen hätte, nahm sie eine der mit Nelken gespickten Orangen aus der Schüssel und roch daran. Sie beschwor sich, im Hier und Jetzt zu bleiben und weder an die vergangenen Tage zu denken noch an die Zeit, die vor ihr lag. Mit dem Finger schob sie dann das Backblech zurück, das etwas zu nah am Rand der Arbeitsplatte stand. »Die wievielte Kekssorte ist denn das jetzt schon?«, fragte sie.

»Die zwölfte. Klingt viel, aber wenn die ganze Bande hier einfällt, würdest du dich wundern, wie schnell alles verputzt ist. Ein paar Abende am Kamin mit Geschichtenerzählen, Spielen und Plaudern, und schon sind die Dosen leer.«

Jenny versuchte sich vorzustellen, wie eine Großfamilie Weihnachten feierte. Vier Generationen Maclains, all die Stimmen und das Lachen. Obwohl sie sich nur wenige Momente zuvor verboten hatte, an ihn zu denken, malte sie sich aus, wie Callum in einem Weihnachtspullover vor dem Christbaum im Erker stand und seinen beiden Cousins und der Cousine Geschenke überreichte. In Jennys Fantasie sahen alle außer Callum so aus wie auf dem alten Bild im Wohnzimmer. Ingrid schenkte Tee an ihre Enkel aus, und John stand mit seinen zwei Söhnen am Feuer. Jenny versuchte, sich zu erinnern, wie Callums Vater und sein Bruder hießen.

»Und du wirst in Dubai unter einer Palme liegen und über die protzigen Bauten staunen«, riss Ingrid sie aus ihren Gedanken.

Die Vorstellung fühlte sich für Jenny plötzlich an wie ein Schlag ins Gesicht. Mit einem Mal kam es ihr absurd vor, am Weihnachtsabend mitten in der Wüste zu sitzen und Cocktails zu schlürfen. Und dennoch würde sie in drei Tagen bereits in den Emiraten sein.

Jenny wandte den Kopf und sah durch die Fenster des Wintergartens in die Dunkelheit hinaus.

Sean und Murray, fielen ihr die Namen von Johns Söhnen wieder ein, als ihre Gedanken wieder zum Weihnachtsfest der Maclains wanderten.

16

Jenny war im kleinen Zimmer auf und ab getigert, dann hatte sie auf der Bettkante gesessen und vor sich hin gestarrt. Nun lag sie im Bett und konnte nicht schlafen. Zu stark drückte die Traurigkeit auf ihre Brust. Außerdem fror sie. Als sie die Arme um sich schlang, musste sie sofort daran denken, wie Callum dies die Nacht zuvor getan hatte. Der Kummer, den sie jetzt fühlte, war der Preis, den sie für die schönen Tage mit ihm zahlte – das war ihr klar. Dass der Abschiedsschmerz so intensiv ausfiel, überraschte sie trotzdem. Vor nur einer Woche hatte sie Callum noch nicht einmal gekannt. Und nun kam es ihr so vor, als würde sie etwas Lebensnotwendiges verlieren, weil sie morgen von hier abreiste.

Das Vibrieren ihres Handys auf der Ablage über dem Bett erschreckte sie so sehr, dass sie heftig zusammenzuckte. Mit pochendem Herzen wühlte sie sich aus der Bettdecke, rutschte auf die Knie und griff nach dem Telefon.

Ich hoffe, es ist in Ordnung, dass ich mich melde.
Aber ich liege wach und mache mir Sorgen. Bist du okay?
XXX

Callums Nachricht freute sie so sehr, dass sie für einen Augenblick den klaren Schnitt vergaß, für den sie sich wenige Stunden zuvor entschieden hatten. Der Mann, in den sie sich verliebt hatte, dachte an sie, und das fühlte sich einfach nur tröstlich an.

Noch bevor sie sich eine Antwort überlegt hatte, kam eine weitere Nachricht:

> Sorry, dass ich geschrieben habe. Ich muss nur die ganze Zeit an dich denken. ❤️

> Du kannst mir selbstverständlich immer schreiben, wenn dir danach ist. Mir geht es nicht so besonders. Und dir? ❤️

> 😢

Und wieder stiegen Tränen in Jennys Augen. Warum mussten diese ganzen Gefühle so verdammt intensiv sein? Hätten sie sich nicht einfach nur ein bisschen ineinander verknallen können, so wie andere bei einem kleinen Flirt?

> Ich bin so traurig, dass mir alles wehtut, Cal.
> Ich packe das einfach nicht.

Bevor sie den nächsten Satz getippt hatte, war schon seine Antwort da:

Ich weiß. Tut mir leid. Ich mache gerade alles nur noch schlimmer. Pass auf dich auf! XXX

Ich meinte: Ich packe das abgebrühte Tschüss-Sagen und Mit-dem-Leben-Weitermachen-wie-bisher nicht …

Oh.

Ich will nicht, dass es das schon gewesen ist. Dafür war es einfach zu gut. Glaubst du, wir könnten das mit der weiten Entfernung doch irgendwie schaffen?

Ja!!!!!!!!!!!

❤️❤️❤️

😘😘😘

Von der Vernunft, an der sie sich die letzten Stunden über krampfhaft festgeklammert hatte, wollte sie plötzlich nichts mehr wissen. Es musste einfach irgendeinen Weg geben, der Callum und sie zusammenführte.

Ich werde in der nächsten Zeit wegen des neuen Forschungsprojektes keinen Urlaub nehmen können. Denkst du, es wäre möglich, dass du mich bald in München besuchst?

Definitiv! Es steht gleich ab Januar eine relativ große Produktion an, aber ich kriege das hin. Egal wie. Ich komme!

Sie schrieben noch einige Beteuerungen hin und her, wie großartig das alles werden würde. Dann wünschten sie einander Gute Nacht und schickten noch mehr Herzen und Küsschen.

Irgendwann legte Jenny das Handy zurück auf die Ablage und kuschelte sich wieder unter die Decke. Sie sah in die Dunkelheit und spürte, wie der Schmerz in ihrer Brust nachließ. Er machte einem wesentlich angenehmeren Gefühl Platz: Hoffnung.

Der Wind blies durch Jennys dicke Jacke und ließ sie erschaudern. Mit verkrampften Schultern zog sie ihren Rollkoffer hinter sich her und suchte nach der Anzeige, auf welchem Gleis ihr Zug abfahren würde. Sie hatte viel zu wenig geschlafen, also schmerzte ihr Kopf, und ihr Kreislauf weigerte sich, den Körper auf eine einigermaßen angenehme Betriebstemperatur zu bringen.

In der Waverly Station tummelten sich massenhaft Menschen – viele von ihnen offensichtlich schon auf dem Weg in die Weihnachtsfeiertage, denn sie hatten zusätzlich zu den Reisetaschen auch Tüten mit bunt verpackten Geschenken dabei. Etliche trugen die unvermeidlichen Weihnachtsmannmützen, Elchgeweihe oder Wichtelhüte.

Kraftlos trottete Jenny zu ihrem Zug. Obwohl sie etwas zu früh da war, stand er schon am Gleis, und die Leute stiegen bereits ein. Jenny hatte eine Platzreservierung, sah aber nicht auf ihrem Handy nach, in welchem Waggon sich diese befand. Von den umherlaufenden Menschen, dem Wind und den lauten Durchsagen wurde ihr schwindlig, also ließ sie sich auf ihrem Koffer nieder.

Durchatmen, in den Zug klettern, den Platz finden!, sagte sie sich immer wieder. Doch ihr war, als würden sie schwere Gewichte niederdrücken. Sie überlegte, ob sie sich eventuell erkältet hatte. Beim Ceilidh hatte sie geschwitzt, und dann war sie in den kühlen Edinburgher Abend hinausgegangen. Vielleicht würde sie ja mit einer Grippe im Flugzeug nach Dubai sitzen.

Frierend kauerte sie auf dem Koffer und starrte durch die vorbeieilenden Menschen hindurch. Und sie gab sich dem hin, was sie seit dem Abschied am Abend zuvor fast ununterbrochen getan hatte: sich vorzustellen, Callum wäre bei ihr. Sie meinte förmlich spüren zu können, wie er sich zu ihr herunterbeugte, ihr mit seinen stets so warmen Fingern die Haare unter die Mütze strich und fragte: »Ist alles in Ordnung, *bonnie*? Du musst langsam in den Zug steigen.« Dann sah sie sein wundervolles Lächeln vor sich, bei dem sein ganzes Gesicht mitsamt den vielen Sommersprossen in Bewegung kam.

Verliebtsein ist eine Stoffwechselerscheinung, bei der große Mengen von Hormonen und Neurotransmittern im Spiel sind, die Euphorie und einen erhöhten Energielevel auslösen, meldete sich die Wissenschaftlerin in Jenny. Es ist völlig normal, in meiner Situation körperliche und emotionale Entzugserscheinungen zu bekommen, erklärte sie sich selbst. Das geht wieder vorbei.

Der Callum in ihrer Vorstellung stellte sich neben sie und ließ seine Hand auf ihrer Schulter liegen. Er war einfach nur da und versuchte, weder ihre Traurigkeit kleinzureden noch sie zu drängen.

Genauso würde er sich verhalten, wenn er wirklich bei ihr wäre – da war sich Jenny sicher.

Je näher die Abfahrtszeit rückte, desto spürbarer wurde die Hektik auf dem Bahnsteig. Sie beschloss, noch einen Augenblick sitzen zu bleiben, um Kraft zu tanken. Erst als die Durchsage mit der Aufforderung einzusteigen kam, erhob sie sich. Zum Abschied sah sie ein letztes Mal zu dem Schild, auf dem in großen Buchstaben *Edinburgh* stand. Ihr war klar, dass sie nicht so schnell zurückkommen würde, denn wann sie das Labor in München das nächste Mal für mehrere Tag am Stück würde verlassen können, stand in den Sternen. Sie spürte, wie sich ihr Herz zusammenzog.

Beschwerlich machte sie einige Schritte vorwärts, während die letzte Person vor ihr in den Zug stieg. Jenny stellte sich vor, wie sie gleich auf ihrem Platz kauern, der Zug sich in Bewegung setzen und sie sich von diesem Ort wegbewegen würde. Richtung London, dann durch den Tunnel zum Festland und schließlich nach München. Die sich in hoher Geschwindigkeit drehenden Räder des Zuges würden sie fortbringen – von Schottland, von den Maclains und von Callum. Und sie in ihrem alten Leben abliefern.

Aber das schien ihr plötzlich fremd.

Mit einem leisen Zischen der Hydraulik schloss sich die Wagentür.

Erst ein paar Augenblicke später merkte Jenny, dass sie weinte. Ihre Wangen waren bereits nass. Sie schlüpfte aus ihren Handschuhen und wischte die Tränen weg. Dann holte sie mit zittrigen Fingern ihr Telefon hervor, tippte auf den Namen und wartete.

»Jenny? Wo bist du? Schon in London?«

Seine Stimme zu hören, tat unfassbar gut. Egal, was vorgefallen war, sie hatte gewusst, dass er abheben würde.

»Hallo, Papa.« Sie klang nicht gut – das merkte sie selbst.

»Ist alles in Ordnung, Schatz?«

Der Zug setzte sich in Bewegung und verließ ohne Jenny den Bahnhof. Sie konnte ihr eigenes Spiegelbild in den vorbeihuschenden Fensterscheiben sehen.

»Tut mir leid, dass wir neulich am Telefon gestritten haben«, sagte sie. Die abfahrende Bahn saugte einen Schwall kalte Luft mit, den Jenny bis auf die Knochen spürte.

»Mir tut's auch leid, dass ich so ungehalten war. Ist dein restlicher Aufenthalt gut verlaufen?«

Sie wollte ihn nicht kränken, indem sie von Ingrid und John oder gar von Callum sprach. Irgendwann, wenn sie wieder aus den Emiraten zurück war, würden sie einen ruhigen Moment miteinander verbringen. Dann konnte sie noch einmal versuchen, mit ihm über seine Mutter zu reden und darüber, wie überzeugt sie mittlerweile davon war, dass er mit seiner Unversöhnlichkeit einen Fehler beging.

»Es war total schön. Ich will gar nicht abfahren.«

»Dubai wird dir sicher auch gefallen.«

»Wahrscheinlich.« Sie sah auf die leeren Gleise vor sich und wusste, dass sie sich irgendwann damit würde beschäftigen müssen, wie sie nun nach München kam. Aber stattdessen widmete sie sich einer anderen Frage: »Macht es dir eigentlich was aus, zu Weihnachten ganz allein zu sein? Wäre es dir lieber, ich würde nicht jedes Jahr verreisen?«

»Kein Problem.«

Jenny hatte das kurze Zögern vor seiner Antwort registriert.

»Ich mag es gern ruhig«, fuhr er fort. »Und am Sechsundzwanzigsten bin ich dann ja ohnehin bei meinen Freunden. Mach dir keine Gedanken und genieß deinen Urlaub in den Emiraten!«

»Okay.«

»Schreib mir, wann du in München ankommen wirst. Ich hole dich vom Bahnhof ab und bringe dich in deine Wohnung.«

»Das ist nicht nötig, Papa. Ich fahre mit der S-Bahn.«

»Doch! Dann kannst du mir auf der Fahrt von deiner Arbeit erzählen.«

Der Rollkoffer machte schnarrende Geräusche auf dem Asphalt und kippelte ein paar Male, als Jenny ihn über Bodenunebenheiten zog, aber davon ließ sie sich kaum aufhalten. Sie zerrte ihn unaufhaltsam weiter. Die letzten Meter rannte sie sogar, obwohl ihr noch immer schwindelig war und ihr Körper sich anfühlte, als wäre er aus Gummi. Vor dem Backsteingebäude blieb sie zum ersten Mal, seit sie aus dem Bus gestiegen war, stehen. Völlig außer Atem sah sie durchs Fenster in die Werkstatt, wo Callum mit einem breiten Besen Sägespäne zusammenkehrte.

Jennys Herz pochte wie wild. Vom Laufen, aber mehr noch vor Aufregung. Sie konnte sich gar nicht daran erinnern, wann sie das letzte Mal so eine kopflose Entscheidung getroffen hatte.

Callum schien zu spüren, dass er beobachtet wurde, denn plötzlich blickte er hoch. Das Licht der Deckenbeleuchtung erhellte den Raum, also sah Jenny deutlich, wie ein Ausdruck des Erstaunens über sein Gesicht lief und er dann die Stirn runzelte. Er ließ den Besen fallen und war mit ein paar großen Schritten bei der Tür.

Kaum hatte er geöffnet, fiel Jenny auch schon schluchzend an seine Brust. »Ich bin so eine …! Am Bahnhof war ich … aber ich konnte einfach nicht … Irgendwie habe ich es nicht geschafft einzusteigen.« Ihre Stimme überschlug sich.

»Tief durchatmen!« Er umfasste sie mit beiden Armen. »Was ist denn passiert, *my love*?«

Ihr war bewusst, dass sie sein T-Shirt mit Wimperntusche beschmierte, aber sie konnte sich einfach nicht von ihm lösen. »Ich stand vor dem Zug, bin aber auf dem Bahnsteig geblieben, bis er weggefahren war. Ich konnte es einfach nicht.« Neue Schluchzer ließen sie erbeben. »Ich muss doch nach Hause!«

»Schh«, machte er leise.

Sie spürte ihn so stark – seine Wärme, sein Atmen, das sanfte Vibrieren seiner Stimme, als er »Alles wird gut!« sagte –, dass sie das Gefühl hatte, mit ihm zu verschmelzen. Hinter den geschlossenen Lidern hätte sie nicht mehr beurteilen können, wo Callum anfing und sie aufhörte. Diese Nähe tröstete sie. Ihr Weinen verebbte langsam, aber sie bewegte sich dennoch nicht, denn sie wollte auf keinen Fall wieder von der Wirklichkeit eingeholt werden. Sie konnte sich noch nicht dem stellen, was es bedeutete, hier an seiner Tür zu stehen, statt im Zug zu sitzen.

Nach einer Weile ließ er sie behutsam los. »Komm, wir gehen besser rein«, sagte er. Dann nahm er den Koffer, ergriff ihre Hand und führte sie in die Werkstatt. Dort zog er ihr die Mütze vom Kopf und begann sanft, über ihr Haar zu streichen. »Du bist blass.«

»Ich habe kaum geschlafen.«

»Ging mir genauso.«

»Als ich am Bahnhof war, kam es mir plötzlich total falsch vor abzureisen. In meinem ganzen Leben habe ich noch nie so was Irrationales gemacht, Callum.«

Seine Mundwinkel hoben sich leicht. Erst jetzt merkte sie, dass auch er bleich war und dunkle Ringe unter den Augen hatte. Seine Sommersprossen waren nicht hellbraun wie sonst, sondern wirkten fahl olivfarben.

»Es tut mir so leid«, sagte sie.

»Was denn?«

»Dass ich uns mit einem verlängerten Abschied quäle.«

Er schüttelte den Kopf. »Ich hätte alles dafür gegeben, dich noch einmal umarmen zu können, bevor du fährst.« Er senkte seine Lippen auf ihre und küsste sie – so behutsam und weich, als wäre sie das Zerbrechlichste, was er je im Leben vor sich gehabt hatte.

Diese Zärtlichkeit überwältigte Jenny. Nie zuvor hatte sie erlebt, dass sich ein Mensch ihr so bereitwillig geschenkt hatte – mit allem, was ihn ausmachte. Bewegt rückte sie von ihm ab und sah ihm in die Augen. Sie entdeckte darin Zuneigung und eine Offenheit, die Jenny durch und durch ging. Sie kannten sich erst seit kurzer Zeit, und doch nahm sie keine Distanz wahr, die noch überwunden werden musste. Es kam ihr so vor, als wären sie bereits jetzt eine bedingungslose Einheit.

»Warum fühlt sich das zwischen uns so an?«, flüsterte sie.

»So tief?«, fragte er.

»Ja.«

»Ich weiß es nicht.« Er legte ihr eine Hand an die Wange und streichelte mit dem Daumen ihren Mundwinkel.

»Callum.«

»Jenny.« Er senkte seine Lippen wieder auf ihren Mund. Doch dieses Mal küsste er sie drängender. Gleichzeitig öffnete er ihre Jacke und streifte sie ihr über die Schultern. Dann fasste er sie an der Taille und zog sie an seinen Körper.

»Ich brauche dich so sehr.« Ihre eigene Stimme hörte sich durch das Rauschen des Blutes in ihren Ohren seltsam fern an.

Jenny verschlief den ganzen Vormittag. Völlig erschöpft merkte sie nicht einmal, wie Callum irgendwann aufstand. Denn als sie die Augen öffnete, lag sie allein in seinem Bett. Ihre Hand glitt unter der Decke über das Leintuch. Wo er gelegen hatte, spürte sie einen letzten Rest Wärme. Auch auf ihrem eigenen Körper meinte sie noch den Nachhall seiner hitzigen Berührungen zu fühlen. Seine Finger, Lippen und Zunge auf ihrer Haut, sein Leib an ihrem.

Seufzend streckte sie sich und drehte sich zur anderen Seite.

Ihr Blick fiel auf das Puppenhaus, das aussah wie das Haus der Maclains in Morningside. Der kleine Christbaum im Wohnzimmer war beleuchtet und strahlte schummriges Licht in die Miniaturausgabe des Raumes, in dem sie sich in den vergangenen Tagen so wohlgefühlt hatte. Die Beziehung, die sie mit Ingrid aufgebaut hatte, bedeutete ihr viel, und Jenny hoffte, dass sie diese in Zukunft aufrechterhalten oder sogar noch ausbauen konnte. Sie hatten vereinbart, zunächst einmal regelmäßig zu telefonieren.

Träge wanderte ihr Blick weiter durch Callums Schlafzimmer. Es war in eher dunklen Farben gehalten und spielte mit dem Industrie-Look des Gebäudes. Das schwere Stahlrohrbett passte zu den geziegelten Wänden. Die grau gebeizten Kommoden und die schwarze Bettwäsche wirkten kühl. Durch die ringsum stehenden Puppenhäuser und goldgerahmte Bühnenbildskizzen hatte Callum jedoch verspielte Akzente gesetzt, die gleichzeitig das volle Ausmaß seiner Kreativität zeigten.

In einer Ecke des Schlafzimmers stand ein Karton gefüllt

mit Weihnachtspäckchen – die meisten davon wohl für den Nachwuchs seiner Cousins und Cousine bestimmt, denn sie waren in Papier mit Comicmotiven gehüllt. Überhaupt hatte sich das Zimmer verändert, seit Jenny das letzte Mal hier gewesen war: Auf der metallenen Brüstung zum offenen Wohnraum hingen nun bunte Kugeln und Sterne. Die Dekoration machte Jenny bewusst, dass Weihnachten vor der Tür stand und wo sie jetzt eigentlich sein sollte. Sie stand auf und sah sich nach etwas zum Anziehen um. Ihre eigenen Klamotten hatte sie vor einigen Stunden im unteren Stockwerk von sich geworfen, aber auf einem Stuhl lag ein T-Shirt, in das sie schlüpfte. Es reichte ihr bis zum halben Oberschenkel.

»Callum?«, rief sie, während sie die Wendeltreppe hinunterstieg.

»Küche!«, kam zur Antwort.

Als sie ihn dort sitzen und Zeitung lesen sah, schwoll ihr Herz an. Warm schlug es für Callum, während sie sich näherte.

»Bist du hungrig?«, fragte er. Er deutete auf ein Körbchen voll Toastscheiben neben einigen Marmeladengläsern. »Wie geht es dir?«

»Viel besser. Die paar Stunden Schlaf habe ich offensichtlich dringend gebraucht. Es tut mir leid, dass ich so durch den Wind war.«

Er stand auf und küsste sie auf die Stirn. »Nichts, wofür du dich entschuldigen müsstest.« Aus einer roten Blechkanne schenkte er Tee in eine Tasse, die er dann zusammen mit Teller und Buttermesser vor sie hinstellte. »Es ist einfach nur wunderbar, dass du noch einmal hergekommen bist.«

Sie strich ihm übers unrasierte Kinn. »Finde ich auch.«

Gemeinsam setzten sie sich an die Kücheninsel.

Jenny nahm sich einen Toast. »Ich war heute Morgen so durcheinander. Total kopflos bin ich aus dem Haus gestolpert, und im Bus hätte ich beinahe meinen Koffer stehen gelassen. Ich konnte gar nicht klar denken.«

»Und jetzt geht's wieder?«

Sie nickte.

»Schade.«

Seine Reaktion brachte sie zum Lachen.

Er zwinkerte ihr zu, dann nahm er ihre Hand. »Was willst du jetzt tun, *bonnie*? Sollen wir im Internet nach dem nächsten Zug suchen? Vielleicht begleite ich dich dieses Mal doch zum Bahnhof. Würde dir das helfen?«

»Oder aber …« Sie brach ab und sah auf den Toast. Duftend lag er vor ihr auf dem Teller und ließ ihren Magen vernehmlich knurren. Ihr war klar, dass sie Callums Pläne nicht einfach so durchkreuzen durfte. Seine Familie kam nach Edinburgh, und er hatte seine Tage bestimmt schon verplant.

»Es gibt ein Oder?«, fragte er.

Er klang so hoffnungsfroh, dass es ihr leichtfiel, weiterzusprechen und offen zu sagen, was sie sich wünschte: »Was, wenn ich versuche, meinen Flug umzubuchen. Von hier oder zumindest London statt von München nach Dubai. Dann könnte ich noch bis zum Dreiundzwanzigsten bleiben, und wir hätten zwei weitere Tage. Natürlich nur, wenn ich dich nicht störe. Kein Problem, sollte das nicht passen. Ich verstehe es selbstverständlich, falls du schon andere Pläne hast. Vielleicht wolltest du ja …«

Er stoppte ihren Redeschwall, indem er ihr einen Finger an die Lippen legte. »Bitte, bleib noch zwei Tage bei mir, Jenny. Bleib, solange du möchtest! Von mir aus gern für immer.« Er zuckte mit den Schultern und lächelte.

Sie fiel ihm um den Hals und ließ einen Regen Küsschen auf sein Gesicht niedergehen.

»Ja!«, rief er dann und stieß eine Faust in die Luft. »Sie bleibt noch zwei Tage!«

Sie lachte wieder. »Ich werde dich nicht stören, versprochen. Du kannst mich in der Werkstatt einteilen, wenn etwas fertig gemacht werden muss.«

»Du störst mich auf gar keinen Fall, *love*. Ich habe nicht mehr allzu viel zu tun. Und selbst wenn …«

»Ich kann dir auch bei den Weihnachtsvorbereitungen helfen.«

Callum sah sie belustigt an. »Tatsächlich? So extrem würdest du dich verbiegen?«

»Ich bin gar nicht so unflexibel, wie du vielleicht glaubst.«

»Das habe ich nie behauptet oder auch nur gedacht. Und jetzt iss! Dein Magenknurren ist beängstigend.«

Voller Appetit biss sie vom Toast ab. »Ich werde mit meiner Freundin Yvonne telefonieren. Sie hat einen Schlüssel zu meiner Wohnung und kann mir ein paar Klamotten und einen Bikini mitbringen. Für Dubai brauche ich nicht viel. Das wird schon gehen.«

Jenny legte ihre Hand auf seine. Sofort verschränkte er die Finger mit ihren. Ihn pausenlos zu berühren, fühlte sich an wie eine Notwendigkeit. Es gab ihr die Kraft und Stabilität zurück, die sie im Gefühlschaos seit dem Vorabend verloren geglaubt hatte. Im Kopf ging sie durch, was aufgrund der Planänderung alles zu organisieren war. »Was ist mit Ingrid und John?«, fragte sie, nachdem sie das Toastbrot gegessen hatte. »Wie sollen wir uns ihnen gegenüber verhalten?«

»Was meinst du? Ob wir ihnen sagen, dass du noch hier bist?«

»Na ja, diese Information zieht einen Rattenschwanz an Erklärungen hinter sich her. Und wir wollten doch nicht unbedingt mit der Tür ins Haus fallen.«

»Vermutlich ist es gut, wenn wir sensibel vorgehen«, überlegte er. »Keine Ahnung, wie sie darauf reagieren, dass wir uns ineinander verliebt haben.«

»Allein schon deshalb, weil dein Großvater immer verwirrt ist, wenn er mich sieht.«

»Ich habe versprochen, dass ich ihnen mit den letzten Vorbereitungen helfe, bevor am Vierundzwanzigsten die Großfamilie kommt. Bis dahin ist nicht geplant, dass ich Nan und Granda treffe. Wir müssen ihnen also gar nicht unbedingt sagen, dass du hier bei mir bist. Ich könnte nach dem großen Wirbel mal in einer ruhigen Minute mit ihnen reden. Oder willst du das tun?«

»Das ist schon in Ordnung. Du kennst sie ja viel besser und findest bestimmt die richtigen Worte zum passenden Zeitpunkt. Ach ja, meinem Vater sollte ich aber schreiben. Er wollte mich in München vom Bahnhof abholen.« Sie seufzte. »Das könnte vielleicht ein wenig unangenehm werden. Er wird den Gedanken hassen, dass ich nach wie vor in dieser Stadt bin. Wo ist eigentlich mein Telefon?«

Callum deutete auf ihre Kleider, die fein säuberlich gefaltet auf einem Küchenhocker lagen. Ihr Handy thronte obenauf. »Es hat sich vorhin ein paarmal gemeldet.«

Rasch kontrollierte sie, was sie verpasst hatte.

Ein Anruf von Ingrid und drei von Yvonne, von der auch eine Nachricht eingegangen war:

Warum hebst du nicht ab? Ich muss dich dringend erreichen. Aus meinem Husten ist eine Lungenentzündung geworden. 😮 Ich nehme ein Antibiotikum, und die Ärztin meinte, ich soll auf jeden Fall das Bett hüten und nichts riskieren. Findest du jemanden, der/die statt mir fliegen kann? Es tut mir sooooo leid! ☹️😘

17

Die Entscheidung, die Dubai-Reise komplett abzusagen, bedurfte nicht einmal eines Augenblicks des Nachdenkens. Mit klopfendem Herzen zeigte Jenny ihm Yvonnes Nachricht. Während Callum las, beobachtete sie gespannt seinen Gesichtsausdruck. »Verstehst du, was sie schreibt?«, fragte sie und Sie übersetzte, warum ihre Freundin nicht verreisen konnte.

»Die Arme! Hoffentlich geht es ihr bald wieder besser«, sagte er und musterte Jennys Miene. Sie sah ihm an, dass er zu erraten versuchte, was sie dachte.

»Was, wenn ich bei dir bleibe? Sowohl die Weihnachtsfeiertage als auch den gesamten Urlaub danach? Eigentlich habe ich überhaupt keine Lust mehr auf Dubai.«

Statt einer Antwort fing er an, übers ganze Gesicht zu strahlen, dann schlang er die Arme um Jenny. Er hob sie hoch und wirbelte sie einmal im Kreis herum. »Das ist das beste Weihnachtsgeschenk von allen!«

Die Freude darüber, völlig unerwartet noch viel mehr Zeit mit ihm verbringen zu können, ließ ihre Augen feucht werden. »Ich habe es mir schon seit Tagen so sehr gewünscht, nicht abreisen zu müssen.« Sie grub die Finger in sein Haar und senkte ihre Lippen auf seine. Eine Träne kullerte ihre Wange hinab.

Als sich ihre Köpfe wieder voneinander entfernten, musterte Callum erneut ihr Gesicht.

»Plötzlich muss ich dauernd heulen.« Sie schniefte. »Das färbt schon von dir ab.«

»Ha-ha.« Er stellte sie wieder auf dem Boden ab und wischte mit den Fingerspitzen ihr Gesicht trocken. »Jetzt mal im Ernst: Was bringt dich gerade zum Weinen?«

»Keine Sorge, das war eine Freudenträne.«

»Gut.«

»In mir meldet sich aber auch ein bisschen schlechtes Gewissen, weil ich hier im Glückstaumel bin, während meine Freundin total krank ist.«

»Daran trägst du weder Schuld noch kannst du was ändern, *sweetheart*. Aber ich verstehe natürlich, dass du dich um sie sorgst.«

Sie nickte, beschloss, Yvonne gleich mal anzurufen, und atmete durch. »Grandios! Ich habe bis nach Neujahr frei. Ist das zu fassen? So viel gemeinsame Zeit!« Sie vollführte einen kleinen Tanz.

»Wirklich unglaublich! Was willst du zuerst machen?«

»In deinen Armen liegen.«

Jenny ruhte neben Callum auf dem Sofa inmitten der zum Wohnzimmer umfunktionierten Kulisse und genoss die kleinen elektrischen Impulse, die sein Daumen durch die Haut auf ihrem Rücken schickte. Träge wanderten ihre Augen über die Tapetenwand mit der Kaminattrappe und den Ölgemälden, die Männer in steifen Kragen und Frauen mit kunstvollen Frisuren zeigten. »Wer sind die Leute?«, fragte sie und deutete auf die Porträts.

»Das sind die Cantervilles. Das Gespenst von Canterville ist einer ihrer Vorfahren. Tatsächlich habe ich aber alte Maclain-Familienfotos als Vorlage für ihre Gesichter benutzt. Die beiden sehen aus wie meine Urgroßeltern väterlicherseits und die hier wie die mütterlicherseits.«

Bei genauerer Betrachtung stellte sie fest, dass zumindest einer der Herren durchaus Ähnlichkeit mit Callum hatte.

»Auf der Bühne konnte man die Bilder gar nicht so gut sehen, weil die Wand dort seitlich stand.«

Jenny erinnerte sich an Ingrids Bericht, wie Callum von Anfang an viel Energie in jedes noch so unwichtige Bühnenelement gesteckt hatte.

Ihr Blick fiel auf den mittlerweile geschmückten Christbaum neben dem Sofa, der von einer ähnlichen Liebe zum Detail erzählte. Um jedes der vielen kleinen Lämpchen der Lichterketten hatte er eine Schneeflocke aus Seidenpapier gestülpt. Dazwischen hingen Glöckchen, Kugeln und weihnachtliche Figuren. Jenny stellte fest, dass sie sich über den Anblick freute.

»Ich werde jetzt Yvonne anrufen und fragen, wie es ihr geht, und meinem Vater eine Nachricht schicken«, sagte sie schließlich. »Anschließend storniere ich Flug und Hotel.« Sie ächzte, weil sie eigentlich nicht aufstehen, sondern lieber ewig hier mit ihm liegen bleiben wollte.

»Ich bringe dir dein Handy«, bot er an und erhob sich. Als er sich durch die Tapetentür Richtung Küche entfernte, bewunderte sie seine wohlgeformte Kehrseite. Die Sommersprossen zogen sich über die Schultern bis zum halben Rücken hinab.

»Du hast übrigens auch einen sexy Bahookie«, ließ sie ihn wissen.

»Danke.« Eilig kam er mit dem Telefon zurück. »Du wirst gerade wieder angerufen. Es ist Nan.«

»Hallo, Ingrid, ist alles in Ordnung?«, fragte Jenny, als sie abgehoben hatte.

»Uns geht es bestens. Wie ist die Fahrt? Was machst du denn gerade?«

Reflexartig sah Jenny auf ihre entblößten Brüste hinunter und dann nervös zu Callum, der sich in diesem Moment wieder neben ihr niederließ. »Ich … ähm … habe vorhin einen Toast gegessen.« Sie hasste es abgrundtief, wenn sie schwindeln musste.

»Hoffentlich ist das Essen im Zug nicht allzu grauenvoll. Hör mal, warum ich anrufe: Du hast deinen Kulturbeutel im Bad liegen gelassen. Und jetzt wollte ich fragen, ob ich ihn dir nach München schicken soll. Du brauchst ihn sicher in Dubai, nicht wahr? Ich könnte ihn auch dorthin senden, aber ich habe keine Ahnung, wie lange die Post in die Emirate unterwegs ist.«

Hilflos sah Jenny zu Callum.

Er zog fragend die Augenbrauen hoch.

»Ich habe tatsächlich mein Waschzeug vergessen?«, wiederholte sie auf Englisch, damit Callum verstehen konnte, worüber gesprochen wurde. »Ich war heute früh echt ein wenig kopflos.«

»Wem geht das im Reisefieber nicht so?«, antwortete Ingrid. Sie schien gar nicht zu bemerken, dass sie die Sprache gewechselt hatten.

Callum verzog das Gesicht.

Sie schüttelte den Kopf. Auf keinen Fall würde sie sich jetzt irgendeinen Unsinn ausdenken. »Ich bin noch in Edinburgh, Ingrid. Der Zug ist ohne mich los. Ich war so durch den Wind, dass ich zu Callum in die Wohnung gefahren bin. Und während wir gefrühstückt haben, hat meine Freundin die Dubai-Reise abgesagt, weil sie krank geworden ist. Und na ja, da habe ich mich spontan entschieden, über Weihnachten in Schottland zu bleiben. Callum sitzt neben mir und hört mit, deshalb spreche ich Englisch.«

Einen kleinen Augenblick war es still in der Leitung. Dann erwiderte Ingrid: »Ach, meine Liebe, das ist ja ganz wunderbar! Du weißt gar nicht, wie oft ich mir in den letzten Tagen gewünscht habe, du könntest Weihnachten bei uns feiern.« Sie klang so erfreut, dass es Jenny schon wieder Tränen in die Augen trieb.

»Ich mir auch.«

Callum nahm ihre Hand und drückte sie sanft.

»John, stell dir vor, Jenny bleibt für die Feiertage in Edinburgh!« Ihr Mann schien sich nicht gerade in der Nähe aufzuhalten, denn Jenny musste wegen Ingrids Lautstärke das Telefon vom Ohr nehmen. »Das wird das schönste Weihnachten! Soll ich dich bei Callum abholen? Gib mir den Jungen am besten mal!«

Jenny reichte ihm das Handy.

Offensichtlich kam es ihm seltsam vor, nackt mit seiner

Großmutter zu telefonieren, denn er zog sich ein Kissen vor den Schritt, was Jenny zum Lachen brachte.

»Hi, Nan … Nein … Aye … Aber sie kann doch auch hier schlafen, ich habe genug Platz … Wir überlegen das dann noch mal … Hm-m … Ich frage sie … Ja, natürlich bin ich lieb zu ihr, was glaubst du denn?« Er verdrehte die Augen.

Jenny kicherte leise.

»Ich bespreche das jetzt alles mit ihr, und dann meldet sie sich gleich noch mal bei dir … Ja, ich freue mich auch schon total. Hat Scott durchgegeben, wann sie vom Flughafen abgeholt werden müssen? … Okay … Mach ich. Bye!« Er legte auf.

Jenny grinste. »Du sollst also lieb zu mir sein?«

»Das hat sie immer zu uns gesagt, wenn wir unsere Cousine Isla geärgert haben … Nan geht natürlich davon aus, dass du umgehend wieder nach Morningside kommst, weil du dort ein eigenes Zimmer hast. In meiner offenen Bude«, er malte Anführungsstriche in die Luft, »hast du ja gar keine Privatsphäre.«

»Das ist in der Tat ziemlich unangenehm.« Sie gluckste. »Ingrid ist so süß! … Aber kommen nicht bald eure ganzen Verwandten? Da braucht sie doch jedes Zimmer. Total kontraproduktiv, wenn ich die Kammer jetzt blockiere.«

»Sie hatte im Nu einen Plan im Kopf, wie sie alle ins Haus stapeln kann. Sag ganz ehrlich: Wo wärst du denn am liebsten?«

»Natürlich mit dir zusammen, Cal. Aber ich muss zugeben, dass es mich auch ein wenig nach Morningside zu

Ingrid zieht. Ich habe sie sowieso schon viel zu spät kennengelernt.«

Er strich ihr den zerzausten Pony aus der Stirn. »Das ist doch klar. Wir machen beides möglich, *love*. Über die Feiertage hätte ich ohnehin bei den Großeltern geschlafen, weil ich keine Lust habe, nachts hierherzufahren, wenn alle anderen dort sind. Warum reden wir nicht doch gleich heute oder morgen offen mit den beiden? Und dann sehen wir ja, wie sie darauf reagieren. Danach entscheiden wir.«

»Das klingt gut.« Sie nahm ihr Telefon wieder an sich und schrieb nun auch noch eine Nachricht an ihre Eltern. Die Mitteilung, dass sie in Edinburgh bleiben würde, lasen beide umgehend, wie Jenny anhand der blauen Häkchen im Chatverlauf sehen konnte. Eine Antwort erhielt sie jedoch nur von ihrer Mutter.

Jenny war siedend heiß eingefallen, dass sie weder für Callum noch für Ingrid oder John Weihnachtsgeschenke hatte. Natürlich behauptete Callum, dass sie für niemanden etwas besorgen müsse, weil ihre Anwesenheit sowieso das größte Geschenk für alle sei. Doch sie bestand darauf, in Richtung Innenstadt loszuziehen und das zu tun, was sie bisher so vehement abgelehnt hatte: im vorweihnachtlichen Gewühl shoppen zu gehen. Sie hatte keine Ahnung, was sie einkaufen sollte. Im Grunde kannte sie weder das alte Ehepaar noch Callum gut genug, um zu wissen, womit sie ihnen eine Freude bereiten würde. Kreativität war Ingrids und Callums herausragende Eigenschaft. Aber was konnte sie da schon groß beisteuern? Und John beschäftigte sich gern im Garten – was genauso wenig gute Ideen lieferte. Auf keinen Fall wollte sie Verlegenheitspräsente besorgen, denn genau das war es ja, was sie am Schenken zu Weihnachten nicht mochte.

Womit bedachte man Menschen, um ihnen zu zeigen, dass sie wirklich wichtig für einen waren? Sie stellte fest, dass sie schlicht keine Ahnung hatte. Ihre Eltern und sie schenkten sich schon seit Ewigkeiten nichts mehr. Und längst hatte sie diese Vereinbarung auch auf ihren Freundeskreis ausgedehnt. Alle fanden es angenehm, sich nichts überlegen zu müssen und damit gleichzeitig die Umwelt zu schonen.

Langsamen Schrittes streifte Jenny durch die Geschäfte, ließ sich von Weihnachtsmusik berieseln und wartete auf eine Eingebung. Zum ersten Mal seit Jahren versuchte sie, dem Festtagsrummel etwas offener zu begegnen und sich den Trubel unvoreingenommen anzusehen. Irgendwann begann es, sie richtiggehend zu faszinieren, wie viel Mühe sich die Menschen mit der Dekoration gegeben hatten. Dass alles nur mit Kitsch und billigem Plastikzeug überladen war, so wie sie es noch bis vor Kurzem geglaubt hatte, stimmte einfach nicht. Insbesondere die kleineren Geschäfte hatten zum Teil wirklich fantasievollen Weihnachtsschmuck: In einem Feinkostladen entdeckte sie Sterne aus Teebeuteln, Pralinenpapier und Spirituosen-Etiketten, die auf Kartons aufgezogen und in üppigen Barockrahmen gerahmt an den Wänden hingen. Im Schaufenster eines Papierwarenhändlers stand eine Sammlung von Weihnachtsmännern – von antiken Keramikfiguren über geschnitzte Holzgesellen bis hin zu Coca-

Cola-Werbeaufstellern war alles dabei. Und in einem Buchgeschäft hatte man aus bunten Hardcovern eine schlanke Pyramide geschichtet und mit Lichterketten zum belletristischen Christbaum umfunktioniert. Jenny berührte es, dass sich so viele Menschen zu dieser Zeit im Jahr Gedanken machten, wie sie gute Stimmung verbreiten konnten. War das nicht etwas sehr Liebevolles und Achtsames? Und dass sie sich dem immer so rigoros entzogen hatte, war eigentlich ziemlich engstirnig gewesen.

Im Buchladen gab es ein kleines Café, also kaufte sich Jenny einen Cappuccino, setzte sich auf eines der Plüschsofas und ließ die Atmosphäre auf sich wirken. Bald wurde sie auf zwei Frauen in ihrer Nähe aufmerksam, die wohl Schwestern waren. Jede hatte für die andere einen Roman ausgesucht, und jetzt saßen sie beieinander und schrieben Widmungen auf die ersten Buchseiten. Aus ihrer Unterhaltung ging hervor, dass sie das jedes Jahr so machten. Eine der beiden sprach von einem ganzen Regal, das sie seit der Kindheit auf diese Weise gefüllt hatte.

Während Jenny die zwei Frauen beobachtete, wurde ihr bewusst, dass sie im Grunde nur sehr wenige Weihnachtstraditionen kannte. Wenn sie gedacht hatte, es handle sich dabei nur um Adventskränze, Weihnachtsbäume, Festtagsbraten und Geschenke, hatte sie sich gründlich geirrt. Es existierten offenbar auch ganz viele Sitten, die Gefühle transportierten und die Menschen zusammenschweißten. Wenn Ingrid zum Beispiel in mühevoller Kleinarbeit Karten bastelte, stand dahinter jede Menge Wertschätzung für die Leute, die sie damit bedachte.

Jenny erinnerte sich daran, wie sie zu Hause früher Weihnachten gefeiert hatten: Oft hatte ihre Mutter an den Feiertagen im Krankenhaus arbeiten müssen oder war so erschöpft gewesen, dass sie Essen bestellt und sich Filme angeschaut hatten. Jenny hatte es geliebt, mit ihrem Vater eingekuschelt auf dem Sofa zu liegen und ihn ganz für sich zu haben. In ihrer Kindheit hatte es auch einen Christbaum mit Geschenken darunter gegeben. Sie hatte immer genau das Gewünschte bekommen und war häufig sogar beim Aussuchen dabei gewesen. Selbst das hatte sie geschätzt, denn ihre Freundinnen waren oft genug enttäuscht gewesen, den falschen Band einer Buchreihe oder zwar den ersehnten Pulli, aber nicht in der richtigen Farbe unterm Baum zu finden. Jenny war immer damit zufrieden gewesen, wie Weihnachten in ihrer Familie ablief. Und als sich ihre Eltern hatten scheiden lassen, war sie bereits Studentin und in einer Lebensphase gewesen, in der sie sowieso die gesamte Gesellschaft sehr kritisch gesehen hatte. Es war ihr richtig erschienen, das Fest von da an gänzlich abzusagen und bei dem Zirkus nicht mehr mitzumachen. Entgangen war ihr dabei aber, wie viel sie deswegen verpasst hatte. So etwas wie die Weihnachtstradition der beiden lesefreudigen Schwestern gab es in ihrem Leben nicht.

Ich sollte mit meinen Geschenken den Grundstein für neue Traditionen legen, überlegte sie. Nachdem sie den Kaffee ausgetrunken hatte, kaufte sie eine Packung Briefpapier und ein paar Stifte. Dann machte sie sich ans Werk.

Callum und Jenny fuhren gegen Abend zusammen nach Morningside, wo Ingrid mit Partan Bree, einer schottischen Fischsuppe, auf sie wartete. Die Wiedersehensfreude war so groß, als wäre Jenny Ewigkeiten weg gewesen und hätte nicht frühmorgens noch gemeinsam mit den beiden alten Leuten am Frühstückstisch gesessen. Eigentlich hatten Jenny und Callum vorgehabt, von ihren Gefühlen füreinander zu erzählen, das dann aber in stiller Übereinkunft noch einmal aufgeschoben, weil John keinen guten Tag hatte. Etliche Male sprach er Jenny mit »Ingrid« an oder richtete Fragen an sie, die in Wirklichkeit seiner Frau galten. Jedes Mal, wenn er seinen Irrtum bemerkte, wirkte er bestürzt. Also sahen sich Jenny und Callum an, fassten einander unter dem Tisch an der Hand und behielten ihre Neuigkeit für sich.

Nach dem Essen saßen sie zu viert am Kamin und plauderten. In Callums Nähe zu sein, ihn aber nicht berühren zu können, verursachte Jenny heftiges Herzklopfen. Einmal, als John ein Holzscheit nachlegte und Ingrid gleichzeitig eine neue CD aussuchte, nutzte Callum den unbeobachteten Moment und legte Jenny für wenige Sekunden die Hand auf den Oberschenkel. Sie hatte danach das Gefühl, ihr ganzer Körper würde laut und deutlich surren. Und als die beiden alten Maclains kurz das Zimmer verließen, um frischen Tee und einen weiteren Teller Plätzchen zu holen, küsste Callum Jenny leidenschaftlich. Das entfachte das Feuer in ihr so heftig, dass sie glaubte, Ingrid und John müssten die Situation beim Hereinkommen sofort durchschauen. Aber da die beiden wohl nicht einmal annähernd an die Möglichkeit dachten, dass hier etwas lief, schienen sie nichts zu bemerken.

Am späteren Abend, als alle vier müde wurden, hingen sie träge in den Polstermöbeln und hörten Dave Brubecks jazzige Klavierinterpretationen von Weihnachtsklassikern. Jenny war so erschöpft, dass ihr irgendwann die Augen zufielen. Der Tag war eine emotionale Achterbahnfahrt gewesen, und der Whisky, den John ihr zum Kosten gegeben hatte, tat sein Übriges. Obwohl sie sich bemühte, wach zu bleiben, nickte sie ein. Es war wohl nur für einen Moment gewesen, denn Ingrid und John saßen noch unverändert ihr gegenüber auf dem Sofa, als sie die Augen öffnete. Doch als ihr bewusst wurde, dass ihr Kopf auf Callums Schulter gesunken war, richtete sie sich ruckartig auf.

»Warum gehst du nicht ins Bett?«, schlug Callum mit sanfter Stimme vor.

»Du siehst auch total übermüdet aus, *Schatz*«, sagte Ingrid zu ihm. »Übernachte doch ebenfalls hier!«

Callum räusperte sich und klang dann etwas zu beiläufig, als er antwortete: »Vielleicht haue ich mich wirklich einfach oben in irgendein Bett.« Er streckte die Arme über den Kopf, bis seine Wirbelsäule knackte.

»Natürlich. Was willst du jetzt in der Nacht noch durch halb Edinburgh gondeln?«, pflichtete Ingrid ihm bei.

Sie hatten tatsächlich in getrennten Zimmern schlafen wollen. Ganz keusch hatten sie sich nach dem Gutenachtkuss in die Betten gelegt. Aber dann hatte Jenny so gefroren, dass sie zum Aufwärmen doch zu Callum geschlüpft war.

Als es schließlich am Morgen an der Tür klopfte, lag sie noch immer bei ihm in der unteren Etage des Stockbettes. Die Tür wurde einen Spalt geöffnet, und Ingrid lugte herein.

Jenny erstarrte. Weder sie noch Callum waren nackt, aber so eng umschlungen, wie sie da im Löffelchen lagen, musste Ingrid beim ersten Blick wissen, was gespielt wurde.

»Guten Morgen«, sagte Ingrid leise. »Tut mir leid, dass ich störe. Callum, dein Handy liegt unten, und es hat schon mehrmals jemand angerufen. Könnte ja wichtig sein. Vielleicht wer vom Theater? Ich … gehe jetzt wieder.«

»Nan, warte!« Callum kletterte über Jenny aus dem Bett.

Ingrid drehte sich wieder um, blieb aber draußen im Flur stehen. Ihre Miene war offen und freundlich wie immer.

»Entschuldige, dass wir … Das sieht jetzt vielleicht irgendwie so aus, als ob wir …« Er deutete etwas hilflos auf Jenny.

Sie hatte sich mittlerweile ebenfalls aufgerichtet und an die Bettkante gesetzt. »Der Plan war eigentlich, schon gestern Abend mit euch darüber zu reden, aber dann hatten wir den Eindruck, die Neuigkeit könnte John vielleicht überfordern.«

»Wir wollten Granda nicht verwirren oder vor den Kopf stoßen«, fügte Callum hinzu. »Und dich natürlich genauso wenig.«

»Das zwischen uns hat sich entwickelt, als wir all die Sachen miteinander unternommen haben«, erklärte Jenny hastig weiter.

»Wir haben uns einfach ineinander verliebt, Nan.«

Ingrids Augen wanderten von Callum zu Jenny und wieder zurück. Ihr Gesicht verriet dabei nichts von dem, was sie dachte.

»Bitte glaub nicht, wir respektieren euch und eure Gefühle nicht! Wir haben nur ganz harmlos zusammen übernachtet. Weil der Heizungsregler drüben abgebrochen ist und Jenny gefroren hat.« Callum war rot geworden.

Einen Moment lang herrschte angespanntes Schweigen. Callum blickte unsicher zu seiner Großmutter, und Jenny hielt den Atem an. Sie hoffte inständig, Ingrid würde sich nicht über sie ärgern.

Doch dann verzog Ingrid das Gesicht und lachte. »Ihr zwei haltet mich wohl für extrem altmodisch, oder?«

»Also nein, natürlich nicht. Wir dachten nur …« Callum legte den Kopf schief.

»Ob ich mich respektiert fühle, hat ganz bestimmt nichts damit zu tun, ob in diesem Haus jemand die Hände unter der Bettdecke stillhält. Und zum anderen bin ich nicht blind. Glaubst du, ich habe nicht bemerkt, dass es schon um dich geschehen war, als Jenny auch nur einen Fuß über die Schwelle gesetzt hat? Da stand ab der ersten Sekunde in Leuchtbuchstaben *Ich will diese Frau!* auf deiner Stirn. Und du, Jenny, brauchst gar nicht zu lachen. Wie du immer einen schmachtenden Ausdruck in den Augen bekommen hast, wenn von Callum die Rede war, war auch nicht gerade subtil.« Sie hatte den knochigen Zeigefinger gehoben und fuchtelte damit in der Luft herum. Ihre Miene wirkte dabei aber belustigt.

»Soll das heißen, es ist in Ordnung für dich, dass wir … na ja, ein Paar sind?«, fragte Callum.

»Was ist das denn für eine Frage, *darling*? Ich entscheide doch nicht darüber, in wen ihr zwei euch verliebt.«

»Wir dachten, weil wir beide deine Enkel sind. Dass es sich für dich da vielleicht komisch oder verwirrend anfühlt, uns zusammen zu sehen«, erklärte Jenny.

Ingrid stützte die Hände in die Hüften. In ihrem weinroten Pyjama und dem royalblauen Morgenmantel sah sie aus wie eine Königin. »Kommt schon, Leute, ein bisschen Flexibilität könnt ihr mir durchaus zutrauen. Und jetzt macht hier nicht länger so einen Aufstand, nur weil eine Achtzigjährige zwei angezogene Erwachsene zusammen in einem Bett gesehen hat. Das ist beleidigend und altenfeindlich.«

»So war es natürlich nicht gemeint, Nan«, erwiderte Callum eilig.

»Dass wir rücksichtsvoll sein wollen, hat wirklich nichts mit deinem Alter zu tun«, steuerte Jenny bei.

Ingrid grinste. »Weiß ich doch. Ich nehme euch nur auf den Arm. Ich fand es zuerst tatsächlich gewöhnungsbedürftig, dass ausgerechnet zwischen den beiden Menschen Herzchen hin- und hergeflogen sind, die ich drei Jahrzehnte lang im Kopf zusammen in der Schublade ›meine zwei gleichaltrigen Enkel‹ liegen hatte. Und jetzt hol endlich dein Handy, *Schatz*. Ich rede inzwischen mit John über eure Breaking News. Macht euch keine Gedanken, das bringe ich ihm schon so bei, dass er sich zurechtfindet. Und ab kommender Nacht nehmt doch bitte wieder das Zimmer nebenan, damit ich hier alles für Isla herrichten kann.«

18

Callum hatte im Theater zu tun und wollte anschließend noch die restlichen Puppenhäuser ausliefern. Da auch Ingrid und John durch eine Weihnachtsfeier bei Freunden verhindert waren, beschloss Jenny, an der Christmas Party des Laborteams teilzunehmen. Die ganze Truppe war schon tagelang hocherfreut gewesen, weil für sie in der Oyster Bar im Café Royal eine Tafel reserviert war. Douglas hatte Jenny vorgeschwärmt, dass es dort neben köstlichen Austern auch den besten Haggis von ganz Schottland gab, und sie hatte schon bedauert, die fragwürdige Spezialität aus Schafsinnereien nicht zumindest einmal probiert zu haben. Sie schrieb Professor Shaw, ob sie spontan noch dazustoßen dürfe. Offensichtlich hatte er sie dem Team dann als Überraschungsgast angekündigt, sodass das Hallo bei ihrem Eintreffen groß war.

»Germany, was willst du denn hier?«, rief Douglas. So wie alle anderen trug er ein Seidenpapier-Krönchen. »Haben sie dich nicht mehr von der Insel gelassen, weil du jetzt unser ganzes Know-how hast? Al, rutsch doch mal rüber, damit Jenny hier neben mir sitzen kann.«

»Warum muss ich schon wieder Platz machen?«, beschwerte sich Alison. Die großen roten Christbaumkugeln, die sie als Ohrringe trug, schwangen energisch hin und her.

Jenny umarmte einen nach dem anderen. »Wenn ich hier drüben den freien Stuhl nehme, bin ich doch wunderbar aufgehoben.«

Professor Shaw tätschelte ihr ein wenig unbeholfen die Schulter, als sie sich setzte. »Jennifer, hier ist Ihr Christmas Cracker.« Er gab ihr eine in rotes Krepppapier gewickelte Rolle.

Jenny kannte diese Tradition schon von ihrer Zeit in London und wusste, dass sie an beiden Enden ziehen musste. Mit einem kleinen Knall öffnete sich das Ding, woraufhin ein winziges Päckchen, ein Zettel und eine rote Weihnachtskrone herausfielen. Sie las den Weihnachtswitz auf dem Stück Papier: *Was ist das Erste, was Elfen in der Schule lernen? – Das Elfabet.* Dann setzte sie sich die Krone auf den Kopf. In dem kleinen Geschenk befand sich ein medizinischer Mundschutz mit Zuckerstangen-Aufdruck.

»Damit Sie im Münchner Labor ein wenig an uns denken«, sagte Professor Shaw, schob die Brille hoch und strich sich durch den Bart. »Sie waren fachlich wie menschlich eine Bereicherung für unser Team. Wir lassen Sie nur ungern wieder ziehen. Aber das habe ich Ihnen ja alles schon gesagt.«

»Wir bleiben im Zuge des neuen Projektes ja eng in Verbindung, Professor Shaw. Ich freue mich drauf!«

»Clyde«, verbesserte er sie wieder einmal und schenkte ihr durch seine dicken Augengläser einen wohlwollenden Blick. In seiner fürsorglichen Art erinnerte er Jenny an ihren Vater. Als alle kurz darauf ihre Nasen in die Speisekarten steckten, nutzte sie daher den unbeobachteten Moment, um auf ihr Handy zu linsen. Doch nach wie vor war keine Nachricht von ihm eingegangen. Wenn sie in München war, vergingen auch oft etliche Tage, in denen sie nichts voneinander hörten. Mit ihrer Mutter hatte sie viel regelmäßigeren Kontakt. Aber jetzt hätte sie gern endlich eine Reaktion von ihrem Vater erhalten. Sein beleidigtes Schweigen bedrückte sie.

> Hallo Papa! Ich nehme heute an der Weihnachtsfeier des Edinburgher Laborteams teil. Sie sind alle ganz reizend. Wir sitzen in einem alten Pub mit Buntglasfenstern und stilvoller Holztäfelung und tragen Papierkrönchen. 😂👑 Gleich werde ich Haggis bestellen. 🐑

Umgehend kam seine Antwort:

> Ich wünsche dir einen schönen Abend, Schatz.

Sie atmete durch. Das war typisch für ihren Vater. Wenn sie die Hand nach ihm ausstreckte, war er da – das würde niemals außer Frage stehen. Aber deshalb zeigte er sich trotzdem nicht versöhnlicher. Er hatte vor sehr langer Zeit die Entscheidung getroffen, sich und seine Tochter von Ingrid fernzuhalten, und sein Dickkopf verbot ihm, von dieser Haltung auch nur einen Millimeter abzurücken. Er würde nie in Betracht ziehen, sich die Sicht der anderen Seite anzuhören oder sonst einen wie immer gearteten Schritt auf seine Mutter zuzugehen.

Jenny steckte ihr Handy weg und bestellte sich mutig Haggis mit Neeps and Tatties, also den Magen eines Schafes, der mit gehackten Innereien gefüllt war und mit Kohlrüben- und Kartoffelpüree serviert wurde. Fast alle anderen am Tisch entschieden sich für die berühmten Edinburgher Austern, doch lebende Schalentiere zu schlucken, brachte Jenny nicht übers Herz. Da probierte sie lieber das rustikale schottische Nationalgericht.

»Wie werden Sie die Feiertage verbringen, Jennifer?«, fragte Professor Shaw. »In Deutschland ist es sicher ganz besonders stimmungsvoll mit Schnee und all den schönen Bräuchen, die aus Ihrem Land stammen.«

»Leider gibt es eigentlich nur noch selten weiße Weihnachten in München. Aber dieses Jahr werde ich hier beim Edinburgher Teil meiner Familie feiern. Darauf freue ich mich schon sehr.« Es war das erste Mal, dass sie die Maclains so nannte. Sich selbst das sagen zu hören, bewegte sie. Familie – das waren für sie seit ihrer Kindheit immer nur ihre Eltern gewesen. Denn ihre deutschen Großeltern waren früh verstorben, weder Vater noch Mutter hatten Geschwister, und zur weitläufigeren Verwandtschaft wurde kaum Kontakt gepflegt. Irgendwo in Norddeutschland gab es eine Tante ihrer Mutter mit deren Angehörigen, aber zu denen hatte nie ein enges Verhältnis bestanden. Also hatte Jenny nicht kennengelernt, was Familienbande bedeutete. »Meine Großmutter lebt in Morningside«, erzählte sie. »Sie bäckt schon seit Tagen, und das Haus ist wunderbar dekoriert. Es gibt einen Christbaum, auf dem unzählige Papiersterne hängen. Immer, wenn man davorsteht, entdeckt man neue.

Das ist wirklich was Besonderes. Meine Großmutter hat Stiefkinder, -enkel und -urenkel, die meisten davon leben in Großbritannien verteilt, ein Enkel mit Familie in San Francisco. Aber über die Feiertage kommen sie alle nach Edinburgh.«

»Das klingt ganz schön turbulent.« Shaw schob seine Brille hoch und rückte sich das Krönchen auf den grauen Haaren zurecht. »Wir fahren zu meinem Sohn hinauf in die Highlands. Seine Frau betreibt dort eine hübsche Frühstückspension. In den kommenden Tagen trifft sich da die ganze Familie. Wir sind auch ein Haufen Leute.«

»Weihnachten in der Großfamilie kenne ich bisher noch gar nicht«, verriet Jenny. »In meiner Kindheit hat mein Großvater mit uns im Haus gelebt. Er ist früh gestorben, und ich habe nicht allzu viele Erinnerungen an ihn. Aber ich weiß, dass er mir Weihnachtsgeschichten vorgelesen hat.« Daran hatte sie seit Ewigkeiten nicht mehr gedacht, und sie überlegte, warum dieses Bild plötzlich in ihrem Kopf auftauchte. Ganz deutlich sah sie sich auf seinem Schoß sitzen und beim Zuhören die Knöpfe seines Hemdes drehen. Anschließend dachte sie daran, wie ihr Vater an den Weihnachtsfeiertagen endlos mit ihr auf dem Wohnzimmerteppich Playmobil gespielt hatte. Sie fragte sich, was Callum wohl zur selben Zeit getan hatte. Vielleicht hatten er und die anderen Kinder mit Ingrid etwas gebastelt. Oder er war mit John draußen gewesen und hatte ihm im Garten geholfen. Sie stellte fest, dass sie nach wie vor gar nicht genau wusste, wie Weihnachten im Hause Maclain ablief. Dass sie in diesem Jahr dabei sein würde, bereitete ihr Herzklopfen.

Nun schlug Professor Shaw mit der Gabel gegen sein Glas und erhob sich. »Meine lieben Kolleginnen und Kollegen, ich freue mich, dass wir wie jedes Jahr zusammengekommen sind, bevor wir uns alle in unsere Weihnachtsurlaube verabschieden. Ich bin stolz, dieses wunderbare Team leiten zu dürfen. Unsere wissenschaftlichen Erfolge sprechen für sich, und es ist sicher kein Zufall, dass meine Kollegin in München eine ihrer besten Mitarbeiterinnen zu uns schickt.« Er hob das Glas in Richtung Jenny.

»Hört, hört!«, sagte jemand.

»Ich würde mich freuen, wenn wir nun – wie es bei uns ja schon wunderbare Tradition geworden ist – der Reihe nach erzählen, worüber wir rückblickend in diesem Jahr besonders dankbar sind und was wir uns fürs kommende wünschen. Ich erlaube mir, den Anfang zu machen: Ich bin dankbar, dass meine Frau und ich um ein weiteres gesundes Enkelkind reicher geworden sind. Und ich erhoffe mir, dass wir bald die Gelder für die Renovierung unseres Labors bewilligt bekommen.«

Die Leute klopften mit den Fingerknöcheln auf die Tischplatte.

»Jennifer, haben Sie Lust, uns als Nächste an Ihren Gedanken teilhaben zu lassen?«

Sie stand auf und musste nicht lange überlegen, was sie sagen wollte. »Ich bin unglaublich dankbar für die vergangene Woche, die ich in Edinburgh verbringen durfte, denn hier habe ich ausschließlich wunderbare Menschen kennengelernt. Ich wünsche mir, dass ich im kommenden Jahr die neuen Bindungen pflegen und ausbauen kann.« Sie spürte, wie ihre Augen anfingen zu brennen, also lächelte sie in die Runde und setzte sich schnell wieder hin. Im Moment brauchte es nicht viel, um sie zum Weinen zu bringen. Eine Menge war in ihr in Bewegung gekommen: Plötzlich dachte sie über ihre Überzeugungen und Gewohnheiten nach und stellte immer mehr fest, auf wie viel sie in ihrem bisherigen Leben unfreiwillig und freiwillig verzichtet hatte. Das alles machte sie ziemlich emotional.

Nach Jenny erhob sich Douglas und erzählte von seiner großen Freude über die ganz frische Beziehung zu dem jungen Mann aus Birmingham. Fürs kommende Jahr wünschte er sich, dass er es endlich schaffen würde, mit dem Rauchen aufzuhören und gesünder zu leben.

Alison sprach von ihrer Erleichterung darüber, dass ihre Mutter den Brustkrebs besiegt hatte. Für die allernächste Zukunft hatte sie sich vorgenommen, auf Korsika Urlaub zu machen. Da gab es ein tolles neues Hotel, von dem sie gelesen hatte, und sie sparte schon einige Zeit für diesen Aufenthalt. Sie musste sich nur noch dazu überwinden, die Betreuung ihrer geliebten Katzen mal für ein, zwei Wochen ihren Eltern zu überlassen.

Reihum standen die Leute auf und teilten ganz selbstverständlich ihre Gedanken und Wünsche mit. Das fand Jenny bemerkenswert. So privat wurde es in ihrem Münchner Kollegium selten. Ab und zu gingen ein paar von ihnen abends auf ein Feierabendgetränk, ins Kino oder Theater, aber Persönliches wurde bei diesen Anlässen so gut wie nie besprochen. Jenny fragte sich, ob diese professionelle Distanz wirklich notwendig war. Dass sich das Edinburgher

Team als so etwas wie eine Familie verstand, fand sie wunderschön.

Später am Abend zogen fast alle zur offiziellen Weihnachtsparty der Fakultät weiter. Jenny amüsierte sich darüber, wie sehr diese Feier jener ähnelte, die sie nach ihrer Ankunft in Edinburgh im Hotel mitbekommen hatte. Es gab überbordende blinkende Dekoration, kitschig geschmückte Plastikbäume rund um eine Tanzfläche, einen DJ im Weihnachtsmannkostüm und die unvermeidlichen One Hit Wonders in voller Lautstärke. Ein Kollege besorgte für sie alle einen aus Irn-Bru und Jägermeister bestehenden Cocktail namens Haggis Bomb, mit dem sie auf das bevorstehende Fest anstoßen konnten. Es wurde getanzt, der DJ machte dumme Witze, und relativ bald sah man in den dunkleren Ecken des Saales knutschende Pärchen. Die Feier war unterm Strich genau das, was Jenny noch vor einer guten Woche rundheraus abgelehnt hatte. Und doch gefiel es ihr jetzt, Teil einer Gruppe zu sein, die hier Spaß hatte.

Als »Last Christmas« aus den Boxen dröhnte, ließ sie sich bereitwillig von Douglas auf die Tanzfläche ziehen, hüpfte ausgelassen im Takt und grölte den Text mit, bis sie heiser war.

19

»Guten Morgen, *sleepy head*!«

Jenny öffnete die Lider und sah direkt in Callums blaue Augen. Sie dachte zuerst, ein schöneres Aufwachen könne es gar nicht geben, als sie jedoch den Kopf hob, zog ein dumpfer Schmerz durch ihr Hirn. »Hi«, hauchte sie und legte sich vorsichtig zurück ins Kissen.

»Wow, das war wohl ein richtig intensiver Abend.« Callum gab ihr ein Küsschen auf die Nasenspitze.

Sie legte sich eine Hand an die Stirn. »Ich glaube, ich hatte ein bisschen zu viel Wham! und Irn-Bru-Mixgetränke.«

»Oje, Tod durch Haggis Bomb. Ist in diesem Land vermutlich jedem schon mal passiert.« Er streichelte ihr sanft über die Haare. »Ist dir schlecht?«

Sie versuchte, den Kopf zu schütteln, ohne ihn allzu heftig zu bewegen. »Habe ich dich beim Heimkommen geweckt?«

»Ich war so müde, dass ich geschlafen habe wie ein Stein, keine Sorge.«

»Wie spät ist es denn?«

»Gleich zehn. Ich habe Kaffee für dich gekocht.« Er hatte vor dem Alkovenbett gekniet und stand nun auf, um eine Tasse von der Kommode zu holen.

Gleichzeitig richtete sich Jenny erschrocken auf, was mit einem stechenden Schmerz in der Schläfengegend bestraft wurde. »Ich hatte Ingrid und John versprochen, ihnen bei den Vorbereitungen für den Weihnachtsbrunch mit ihren Nachbarn zu helfen«, krächzte sie. »Der ist doch heute.«

Callum reichte ihr den dampfenden Espresso. »Das mache ich, *bonnie*. Ich bin gestern Nacht mit allen Arbeiten in der Werkstatt fertig geworden und habe heute schon den allerletzten Auftrag ausgeliefert. Damit habe ich ab sofort frei. Ich hole dir gleich eine Schmerztablette, und dann schlaf am besten noch eine halbe Stunde. Inzwischen gehe ich nach unten und helfe Nan und Granda. Gegen halb elf lasse ich dir ein Bad ein, damit du den letzten Rest Haggis Bomb aus dir schwemmen kannst, einverstanden?« Er beugte sich noch einmal zu ihr herunter und küsste sie dieses Mal auf den Mund. »Meine Güte, du siehst sogar verkatert wunderschön aus.«

Vorsichtig, um den Kaffee nicht zu verschütten, legte sie ihm einen Arm um den Nacken und zog ihn an sich, was er bereitwillig mit sich geschehen ließ. »Ich denke nicht, dass schon einmal jemand so lieb zu mir gewesen ist wie du, Callum. Und das soll was heißen, denn ich bin ein verwöhntes Einzelkind.«

»Na, dann ist es aber höchste Zeit.«

Nach einem herrlich duftenden Meersalzbad, während dem sie durch das kleine Badezimmerfenster in den wolkenverhangenen Himmel hinausschaute und ihren Gedanken nachhing, fühlte sich Jenny wesentlich besser. Sie föhnte rasch ihre Haare, schlüpfte in frische Klamotten und gesellte sich danach zu den anderen, um zumindest noch bei den letzten Vorbereitungsarbeiten zu helfen. John stand am Herd und briet Würstchen und Ham and Eggs. Zwischendurch rührte er in einem Topf mit Baked Beans. Callum stattete den bereits festlich für zehn Personen geschmückten Esstisch im Wintergarten mit Stoffservietten und Kerzen aus. Und Ingrid verzierte ein Tablett kleiner Törtchen mit Schokosternen. Aus dem Radio ertönte leise die Stimme eines Moderators, der darüber informierte, dass es an diesem Tag in den Lowlands unter sieben Stunden Tageslicht geben würde.

So düster es im Augenblick in Schottland war, so wenig merkte man in diesem hellen, freundlichen Haus davon, fand Jenny. Sie stellte sich zu Ingrid an die Kücheninsel und bepuderte die süßen kleinen Köstlichkeiten mit Glitzerzucker.

»Cal meinte, dir war heute früh nicht gut. Du bist noch ein bisschen blass um die Nase. Wie geht es dir?«, fragte Ingrid. Sie trug eine rosa-grün gemusterte Bluse, an die sie eine aus bunten Perlen zusammengefügte Schmetterlingsbrosche gesteckt hatte.

»Viel besser, danke. Denkst du, ich bin für den Brunch in meinen Jeans zu leger angezogen?«

Ingrid musterte Jenny einen Augenblick, dann strich sie ihr die Stirnfransen zur Seite, damit sie ihr nicht mehr in die Augen hingen, und lächelte liebevoll. »Unsinn, Kind. Du siehst sehr hübsch aus. Wie immer. Bringst du diese zwei Tabletts bitte rauf in unser Schlafzimmer? Dort ist es schön kühl, und die Törtchen bleiben frisch, bis wir sie später brauchen.«

Jenny machte sich mit der ersten der beiden Ladungen auf den Weg in den oberen Stock und betrat das einzige Zimmer des Hauses, in dem sie bisher noch nicht gewesen war. Sie stellte die Desserts auf Ingrids Schminktisch vor dem Fenster, das einen kleinen Spalt offen stand. Auf dem Boden davor türmten sich Dosen und Schachteln mit dem vorbereiteten Weihnachtsgebäck. Oben auf dem Kleiderschrank befanden sich Stapel von Päckchen, eingewickelt in von Ingrid selbst gestaltetes Papier. Jennys Blick schweifte über eine alte Seemannstruhe, ein Doppelbett mit bestickten Kissen und die Damasttapete. Nachdem sie Ingrids farbenfrohen Schmuck auf der Kommode entdeckt hatte, landete ihre Aufmerksamkeit bei einem großen Foto an der Wand. Jenny erstarrte.

»Ist was nicht in Ordnung, *love*?« Callum war mit dem zweiten Tablett ins Zimmer gekommen und stellte es ab.

»Dieses Bild!« Es zeigte Ingrid und John in jungen Jahren – vermutlich kurz nachdem sie sich kennengelernt hatten, denn Ingrid konnte darauf unmöglich viel älter als vierzig sein. Sie hatte dunkle Haare und faltenfreie Haut. Am Strand stehend, sah sie aufs Meer hinaus, hinter ihr John, hochgewachsen und aufrecht, besonders auffällig sein roter Schopf und das sommersprossige Gesicht.

»Ich weiß«, sagte Callum und trat zu ihr.

Jenny schaute in den Spiegel über dem Schminktisch, danach blickte sie wieder zur Fotografie. »Wir sehen aus wie die beiden damals.«

»Aye.«

Sie hatte gewusst, dass sie Ingrid glich und Callum nach seinem Großvater kam, aber diese frappierende Ähnlichkeit brachte sie dennoch aus der Fassung. »Kein Wunder, dass dein Opa da durcheinanderkommt!«

Callum legte die Arme um ihre Mitte, sodass sie sich an ihn lehnen konnte. Schweigend betrachteten sie das Bild.

»Hältst du es für möglich, dass sich die Geschichte gerade wiederholt?«, fragte Jenny nach einer Weile. »Vielleicht mussten wir uns so heftig ineinander verlieben, weil schon die beiden es getan haben.«

Callum verstand sofort, was sie meinte. »Du kennst dich mit Genen definitiv besser aus als ich, aber ich halte es durchaus für möglich, dass unsere Liebesgeschichte quasi in der DNA festgeschrieben steht. Granda und Nan fanden sich ab der ersten Sekunde umwerfend. Bei mir schlägt wohl viel von seinem Erbgut durch. Du hast Nans. Dass sich die Anziehungskraft also wiederholen konnte, klingt doch irgendwie plausibel, oder?«

Sie nickte. Dann betrachtete sie wieder eine Zeit lang schweigend das Foto. »Ich habe meine Eltern und mich immer als eine kleine Insel wahrgenommen. Als abgeschlossene Einheit. Jetzt zu spüren, wie stark ich auf allen möglichen Ebenen mit Ingrid verbunden bin, berührt mich sehr. Ich wurde nicht einfach in dieses Leben geworfen, sondern bin tatsächlich aus etwas entstanden. Das ist so ein erhabenes Gefühl! Klar, ich wusste schon vorher, wie Vererbung funktioniert. Aber halt doch nur recht theoretisch und nicht auf der emotionalen Ebene.«

Callum küsste ihren Scheitel. »Ich weiß, was du meinst.«

Ist das der Grund, warum ich mich bei ihm von Anfang an so zu Hause gefühlt habe?, überlegte Jenny. Zwischen ihnen existierte eindeutig eine außergewöhnliche Verbindung. Konnte so etwas wirklich mit den Genen zu tun haben?

Sie drehte sich in seiner Umarmung zu ihm um, stellte sich auf die Zehenspitzen und drückte die Lippen auf seine.

Die Gesellschaft zog nach dem Brunch ins Wohnzimmer an den Kamin weiter, um beisammenzusitzen, Tee zu trinken und reihum Geschichten zu erzählen.

Jenny war satt und träge von all den Köstlichkeiten, die kredenzt worden waren. Gegen Callum gelehnt, sank sie gemütlich ins Sofa und fühlte sich von seinem Arm umfangen wunderbar geborgen. Sie nahm diese Emotion wahr und stellte sich vor, wie sich jede dieser kostbaren Minuten ausdehnte und ihr für eine kleine Ewigkeit zur Verfügung stand.

Die Gäste der Maclains waren reizende Menschen. Die drei eingeladenen Ehepaare hatten – ähnlich alt wie Ingrid und John – viel erlebt. Das merkte man, als sie nacheinander das Wort ergriffen und ganz dem schottischen Story Telling entsprechend mit ihren Erzählungen unterhielten. Eine Nachbarin hatte sich etwas dazu ausgedacht, warum Krähen schwarze Federn hatten und nur krächzen konnten. Mit verstellter Stimme und ausgebreiteten Armen imitierte sie die Vögel und brachte die anderen damit zum Lachen. Callum erzählte später eine durch eigene kleine Einfälle ausgeschmückte Version von *Nussknacker und Mausekönig*. Um ihm dafür genug Raum zu geben, rückte Jenny ein wenig von ihm ab. Gebannt beobachtete sie ihn, während er sprach, und konnte die Augen gar nicht von den kleinen Details seines Gesichtes und seiner Mimik abwenden. Sie lauschte seiner schönen Stimme und freute sich darüber, wie sein schottischer Akzent noch deutlicher wurde, wenn er mit Landsleuten sprach. Sie liebte, wie er das R rollte und bestimmte Wörter betonte. Diese Art zu sprechen, hatte etwas Ungezähmtes an sich. Ein weiteres Mal schwoll ihr Herz an vor Liebe.

Auch wenn Jenny es nicht gewohnt war, Menschen Geschichten zu erzählen, stellte sie sich dieser Herausforderung. Sie tat es Callum gleich und wählte ein Märchen. Eher steif und originalgetreu trug sie Grimms *Sterntaler* vor. Dabei klopfte ihr Herz, auch wenn es hier um nichts ging. Entweder die Leute kannten die Story noch nicht, oder sie waren einfach nur höflich, auf jeden Fall lobten sie ihren kleinen Auftritt anschließend über den grünen Klee.

Ganz zum Schluss war John an der Reihe. Bedächtig trank er noch einen Schluck Tee, dann rutschte er an die vorderste Kante des Sofas, richtete seine Hemdsärmel und begann: »Ich habe schon immer gern im Garten gearbeitet. Wie die Jahreszeiten ihn verändern, gibt meinem Leben Struktur. Neues zu pflanzen, es anschließend zu hegen und zu pflegen, hat etwas Ursprüngliches an sich. Dabei habe ich gelernt, dass ich mich der Natur unterwerfen muss. Ich kann zum

Beispiel nicht im Winter aussäen oder brauche gar nicht erst zu probieren, südländische Blumen aus dem Urlaub mitzubringen. Das hier ist Edinburgh und nicht Brighton, wo sogar Palmen gedeihen. Aber das war mir nicht von Anfang an klar. Als ich ein junger Mann war und dieses Haus kaufte, dachte ich, ich könnte einen italienischen Garten mit Zitronen, Bougainvillea und einem Olivenbaum anlegen. Ich investierte ziemlich viel Geld und Zeit, um mir meinen eigenen winzigen Toskana-Park mit Terrakottakübeln und lavendelgesäumten Steinplattenwegen zu erschaffen. Am Ende des Sommers saß ich oft draußen an jener Stelle, an der heute der Wintergarten steht, und bewunderte mein Werk. Es duftete nach den würzigen ätherischen Ölen der Gewächse – Gerüche waren für mich ja immer lebensbestimmend –, und ich fühlte mich jeden Feierabend wie ein König. Mit dem Kürzer- und Kühlerwerden der Tage begann ich, Vorkehrungen zu treffen, um meinen Garten vor dem Winter zu schützen. Ich deckte die empfindlichen Pflanzen mit Vlies und Stroh ab, umfriedete den knorrigen Olivenbaum mit Holz und sammelte Blechdosen, in denen ich in Frostnächten unter den Ästen der Bougainvillea Feuer machen konnte. Es bereitete mir Spaß, unseren Breitengraden ein Schnippchen zu schlagen. Mit dem Hochmut eines jungen Mannes war ich mir sicher, mehr Macht zu besitzen als die Natur. Kurz vor Weihnachten zog dann ein heftiger Wintersturm auf. Ich lag schon im Bett und dachte zufrieden an all meine vorausschauenden Maßnahmen im Garten. Doch plötzlich hörte ich Latten brechen. Schnell sprang ich aus den Federn, zog mir was über und eilte hinaus.«

John machte eine kunstvolle Pause. Das Feuer im Kamin knackte, sonst war es mucksmäuschenstill im Raum.

»Ihr könnt euch vorstellen, wie sehr ich erschrak, als ich draußen auf meinem Grundstück eine alte Frau stehen sah. Der Wind blähte ihren langen grauen Mantel und zerrte an ihren Haaren. Der Gehstock steckte ein paar Zentimeter tief in der gefrorenen Erde. Zuerst dachte ich, sie hätte sich verirrt, also wollte ich sie fragen, wo sie hingehört. Doch dann gewöhnten sich meine Augen an die Dunkelheit, und ich erkannte, dass ein Rabe auf ihrer Schulter saß und ein Hirsch hinter ihr stand. Ich sah, wie sich ihre faltigen Wangen blähten und eisiger Wind zwischen den Lippen hervorströmte. Mit grimmiger Miene blies sie das Schutzvlies und das Stroh von den Pflanzen. Entsetzt musste ich dabei zusehen, wie ihr Atem gleich einem frostigen Tornado durch meinen Garten fegte und auch die Holzumfriedung des Olivenbaumes zerbrach.«

John erzählte so eindringlich, dass Jenny sich alles ganz genau vorstellen konnte. Callum schien es ähnlich zu gehen. Denn er zog sie ein wenig näher an sich, als müsse er sie wärmen.

»Kaum hatte das alte Weib die empfindlichen Pflanzen freigelegt, erhob sich der Rabe von ihrer Schulter und begann, mit dem spitzen Schnabel Blätter und Zweige abzurupfen. Immer wieder hackte er auch gegen die Terrakottagefäße und brachte sie damit zum Splittern. Schließlich trat noch der Hirsch vor und knabberte an meinen botanischen Schätzen. Überall, wohin er atmete, legte sich eine weiße Frostschicht über das Grün, ließ es schrumpeln, braun werden und in Sekundenschnelle absterben. Mit der Zunge leckte er über die mediterranen Kräuter, auf denen sich sein Speichel in eine knackende Eisschicht verwandelte. Bestürzt beobachtete ich das Treiben. In meiner Verzweiflung versuchte ich, rasch das Feuer in den Blechdosen zu entzünden. Aber wann immer ich den Brennstoff zum Aufflammen gebracht hatte, schwang die Frau den Mantel und löschte es mit einem Luftzug. Ich konnte nur noch zusehen, wie der ganze Garten den Kältetod starb. Ich schrie gegen den Wind: ›Warum tust du mir das an?‹ Die Alte antwortete jedoch nur mit weiteren Böen. ›*Cailleach*‹ brauste der Sturm in meinen Ohren. ›Cailleach!‹, ›Cailleach!‹«

John drückte sich schwerfällig vom Sofa hoch und schlurfte zu Ingrids Schreibtisch hinüber, unter dem er einen Stoffbeutel verstaut hatte. Er zog acht Strohpuppen hervor und verteilte sie. »Hier habe ich für jeden von euch eine Cailleach. Hebt diese Winterhexe gut auf. Wenn ihr sie am ersten Februar ins Feuer werft, könnt ihr damit die raue Jahreszeit vertreiben. Aber vergesst nie: Schottland wird immer Schottland bleiben. Gegen Cailleachs Macht habt ihr keine Chance.«

20

»Am Kaminsims haben ohnehin nicht alle Weihnachtsstrümpfe Platz«, überlegte Ingrid. »Am besten hängen wir dort nur die der Kinder auf. Die für unsere Enkel vielleicht hier drüben am Rahmen der Tür zur Bibliothek, wo jetzt die Weihnachtspost aufgefädelt ist. Mach die doch mal bitte ab. Wir verfrachten sie raus in den Flur.«

Es blieb nur noch ein Tag, bis die Familie am vierundzwanzigsten Dezember eintreffen würde. Ingrid und Jenny beschäftigten sich mit den letzten Vorbereitungen im Haus, während John und Callum zum Großeinkauf gefahren waren. Jenny stellte sich auf die Zehenspitzen, um die Bänder abzunehmen, die in der Türlaibung hingen. Daran waren alle Weihnachtskarten geklammert, die John und Ingrid in diesem Advent erhalten hatten.

Ihr Blick fiel auf ein Bild vom verschneiten München. »Post aus der Heimat«, murmelte sie und tippte auf Christine, die langjährige deutsche Freundin.

Ingrid trat zu ihr und drehte die Postkarte um. Sie war mit *Valerie und Yanek* unterschrieben.

»Ist das die Valerie, die mal gegenüber von meinem Elternhaus gewohnt hat?«, fragte Jenny.

»Genau. Dein Vater hat als Teenager manchmal stundenweise auf sie aufgepasst. Da war sie noch recht klein, aber mittlerweile ist sie weit über vierzig. Letztes Jahr im Sommer hat sie einen Österreicher mit türkischen Wurzeln geheiratet. Die beiden haben uns dann mal im Zuge einer Reise in die Highlands besucht. Ein reizendes Paar.«

Jenny wunderte sich erneut, wie eng Ingrids Verbindungen nach München nach wie vor waren. Es wollte nicht in ihren Kopf, dass sie nicht ein Teil davon gewesen war. Immer wieder dachte sie darüber nach, ob ihr Vater tatsächlich das Recht dazu gehabt hatte, sie von ihrer Großmutter fernzuhalten.

»Was ist los, Schatz?«, fragte Ingrid, die wohl merkte, dass Jenny ins Grübeln gekommen war.

Jenny musste schlucken, denn dies war das erste Mal, dass Ingrid sie mit dem Familien-Kosewort angesprochen hatte. »Ich realisiere langsam, was für ein Sturkopf mein Papa eigentlich ist. Wie konnte mir dieser Zug an ihm bisher so gründlich entgehen?«

Ingrid lächelte milde. »Sein Vater war genauso. Ich habe dir ja davon erzählt. Wäre er ein bisschen von seiner Position abgewichen und hätte er sich auch nur einen Zentimeter auf mich zubewegt, wäre unsere Ehe vermutlich nicht gescheitert.«

»Mama gegenüber verhält sich Papa ähnlich verbohrt. Ich weiß natürlich nicht, was wirklich zwischen meinen Eltern abgelaufen ist. Aber immerhin merke ich, wie er sich aufführt, seit sie geschieden sind. Die Ehe ist in die Brüche gegangen, also bleibt er Single. Er weigert sich, auszugehen und neue Leute kennenzulernen. So nach dem Motto:

Meine Ex-Frau ist schuld, dass ich jetzt für immer allein dasitze.«

Ingrid atmete hörbar durch. »Wirklich exakt dasselbe Verhalten wie dein Großvater.« Sie senkte den Blick. »Er war Ralf da kein gutes Vorbild … Hoffentlich geht es meinem Jungen gut.«

»Bis vor etwa einer Woche hätte ich darauf rundheraus mit Ja geantwortet. Aber ganz ehrlich, jetzt bin ich mir nicht mehr so sicher. Mir scheint, er steht sich selbst im Weg. Warum kann er dich nicht einfach anrufen und mit dir reden? Damit würde er sich doch nichts vergeben. Oder mal eine Frau treffen? Er ist seit vierzehn Jahren geschieden.« Jenny merkte, wie emotional das Thema für sie war. Am liebsten wollte sie ihren Vater schütteln und zu seinem Glück zwingen.

Ingrid sah sie mit betrübten Augen an, streckte jedoch den Rücken durch und sagte mit fester Stimme: »Ich verstehe, dass du dich um ihn sorgst. Aber ich musste damals, als ich nach Schottland gegangen bin, eines lernen: Mein Ex-Mann und mein erwachsener Sohn sind für sich selbst verantwortlich. Nicht ich. Und dasselbe gilt für dich noch mehr, denn Ralf ist der Vater und du bist die Tochter.«

Jenny nickte langsam. »Ich weiß. Es macht mich nur gerade ein wenig traurig.«

Ingrid strich ihr mit einer liebevollen Geste über den Kopf. »Warum machen wir das hier nicht etwas später fertig, setzen uns einen Augenblick zum Christbaum und genießen die letzten ruhigen Momente, bevor hier morgen das Familien-Chaos losbricht?«

Jenny legte die Weihnachtskartenkette vorsichtig auf dem Couchtisch ab und folgte Ingrid zum Erker, wo diese zwei Hocker zurechtrückte. Sie nahmen Platz und betrachteten den Baum. Im trüben Tageslicht konnte man die strahlenden Lämpchen der Lichterkette gut sehen. Sie brachten die Tanne zum Glitzern und setzten die von Ingrid kunstvoll hergestellten Sterne in Szene. Einige der Faltarbeiten waren aus Silber- und Goldpapier, in dem sich die Lichtpunkte viele Male spiegelten.

»Auch wenn der Baum hier jetzt schon seit bald zwei Wochen steht, sieht er noch recht frisch aus«, stellte Ingrid zufrieden fest. »Endlich sind die undichten, einfach verglasten britischen Schiebefenster mal zu etwas gut.« Sie lachte kopfschüttelnd.

»Ich übertreibe nicht, wenn ich sage, dass dies der schönste Weihnachtsbaum ist, den ich je gesehen habe.« In der Dekoration steckte so viel von Ingrids Hingabe und Kreativität, dass der Anblick Jenny jeden Tag aufs Neue faszinierte. »Ich sehe, dass ein paar Sterne von den Kindern sind, oder? Aber die anderen – hast du die alle in diesem Advent gefaltet?«

»Es sind mittlerweile mehr als zweihundert Stück. Das ist die Arbeit von über fünfundzwanzig Jahren, und einige sind sogar noch wesentlich älter. Ich mache immer im November ein paar neue. Es bereitet mir Spaß, durch die Läden zu streifen und nach ausgefallenem Papier zu suchen. Und dann durchkämme ich das Internet nach unkonventionellen Ideen. Siehst du den gelben dort oben auf der Spitze? Die Faltanleitung dafür habe ich von einer japanischen Origamikünstlerin erhalten. Wir stehen nun schon seit vier Jahren in E-Mail-Kontakt.«

»Unglaublich! Man könnte stundenlang hier sitzen und die tollen Arbeiten bewundern. Welches ist dein Lieblingsstern?«

»Schwierige Frage. Siehst du den zerknautschten, schief ausgeschnittenen da unten? Den hat meine amerikanische Urenkelin Bella gemacht. Sie war immer schon eher ungeduldig beim Basteln, und ich muss lächeln, wenn ich ihren Stern sehe. Der dreidimensionale rote dort links ist von Callum. Er hat mit fünfzehn oder sechzehn dafür eine halbe Ewigkeit an meinem Schreibtisch gesessen und viele Male wieder von vorn begonnen, bis er zufrieden war. Ich mag besonders die Sterne, die mich an meine Lieben erinnern. Da drüben ist einer, den John aus Whisky-Etiketten zusammengeklebt hat.« Sie überlegte einen Augenblick. »Aber mein Allerlieblingsstern ist der hier.« Sie zeigte auf einen eher schlichten aus blauem Papier, der an einem Ast ganz vorne hing. »Ralf hat ihn in der Grundschule gebastelt. Ich habe damals abgesehen von ein paar Fotos nichts aus München mitgenommen, was uns als Familie gemeinsam gehört hat. Weil ich nicht wollte, dass die beiden sich geplündert vorkommen. Aber diesen Stern habe ich dann nach vielen Jahren in einem meiner Bücher gefunden, wo ich ihn mal als Lesezeichen hineingelegt hatte.«

Jenny konnte an Ingrids Gesichtsausdruck erkennen, dass sie in Gedanken gerade ganz weit weg war. Also überließ sie die Großmutter ihren Erinnerungen und betrachtete wieder schweigend den wunderbaren Baum. Er war ein Sinnbild dessen, was Weihnachten wohl eigentlich sein sollte: Zusammengehörigkeitsgefühl, bestehend aus kostbaren Erinnerungen und einer gemeinsamen Zukunft. Sie betete Ingrid dafür an, dass sie das alles ihrer Familie schenkte. Mit der Gabe, aus jeder Kleinigkeit etwas ganz Besonderes zu machen, schuf sie bestimmt einen guten Nährboden für stabile Wurzeln.

»Hast du Lust, einen Stern für unseren Baum zu basteln, Jenny?«, fragte Ingrid schließlich. »Ich würde mich freuen, wenn von nun an auch einer von dir hier hängen würde.«

Jenny lächelte gerührt. »Ehrlich? Ich bin zwar nicht besonders geschickt, aber ich würde es unglaublich gern versuchen.«

Sie traten an den Schreibtisch, und Ingrid gab Jenny eine Mappe voll buntem Papier.

Eine Zeit lang blätterte Jenny durch das Angebot. Matte und glänzende Bogen in verschiedenen Stärken, manche mit seidiger, glatter Oberfläche, andere grob geschöpft mit sichtbaren Strukturen und kleinen Sternchen oder sogar Blüten zwischen den Fasern. Sie überlegte lange, wählte dann aber nichts aus Ingrids Fundus, sondern holte einen Zettel aus ihrem Zimmer, auf dem sie im Labor eine Tabelle mit Messwerten zu ihren Proben ausgedruckt hatte. Da alle Daten auch im Laptop gespeichert waren, konnte sie das Blatt entbehren. Sie setzte sich und begann, nach einer Anleitung aus dem Internet einen Stern zu falten. Mit einem Goldstift malte sie anschließend eine Doppelhelix auf einen Papierstreifen, den sie zu einer Schlaufe bog und als Aufhänger anklebte. Während der konzentrierten Arbeit wurde es still in ihr, und ein ungewohnt feierliches Gefühl des Friedens zog in ihr ein.

Jenny war an diesem Tag mehrere Male vor den Weihnachtsbaum getreten und hatte sich den Papierstern angesehen, den ihr Vater in der Kindheit gebastelt hatte. Irgendwann fotografierte sie ihn und schickte ihm das Bild. Als am Abend nur ein lapidares Daumen-hoch-Emoji zur Antwort kam, schlüpfte sie in ihre Strickjacke und trat hinaus in den Garten. Sie setzte sich auf die Steinbank unter dem Wacholderbusch und rief ihren Vater an.

»Du erkennst den Stern gar nicht, oder?«, fragte sie ihn nach der Begrüßung.

»Wie geht es dir, Jenny?«

»Den hast du in der Schule gebastelt. Vor einem halben Jahrhundert. Und er hängt hier bei deiner Mutter am Weihnachtsbaum. Du bist überhaupt sehr präsent in diesem Haus.«

Ihr Vater seufzte deutlich hörbar.

Jenny spürte, wie ihre Frustration unerbittlich an die Oberfläche drängte. »Es ist kein Zufall, dass ich Jennifer heiße, oder? Ausgerechnet ein englischer Name?!«

Ralf brauchte einen Moment, um zu antworten. »Jennifer ist in Deutschland sehr gebräuchlich. Was willst du mir eigentlich sagen? Dass wir dich so nicht hätten nennen dürfen, weil meine Mutter nach Großbritannien abgehauen ist? Entschuldige mal! Ich trinke auch Earl Grey und schaue

James Bond.« Er klang, als verstünde er nicht, was sie meinte. Als wäre es völlig absurd, anzudeuten, dass ihn irgendetwas tief im Inneren vielleicht doch noch mit seiner Mutter verband.

Jenny hatte es plötzlich satt, ihren Vater weiterhin mit Samthandschuhen anzufassen. Daher sagte sie rundheraus: »Papa, jeder versteht, dass es für dich kränkend war, als Ingrid in ein anderes Land gezogen ist. Aber sie hatte das Recht dazu, und außerdem ist es eine Ewigkeit her. Jetzt ruf sie bitte endlich an und sprich mit ihr! Dein Starrsinn ist schwer zu ertragen.«

»Du kennst meinen Standpunkt. Wir haben bereits darüber gesprochen. Also ehrlich, wenn etwas nicht nach deiner Vorstellung läuft, fängst du wieder und wieder damit an. Genau wie deine Mutter!«

Die Kälte im Garten verstärkte Jennys Ungeduld. Sie hielt es kaum aus, auf dieser Bank zu sitzen und weitere Argumente dafür zu ersinnen, wie sehr er sich auf dem Holzweg befand. Dennoch bemühte sie sich um eine ruhigere Stimme, als sie sagte: »Nur weil du einen Standpunkt eingenommen hast, heißt das doch nicht, dass du ihn dein Leben lang nicht mehr verlassen darfst. Spring über deinen Schatten und gib einer Achtzigjährigen eine Chance, Papa! Wenn du es nicht für dich oder sie tust, tu es bitte für mich.«

Wieder hörte sie ihren Vater angestrengt durchatmen. »Wie schon neulich gesagt: Genau das war der Grund, warum es mir nicht recht war, dass du zu ihr gehst oder gar tagelang bei ihr wohnst. Weil sie dich mit ihrer manipulativen Art einwickelt und auf ihre Seite zieht.«

»Himmel noch eins, es gibt keine Seiten! Sie ist deine Mutter! Daran hat sich doch nichts geändert.« Ärgerlich sprang sie auf.

»Ich will, dass du dich aus dieser Angelegenheit raushältst! Hast du mich verstanden? Was passiert ist, war lange vor deiner Geburt, und du bist meilenweit davon entfernt, dir ein Urteil darüber bilden zu können.«

»Das mag ja sein, aber ich sehe hier eine alte Frau, die ihren Sohn schmerzlich vermisst und sich gern noch mit ihm versöhnen möchte, bevor ihre Zeit abgelaufen ist. Ich kann einfach nicht glauben, dass du ihr diesen Wunsch verwehrst!« Jenny zitterte nun vor Kälte, also begann sie auf und ab zu stapfen.

»Du hast nicht erlebt, wie sie aus meinem Vater einen gebrochenen Mann gemacht hat, Jennifer«, antwortete Ralf. Er klang jetzt müde. »Nachdem sie ihn verlassen hatte, war er nie mehr derselbe. Er ist danach sein ganzes Leben lang unglücklich gewesen und viel zu früh gestorben. Das geht auf die Kappe dieser lieblosen Frau, für die du dich da so leidenschaftlich einsetzt.«

»Das glaubst du nicht im Ernst, oder? Kein Mensch ist für das Lebensglück eines anderen verantwortlich.«

Er schnaubte. »Hast du diese Weisheit von ihr?«

»Nein. Das weiß jeder.« Kraftlos ließ sie sich wieder auf der Bank nieder.

»Klingt aber nach ihr.«

»Es war allein Opas Entscheidung, für den Rest seiner Tage zu schmollen. Genauso, wie du beschlossen hast, für immer auf Ingrid wütend zu sein. Und auf Mama, nebenbei bemerkt. Du hockst gekränkt zu Hause, anstatt dein Leben zu leben. Das müsste alles nicht so sein.«

Darauf antwortete ihr Vater nicht.

Die eisige Luft war unter Jennys Kleidung gekrochen und brachte sie dazu, jeden Muskel in ihrem Körper anzuspannen. »Ehrlich, Papa, ich will mich nicht in Angelegenheiten einmischen, die mich nichts angehen. Aber dein Verhalten hat eben auch Auswirkungen auf mein Leben. Du versperrst mir den Weg zu Dingen, die ich eigentlich dringend bräuchte.«

Ihr war klar, dass sie da einen schwerwiegenden Vorwurf äußerte. Mit der harschen Reaktion ihres Vaters hätte sie dennoch nicht gerechnet: Er legte ohne ein weiteres Wort auf. Und als sie versuchte, ihn noch einmal anzurufen, drückte er sie weg.

Die Enttäuschung darüber, dass sie das Gespräch mit hundertachtzig gegen die Wand gefahren hatte, statt irgendetwas zu bewirken, traf Jenny heftig. Niedergeschlagen legte sie ihr Gesicht in die eiskalten Handflächen. Das Telefonat hatte ihr deutlich vor Augen geführt, wie machtlos sie in dieser Angelegenheit war. Sie konnte ihren Vater nicht ändern und musste dabei zusehen, wie er unzufrieden blieb.

Nach einiger Zeit, in der sie reglos mit geschlossenen Augen auf der eiskalten Steinbank sitzen geblieben war, spürte sie eine warme Hand auf ihrer Schulter.

»Hey«, sagte Callum. »Darf ich mich zu dir setzen?«

Sie sah hoch und nickte.

Er hatte zwei Wolldecken auf dem Arm.

Dass er wohl wieder einmal das Gefühl hatte, sich um sie kümmern zu müssen, war ihr unangenehm. »Ich muss mich echt entschuldigen …«

»Aber wofür denn, *love*?« Er legte eine der Decken zusammengefaltet auf die Steinbank neben sie, setzte sich darauf und zog Jenny auf seinen Schoß. Anschließend wickelte er sie in das zweite Plaid und schlang die Arme um sie.

So eingepackt und gegen seine Brust gelehnt, ging es ihr sofort besser.

Callum bedrängte sie nicht mit Fragen. Stattdessen küsste er ihre Wangen und strich ihr über die Haare.

»Ich habe jetzt mehrmals versucht, meinem Vater ins Gewissen zu reden«, sagte sie. »Mehr kann ich nicht tun. Ingrid hat recht: Ich bin nicht dafür verantwortlich, wie es ihm geht oder wie er sich verhält.«

Sie blickte durch die Scheiben des Wintergartens in den festlich geschmückten Essbereich und die Küche, wo Ingrid gerade Tee aufbrühte, während John die Spülmaschine ausräumte. Wie man in das hübsche Haus hineinsehen konnte, erinnerte sie an die Puppenhäuser, die Ingrid vor vielen Jahren zur Weihnachtszeit angefertigt hatte. Als aus dem geöffneten Fenster aus einem der Gebäude in der Nachbarschaft der Queen-Song »Thank God it's Christmas« ertönte und den feierlichen Anblick damit noch unterstrich, musste sie schlucken.

»Weißt du, mein Vater sagt immer wieder, ich sei wie meine Mutter.« Ihre Stimme klang rau. »Aber eigentlich bin ich wie er. Ich habe irgendwann als Teenagerin beschlossen,

Weihnachten sei doof. Und bei dieser Meinung bin ich dann stur geblieben.«

»Du hattest deine Gründe …«

»Ich habe mich auf politische Korrektheit rausgeredet, statt einfach mal die Augen aufzumachen. Ich wollte gar nicht sehen, wie wunderbar diese Zeit des Jahres eigentlich ist.«

»Und das ist jetzt anders?«

»Du hast die Wette gewonnen, Callum. Ich bin durchdrungen von der Weihnachtsstimmung in diesem Haus und liebe sie. Ich warte schon ungeduldig darauf, dass es morgen endlich losgeht.«

Er lächelte. »Das freut mich.« Unter der Decke griff er nach ihrer Hand. »Dass du in den kommenden Tagen bei mir sein wirst, bedeutet mir total viel.«

»Mir auch. Ich kann mir nichts Schöneres vorstellen, als das erste richtig pompöse Weihnachten meines Lebens mit dir zu verbringen.«

Er küsste sie sanft. Die Zuneigung, die in Callums Zärtlichkeit lag, brachte Jennys Herz einmal mehr zum Überlaufen.

»Tut mir leid, dass ich den gemütlichen Abend mit meinem Drama ruiniert habe.«

»Du hast überhaupt nichts ruiniert. Außerdem haben zu Weihnachten auch Gefühle Platz, die nicht so schön sind. Das gehört genauso dazu. Also hör bitte auf, dich zu entschuldigen.«

Sie schüttelte die Decke so weit ab, dass sie die Arme um ihn schlingen und ihn drücken konnte.

»Kann ich noch irgendetwas tun, damit es dir besser geht?«, fragte er dann.

»Lass uns reingehen und mit den Großeltern plaudern.«

21

Im Laufe des vierundzwanzigsten Dezembers reisten vierzehn weitere Maclains an, und das Haus füllte sich zusehends. Koffer und Reisetaschen wurden die Treppen hinauf in die verschiedenen Zimmer getragen, Geschenke heimlich an den Kindern vorbeigeschleust und Teller mit Scotch Broth gefüllt. Schon am Vortag hatte Ingrid unglaubliche Mengen dieser kräftigen Gemüsesuppe zubereitet.

Jenny war aufgeregt, denn der gesamten Großfamilie eines neuen Partners bereits nach wenigen Tagen vorgestellt zu werden, fühlte sich gewöhnungsbedürftig an. Außerdem trat sie hier ja nicht nur als Callums Freundin auf, zusätzlich war sie Ingrids wie aus dem Nichts aufgetauchte Enkelin. Und es blieb nicht auszuschließen, dass die Verwandtschaft ihr gegenüber Vorbehalte hegte. Immerhin ging einiger Kummer in Ingrids Leben auf Ralfs – und damit auch Jennys – Konto.

Callum schien ihre Unsicherheit zu spüren, denn er wich bei der Ankunft der Sippe nicht von Jennys Seite. Wortreich machte er sie mit seinen Eltern, Onkel und Tante, den Cousins samt Ehefrauen und Kindern sowie der Cousine mit ihren vierjährigen Zwillingen bekannt. Über jedes Familienmitglied sagte er ein paar Sätze. »Das ist Fiona. Sie leitet in San Francisco eine Musikschule – davon habe ich dir schon erzählt«, stellte er ihr etwa die Ehefrau seines Cousins Scott vor. »Sie spielt lauter ausgefallene Instrumente, wie zum Beispiel die Glasharmonika. Fi, das ist meine Freundin Jenny.« Als müsse er diesen Satz mit einer Geste verdeutlichen, legte er seine Hand auf Jennys Hüfte und zog sie an sich. »Sie ist Ingrids Enkelin.«

Jenny konnte an den Gesichtern ablesen, mit wem Ingrid wohl schon vorab über sie gesprochen hatte. In den anderen Fällen huschte nämlich kurz Verwirrung über die Mienen, um dann einem Ausdruck des Verstehens Platz zu machen. Befanden sie sich gerade im Wohnzimmer, wanderten die Blicke meist Richtung Kamin, wo Jennys Foto stand.

»Du siehst Ingrid wirklich verdammt ähnlich«, bemerkte Fiona.

Ihre sechsjährige Tochter Bella runzelte die Stirn. »Aber Tante Isla ist doch Nanas Enkelin. Wir haben in der Schule einen Stammbaum gemalt, darum weiß ich das genau.«

Callum strich über Bellas kurzen Afro. »Das stimmt, *Schatz*. Aber deine Nana hat auch in Deutschland, dem Land, aus dem sie kommt, eine Enkelin. Und das ist Jenny.«

Der Gesichtsausdruck der Kleinen wurde nicht weniger skeptisch. »Darf sie überhaupt deine Freundin sein? Es ist verboten, dass Verwandte miteinander Babys haben. Hab ich in einem Podcast gehört.«

»Aber die beiden haben ja gar keine Babys miteinander«, antwortete ihre Mutter. »*Sweetie*, warum gehst du nicht in den Garten und spielst mit den Zwillingen. Wir reden dann später über das Thema.« Als Bella außer Hörweite war, flüsterte sie: »Sie weiß nicht, dass Murray und Sean gar nicht Ingrids Söhne sind und dass eure Großeltern vorher schon mit anderen Leuten verheiratet waren. Und so zwischen Tür und Angel will ich das jetzt auch gar nicht erklären.«

»Verständlich«, meinte Callum.

Jenny verlagerte ihr Gewicht von einem Fuß auf den anderen. »Meinst du, es ist leichter für die Kinder, wenn Callum und ich ein wenig auf Abstand gehen?«

Callums Cousin Scott trat hinter seine Frau und winkte ab. »Ich bitte dich, die denken da genau zwanzig Sekunden drüber nach, und dann ist schon wieder was anderes interessant.« Scott sah aus wie Callum, nur etwas älter und breiter. Seine roten Haare waren von der kalifornischen Sonne ausgebleicht. »Aber mal ehrlich, Cal, ausgerechnet sie? Gibt es keine anderen Frauen auf diesem Planeten?« Er schlug Callum gegen die Schulter und grinste. »Wie gefällt dir Edinburgh, Jenny? Kannst du bis *Hogmanay* bleiben?«

»Hogmanay?«, fragte sie.

»Silvester«, übersetzte Callum.

»Gerade in Edinburgh ist das eine Riesensache«, erklärte Scott. »Feuerwerk, Straßenparaden – gehört zu den größten Sausen zum Jahreswechsel auf der ganzen Welt. Und dann natürlich das *first footing*. Der erste Gast des neuen Jahres bringt Glück, wenn er Kohle, Brot und Whisky dabeihat. Cal, mein Bruder und ich waren früher immer die gesamte Nacht unterwegs.«

»Klingt lustig«, antwortete Jenny. »Aber ich bin jetzt erst

mal vollauf damit beschäftigt, das schottische Weihnachten kennenzulernen.«

Callum hatte ihre Hand genommen und spielte mit den dünnen Goldringen an ihren Fingern.

»Vergiss Weihnachten«, rief Scott. »In Schottland hat es ja quasi null Bedeutung im Vergleich zu Hogmanay.«

Jenny sah Callum fragend an.

»Unser Weihnachten ist doch nur ein Abklatsch von amerikanischen, englischen und deutschen Bräuchen«, fuhr Scott fort. Obwohl er gar nicht wissen konnte, welch großes Thema Weihnachten zwischen seinem Cousin und Jenny gewesen war, lachte er schallend. »Wenn du richtig feiern willst, warte auf Hogmanay. Das ist Schottland, wie es leibt und lebt. Essen, Saufen, ›Auld Lang Syne‹ grölen und ordentliche Feuer abfackeln.«

»Er hat recht«, gab Callum zu. »Silvester ist hier das größere Fest. Aber das heißt nicht, dass Weihnachten deshalb keine Bedeutung hätte. Vor allem für diese Familie.«

»Was hast du ihr denn bitte erzählt?«, fragte der Cousin. »Irgendwelche gefühlsduseligen Geschichten, um sie rumzukriegen?«

»Scott!«, mahnten Fiona und Callum gleichzeitig.

»Das musste er gar nicht«, antwortete Jenny, stellte sich auf die Zehenspitzen und drückte ein Küsschen auf Callums Wange. »Als ich ihm begegnet bin, war es sowieso sofort um mich geschehen.«

Sitzgelegenheiten aus dem ganzen Haus waren ins Wohnzimmer geschleppt worden, sodass die Großfamilie miteinander Ingrids köstliche heiße Schokolade trinken und Christmas Cake essen konnte. Im Kamin brannte der *Yule Log*. Ein schottischer Brauch besagte, dass dieser große Holzklotz – zu Weihnachten abgebrannt – im neuen Jahr Glück und Wohlstand brachte. Ganz der Tradition entsprechend hatte John einen aufbewahrten Rest des Yule Logs vom Vorjahr verwendet, um ihn zu entzünden. Nun tanzten die Flammen in den verschiedensten Schattierungen von Orange, Gelb und Rot. Im Nu hatte sich das Zimmer durch die vielen Menschen und das Feuer angenehm aufgeheizt. Jenny spürte ihre Wangen glühen.

Sie saß neben Callums Mutter und erzählte von ihrem Forschungsprojekt. Mairi schien sich sehr für alle Details der Arbeit zu interessieren und fragte immer weiter nach. Jenny war insgesamt davon angetan, wie herzlich in dieser Familie auf jeden eingegangen wurde. Nur die flapsige Art, mit der die Cousins aufeinander herumhackten, war ein wenig gewöhnungsbedürftig. Sie kannte den Umgang unter gleichaltrigen Verwandten nicht, deshalb brauchte sie einen Moment, um dieses Verhalten einzuordnen. Aber sie spürte schnell die Nähe und Zuneigung, die hinter den Neckereien standen. Überhaupt war sie völlig fasziniert von den zwischenmenschlichen Beziehungen, die sie hier beobachten konnte: Jede Person schien ihre fixe Rolle einzunehmen. Isla, Callums Cousine, sank zum Beispiel unmittelbar nach ihrer Ankunft erschöpft aufs Sofa und kümmerte sich nicht mehr um ihre Zwillinge, die sie allein aufzog. Ohne dass ein Wort darüber verloren wurde, war klar, dass ab sofort die Großeltern und Urgroßeltern für die beiden zuständig waren.

Rührend fand Jenny, wie die Familie mit John umging, den der Menschenauflauf ganz offensichtlich vor kognitive Herausforderungen stellte. Auf seine kleinen Momente der Verwirrung reagierten sie alle höchst einfühlsam. Nie gaben sie ihm das Gefühl, irgendetwas stimme mit ihm nicht. Mehrmals gestellte Fragen wurden einfach so beantwortet, als würde die Unterhaltung nicht Schleifen drehen, und Verwechslungen nur dann aufgeklärt, wenn es wirklich notwendig war.

»*Schatz*, soll ich noch eine Dose Shortbread holen?«, fragte John Jenny einmal.

Es war klar, dass er in diesem Augenblick dachte, er würde mit Ingrid sprechen, also antwortete Callums Vater einfach: »Ich mache das, Dad.«

Callum funktionierte in dem ganzen Gefüge eindeutig als Kindermagnet. Alle fünf Knirpse folgten ihm auf Schritt und Tritt durchs Haus, wollten in seiner Nähe sitzen und mit ihm spielen. Als die Großfamilie nun das Wohnzimmer bevölkerte, hockte er mit ihnen auf dem Teppich und baute Lego. Dass sie wegen der ungewohnten Umgebung und dem bevorstehenden Weihnachtsfest völlig überdreht waren, schien ihn nicht zu stören. Er ließ die Zwillinge auf ihm herumklettern und schaffte es trotzdem, mit den etwas Größeren eine Festung zusammenzustecken.

Dass schon mehrmals die Rede davon gewesen war, wie

dringend zumindest die Vierjährigen ins Bett gehörten, setzte niemand in die Tat um.

»Wie geht es dir, meine Liebe?«, riss Ingrid Jenny auf Deutsch aus ihren stillen Beobachtungen und ließ sich neben ihr auf der Couch nieder. Callums Mutter hatte den Platz frei gemacht, weil sie gemeinsam mit ihrem Mann in der Küche frischen Tee aufbrühte.

»Ausgezeichnet. Ich fühle mich in deiner Familie sehr wohl.«

»Es ist jetzt auch deine Familie.«

Jenny lächelte. »Für mich ist das wirklich etwas ganz Besonderes.« Sie dachte daran, wie nervös sie am Morgen gewesen war und wie schnell sich die Anspannung als überflüssig herausgestellt hatte. Diese Menschen konnten damit umgehen, dass sie unter außergewöhnlichen Umständen zu ihnen gestoßen war. Voller Zuneigung legte sie einen Arm um Ingrids Schultern. »Danke.«

»Ich danke dir. Dafür, dass du hergekommen und geblieben bist.«

Sie sahen einander an und brauchten nichts weiter zu sagen. Zwischen ihnen war in den letzten Tagen ein Band entstanden, das sich nicht mehr so schnell lösen würde.

Als Jenny sich wieder zurücklehnte, traf sie auf Callums Blick. Dass er sich fragte, ob es ihr gut ging, stand ihm quer übers Gesicht geschrieben, obwohl die kleine Kaitlyn gerade mit ihren keksverkrümelten Händchen auf seine Wangen patschte.

Jenny nickte ihm fast unmerklich zu, was ihn dazu brachte, zu lächeln und sich dann wieder dem Mädchen zuzuwenden. Er blähte die Backen und prustete an ihrem Hals. Kaitlyn quietschte über den beträchtlichen Geräuschpegel im Zimmer hinweg.

»Ist dieses Weihnachtsfest bisher so, wie du es dir vorgestellt hast?«, fragte Ingrid. »Mich hat es lange Zeit gestört, dass im englischsprachigen Raum am Vierundzwanzigsten am Abend noch nicht viel Spannendes passiert.«

»In meinem ganzen Leben ist am Vierundzwanzigsten am Abend nie so viel Spannendes passiert wie heute.« Jenny lachte, aber im Grunde schwang darin ein bisschen Wehmut mit. Ihr war in den vergangenen Tagen bewusst geworden, was ihr in Kindheit und Jugend gerade zu Weihnachten alles entgangen war. Allein die im Raum liegende aufgeregte Freude war für sie neu. Denn darin schwang ein Hauch Magie mit, die keinem einzigen der bisher von ihr erlebten Feste innegewohnt hatte.

»Du bist dieses Jahr die Hauptperson. Sag mir, was du heute Abend noch gern machen würdest«, bat Ingrid.

Jenny hob abwehrend die Hand. »Um Himmels willen, nein. Alles, was bei euch auf dem Programm steht, ist wunderbar.«

»Doch, Schatz! Ich würde mich freuen, wenn du ein kleines Stück von dem Weihnachten, wie du es mit deinen Eltern gefeiert hast, mit uns teilen würdest.«

Jenny überlegte. Irgendetwas musste es doch geben, was ihren Feiertagen einen Hauch Glanz verliehen hatte. Nach einer Weile antwortete sie: »Wir haben immer ›Stille Nacht‹ unter dem Baum gesungen.« Ihr Vater hatte darauf bestanden, und sie nie hinterfragt, warum es ihm wichtig gewesen war.

»Wie schön, Jenny.« Ingrid lächelte. »Das haben wir in Ralfs Kindheit schon so gemacht. Hast du Lust, das Lied mit mir zu singen?«

»Ihr habt eine Geheimsprache«, mischte sich der zehnjährige Max ein. Er hatte das Legobauen aufgegeben und lag nun halb unter dem Couchtisch. Zuerst hatte er Plätzchen genascht, nun beobachtete er Ingrid und Jenny aufmerksam.

»Das ist unsere Muttersprache, *Schatz*«, antwortete Ingrid. »Jenny lebt normalerweise in Deutschland, und ich bin ebenfalls von dort. Dein Dad, deine Onkel und Tante Isla sprechen auch ein wenig Deutsch. Wenn du möchtest, kann ich es dir beibringen.«

Im Raum war es schlagartig still geworden. Aus irgendeinem Grund folgten plötzlich alle dem Gespräch. Einen Augenblick lang war es so ruhig, dass man das Holz im Kamin knacken hörte.

Bella richtete sich auf. »Aber weiß Santa dann überhaupt, dass sie hier ist?« Besorgt sah sie zu den roten Weihnachtsstrümpfen hinüber.

»Ich bin mir ziemlich sicher, Onkel Cal hat ihn darüber informiert«, antwortete Scott seiner Tochter.

»Jenny und ich waren zusammen im Santa Land an der Princes Street. Da hat er gesehen, dass sie zu Besuch ist. Alles in Ordnung«, erwiderte Callum und zwinkerte Jenny zu.

An jenen Tag zu denken, brachte Jenny zum Schmunzeln. Es kam ihr so vor, als wäre er schon ziemlich lange her.

»Ich könnte die Nacht über aufbleiben, auf Santa warten und ihn erinnern, dass Jenny hier ist«, schlug Bella vor.

»Ich auch!«, riefen die anderen Kinder gleichzeitig.

»Niemand bleibt auf, ihr gehört alle längst ins Bett«, stellte Fiona resolut klar. »Ihr werdet morgen unerträglich sein, wenn ihr nicht schlaft.«

Der Nachwuchs wandte sich wieder den Legosteinen zu, als hätte er die Aufforderung gar nicht gehört.

»Ich mache euch einen Vorschlag«, sagte Ingrid und stand auf. »Warum singen wir nicht gemeinsam ›Silent Night‹ beim Christbaum. Und dann gehen wir alle schlafen, damit wir morgen fit sind.«

Es dauerte eine Weile, bis sich die Großfamilie um den Baum versammelt hatte. Für John wurde ein Lehnstuhl herangeschoben. Die Kinder hockten sich auf den Boden, und die Erwachsenen stellten sich ringsherum. Als etwas Ruhe eingekehrt war, sang John erstaunlich sonor die ersten Noten. Kurz darauf stimmten die anderen mit ein. Der ganze Raum schien mit der Melodie zu schwingen, so viel Kraft hatte der Schall des Maclain-Chores.

Ingrid war neben Jenny getreten, legte die Hand in die ihrer Enkelin und begann, das Lied auf Deutsch weiterzusingen. Lächelnd wechselte auch Jenny in ihre Muttersprache. Daraufhin zückte Callum, der auf Jennys anderer Seite stand, sein Handy, suchte nach dem Originaltext und unterstützte sie dabei.

Nach und nach taten alle Erwachsenen dasselbe. Die Kinder lauschten mit großen Augen.

Ergriffen sah Jenny von einem zum anderen. Besser hätte

diese Familie nicht klarmachen können, dass sie die Arme weit ausbreitete und sie in ihrer Mitte willkommen hieß.

Als sie ihren Kopf zu Ingrid wandte, entdeckte sie, dass dieser Tränen die Wangen hinabliefen.

22

»Du darfst noch nicht schauen«, sagte Max. Jenny spürte, wie er sich zu ihr beugte, um zu kontrollieren, ob sie die Augen wirklich geschlossen hielt. »Wir müssen erst was fertig aufbauen.«

Sie saß im Schneidersitz auf dem Alkovenbett und wartete darauf, dass die Maclain-Junior-Theatergruppe ihr Stegreifstück für sie aufführte. Max und Ewan hatten an ihrer Schule bei einem Krippenspiel mitgewirkt und wollten es nun für Jenny erneut inszenieren. Callum hatten sie dazu eingeteilt, für ein anständiges Bühnenbild zu sorgen. Also war er trotz später Stunde durchs Haus gelaufen und hatte alles Mögliche ins Dachzimmer geschleppt. Seine Cousins und ihre Ehefrauen packten in der Küche unterdessen noch heimlich letzte Geschenke ein und befüllten mit Ingrid die Weihnachtsstrümpfe.

Die Zwillinge hätten eigentlich nebenan im Bett bei ihrer erschöpften Mutter liegen sollen, waren jedoch noch einmal aufgestanden, um der aufregenden Premiere beizuwohnen. Seit einiger Zeit schliefen sie nun aber eingerollt links und rechts von Jenny. Offensichtlich waren sie zu müde gewesen, um die langatmigen Vorbereitungen abzuwarten. Jenny konnte den Kleinkindduft riechen, der aus den feinen rotblonden Haaren zu ihr aufstieg, und hörte Nuckelgeräusche. Am liebsten hätte sie unter den Lidern hervorgeblinzelt, um die süßen Gesichter zu betrachten.

Als Jenny schließlich die Augen öffnen durfte, sah sie, dass Callum eine Schnur quer durch den Raum gespannt hatte, über der Decken hingen. Unter diesem Zelt saß, von einer zwischen Holzscheiten verborgenen Taschenlampe beleuchtet, die gähnende Maria, dargestellt von Ewan, weil Bella lieber den Engel hatte spielen wollen. Vor ihnen stand Johns Zeitungsständer – die Krippe, in der Bellas Puppe lag. Als Ochs und Esel fungierten zwei Sitzhocker, denen Callum aus Karton ausgeschnittene Köpfe verpasst hatte. Glücklich grinsend sahen sie zur Zuschauerin herüber. Max, der den Josef gab, trug einen für ihn bodenlangen Mantel seines Urgroßvaters und schritt mit gewichtiger Miene im Decken-Zelt auf und ab.

Callum trat vor die Bühne und sagte: »Ladies and Gentlemen … oder eigentlich nur: My Lady, sehen Sie nun die Szene *Der Engel Gabriel sieht im Stall nach dem Rechten*. Dargeboten von Max, Ewan und Bella Maclain.«

Jenny klatschte vorsichtig. Die Zwillinge zuckten jedoch nicht einmal im Schlaf.

Da das Bett voll belegt war, setzte sich Callum auf den Boden davor, sodass seine Schulter Jennys Knie berührte. Sie konnte gar nicht anders, als die Hand in seinen Nacken zu legen und durch sein Haar zu streichen. Ihre Gefühle für ihn waren schon vor diesem Tag stärker gewesen als alles, was sie je für einen Mann empfunden hatte. Aber seit sie ihn im Kreise seiner Familie erlebt und gesehen hatte, wie er mit jedem Einzelnen von ihnen umging und wie er von den

Kindern vergöttert wurde, meinte sie vor Liebe schier zu platzen.

Die Aufführung begann mit einem kleinen Monolog von Josef, in dem er zusammenfasste, wie er und seine Frau in diesem erbärmlichen Stall gelandet waren. Er erzählte von der Volkszählung und der beschwerlichen Reise nach Bethlehem. Kurz kam die wenig gastfreundliche Bevölkerung zur Sprache, dann schloss er seine Rede mit der Bemerkung, dass sie froh seien, zumindest hier unterzukommen, denn ihr Kind brauche ein schützendes Dach über dem Kopf. Insgesamt verlief die Darbietung ohne nennenswerte Abweichungen von üblichen Weihnachtsspielen. Bis sich Callum auf Max' Zeichen hin erhob, die Tür öffnete und den Engel hereinholte. Bella trug ihr Nachthemd, Kartonflügel und einen aus Alufolie gedrehten Heiligenschein. Sie stand auf einem Blumenrollwägelchen und wurde von Callum zum Stall gezogen. Dabei bewegte sie ihre ausgebreiteten Arme wie Schwingen.

Jenny belohnte diesen spektakulären Auftritt mit einem Zwischenapplaus.

Von da an entwickelte sich das Stück ungewöhnlich: Der Engel erkundigte sich bei Maria und Josef, wie sie planten, sich die Arbeit im Haushalt aufzuteilen. Er belehrte sie darüber, dass die gesamte Care-Arbeit unmöglich von Maria allein erledigt werden könne. Es sollte gefälligst Josef sein, der den Stall kehrte, bevor die Heiligen Drei Könige kamen. Immerhin hätte Maria gerade ein Kind bekommen und ein Recht darauf, sich auszuruhen – im Übrigen auch in ihrem späteren Familienalltag in Nazareth.

»Wow«, flüsterte Jenny.

»Fionas Einfluss. Von Scott, dem faulen Sack, kann das unmöglich kommen«, antwortete Callum leise. Dann drehte er sich um und schenkte ihr einen innigen Blick. »Tut mir leid, wenn meine Leute ein wenig distanzlos und fordernd sind.« Er deutete auf eines der Kinder, das im Schlaf ein Bein quer über Jennys Oberschenkel gelegt hatte.

Sie schüttelte den Kopf. »Ich liebe deine Familie und die Art, wie sie tun, als wäre ich schon immer ein Teil davon.«

»Ehrlich?«

»Ja!«

»Und was ich auch unmöglich finde«, tönte Bella in diesem Moment streng, »ist, wenn Leute nicht zuhören, sobald eine Frau spricht.« Mit zusammengezogenen Augenbrauen sah sie zu Callum und Jenny herüber.

Ochs und Esel grinsten.

»Absolut richtig! Entschuldigung«, erwiderte Jenny. »An meinem Arbeitsplatz in Deutschland könnte ich ab und zu einen Engel wie dich brauchen, der auf diese Dinge achtet.«

Als sie wieder dem Krippenspiel folgten, griff Callum nach Jennys Hand. Einander nicht ständig zu berühren, schien er genauso wenig auszuhalten wie sie. Warm und wohltuend strichen seine Finger über die Haut an ihrem Handgelenk, was Gänsehaut ihren Arm hinaufwandern ließ.

Das Schauspiel endete damit, dass Gabriel Maria und Josef auf die schwierigen Herausforderungen aufmerksam machte, die sie als *mixed racial family* zu bewältigen hätten. Bella deutete auf ihre Schwarze Puppe und bot Beratung an. Als Engel mit weißem Vater und afroamerikanischer

Mutter gebe es einen reichen Erfahrungsschatz, und sie erklärte sich bereit, ihn jederzeit gern zu teilen.

»Wow«, kommentierte Jenny erneut.

Nach ausgedehnten Verbeugungen und Applaus beschwerte sich Ewan darüber, dass er keinen Sprechtext gehabt hatte. In der Schulaufführung sei er ein Schaf gewesen und habe mehr gesagt als hier in der Marien-Rolle. Also forderte Callum ihn auf, als kleine Zugabe noch seinen ursprünglichen Part vorzuführen. Blökend und auf allen vieren erzählte er daraufhin von seiner besonderen Freundschaft mit einem Hirten namens Axel, den er nun bis Bethlehem zum Stall begleiten wolle.

Nach neuerlichen Huldigungen für die schauspielerische Leistung entbrannte eine Diskussion darüber, ob die Kinder bei Callum und Jenny auf dem Boden schlafen dürften.

»Wir sind ganz brav und stören euch nicht. Ihr könnt auch knutschen, während wir noch mal aufs Klo gehen«, schlug Max vor.

»Iiih!«, machte Bella und verzog das Gesicht.

»Warum geht ihr nicht in die Zimmer eurer Eltern? Wir sehen uns ja morgen früh wieder.« Callum legte die Decken zusammen und nahm die Tierköpfe von den Sitzhockern.

»Bitte, Onkel Cal, bei euch ist es am schönsten. Wir treffen dich so selten. Und Jenny haben wir heute erst kennengelernt«, argumentierte Ewan.

Callum wuschelte dem Kleinen durch die Haare. »Eben, aus dem Grund wollen wir ihr jetzt auch ein bisschen Raum geben. Wenn man neu dazukommt, ist das alles ziemlich viel.«

Bella verschränkte die Arme vor der Brust und nickte wissend. »Es stimmt, eine Frau braucht ihren Freiraum. Ich finde, du solltest deshalb mit mir runter zu Mom und Dad ins Zimmer gehen, Onkel Cal.«

Jenny musste sich ein Lachen verkneifen. »Also mich stört es nicht, wenn sie hierbleiben«, erwiderte sie an Callum gewandt. »Solange ihr mich nicht um fünf Uhr weckt, ihr Rabauken!«

Callum wirkte nicht gerade begeistert, ließ sich aber schließlich doch dazu breitschlagen, Matratzen zu holen. Nur die ohnehin schon schlafenden Zwillinge trug er ins Nebenzimmer zu ihrer Mutter.

Als die Liegestatt fertig war, begannen Max, Ewan und Bella, darauf übereinanderzukugeln wie in einem Turnsaal.

Callum zeichnete mit dem Finger in Höhe seiner Schläfe eine Spirale in die Luft und formte ein lautloses »Sorry« mit den Lippen.

»Wisst ihr, was ich hier in Schottland gelernt habe?«, fragte Jenny, als die Bande gerade für einen Augenblick stillhielt. »Wie schön es ist, einander Geschichten zu erzählen. Wenn ihr euch hinlegt, kann ich euch davon berichten, wie in Deutschland vor langer Zeit der Adventskranz erfunden wurde. Wollt ihr das hören? Ja? Okay. Dann macht es euch bequem.«

Callum nahm Jennys Halstuch von der Kommode und hängte es über die vor dem Bett auf dem Boden stehende Kugellampe. Der Raum war nun in schummriges Dämmerlicht getaucht.

»Vor etwa hundertfünfzig Jahren gab es in einer Stadt namens Hamburg ein Kinderheim. Manche Mädchen und Jungen müssen ja leider ohne Eltern aufwachsen, aber zum Glück sind sie dann nicht allein, sondern können in Häusern unterkommen, wo für sie gesorgt wird. Das in Hamburg war wohl ein besonders netter Ort mit einem sehr lieben Direktor. Er versuchte, den Waisen das Leben so schön wie möglich zu machen.«

Die nun im Raum herrschende Ruhe tat unglaublich gut. Die Kinder mummelten sich tiefer in ihre Decken, immer wieder gähnten sie. Callum hatte sich neben Jenny aufs Bett gesetzt, nun schlüpfte er mit der Hand unter ihren Pulli und begann, ihren Rücken zu streicheln.

»In der Zeit vor Weihnachten fragten die Kinder jeden Tag, wie lange es noch bis zum Fest dauere. Auch wenn sie keine Geschenke und üppigen Speisen erwarten konnten, waren sie genauso aufgeregt wie ihr jetzt. Einfach, weil sie es so schön fanden, wenn ein festlich geschmückter Baum im Speisesaal stand, gesungen wurde und sie ein paar Nüsse oder getrocknete Früchte bekamen.«

Max machte ein Würgegeräusch, Ewan lachte, dann war es wieder mucksmäuschenstill.

»Also überlegte sich der Direktor, wie er den Kindern die Wartezeit verkürzen könne. Er wollte ein für alle Mal beantworten, wie oft sie noch zu Bett gehen mussten, bis Weihnachten endlich da war. Und schließlich hatte er eine geniale Idee: Er schmückte einen riesigen Kranz mit vier großen Kerzen für die Sonntage und jeweils sechs kleineren dazwischen für die Wochentage und hängte ihn für alle sichtbar in der Eingangshalle auf. So konnten die ungeduldigen Kinder jeden Tag einen Docht anzünden und sehen, wie die Zeit verging. In Deutschland haben bis zum heutigen Tag viele Familien einen solchen Adventskranz, allerdings ist er kleiner, und darauf sind nur noch die Kerzen für die Sonntage.«

»Hübscher Brauch«, sagte Callum. Dann fügte er leise hinzu: »Du hast wahrscheinlich keinen, oder?«

Sie schüttelte den Kopf und wollte etwas darüber sagen, wie sehr die meist minderwertigen Kerzen auf Erdölbasis das Raumklima verpesteten, ließ es dann jedoch bleiben. Ihre Zeit als Grinch war endgültig vorüber. Also zuckte sie nur lächelnd mit den Schultern.

»Sie schlafen.« Callum deutete auf die Kinder, denen endlich die Augen zugefallen waren. »Ganz schön anstrengend, so eine Bande.«

»Aber auch extrem süß.«

Er nickte, und sie lauschten eine Weile den gleichmäßigen Atemzügen. Callums Hand lag nach wie vor auf Jennys Rücken. Ganz sanft strich er mit den Fingerspitzen über ihre Wirbel. Wie in Trance nahm Jenny bald nur noch die wunderbare Empfindung wahr, die er damit in ihr auslöste. Ihre Haut prickelte, und sie fühlte sich, als würde sie schweben.

»Wollen wir ein wenig frische Luft schnappen, bevor wir uns auch hinlegen?«, schlug Callum vor.

In ihre Jacken gehüllt, traten sie in den Garten. Es war nach Mitternacht, und im ganzen Haus mittlerweile Ruhe eingekehrt. In Küche und Wintergarten spendeten ein paar Lichterketten weiches Licht, das die ersten Meter Wiese beschien. Abgesehen davon war es dunkel.

»Du liebe Zeit, ist das hier frostig«, bemerkte Callum und hauchte in seine Hände. Eine weiße Wolke trat dabei aus seinem Mund, weitete sich und löste sich schließlich in der Nachtluft auf.

Jenny musterte lächelnd sein fahl beleuchtetes Profil.

»Was?«, fragte er.

»Nichts. Ich habe bisher nur ziemlich selten mitbekommen, dass dir auch mal kalt ist.«

»Ich bin ein Mensch, Jenny.«

»Mein Lieblingsmensch.«

Sie waren am Ende des Gartens angekommen und blieben stehen. Callum legte die Arme um ihren Körper und küsste Jenny. Sie war süchtig danach, wie er ihre Lippe zwischen seine nahm. Meist begann er dabei ganz sanft und wurde dann schnell ungestümer.

»Ich halte es kaum aus, mich schon den ganzen Tag zurückhalten zu müssen«, sagte er nach einer Weile mit rauer Stimme. »Ich mag meine Familie wirklich, aber dieses Jahr würde ich sie am liebsten alle zum Mond schießen, weil sie mit ihren neugierigen Augen und Ohren einfach überall sind und mich davon abhalten, das zu tun.« Erneut küsste er sie. »Und das.« Er legte die Hände auf ihr Hinterteil. »Und das.« Er drängte sein Becken an ihres.

Jenny empfand es genauso: Kaum Privatsphäre zu haben

und dem Verlangen nacheinander nicht einfach freien Lauf lassen zu können, verstärkte das Begehren nur noch. Fast schmerzhaft pochte es jetzt durch ihren Körper.

»Wir hätten doch in meiner Wohnung übernachten sollen«, sagte er gepresst.

»Dann hätten wir so viel von dem ganzen Rummel hier verpasst. Das wäre schade gewesen.« Sie strich ihm über die Wange.

»Und die Rasselbande bleibt ja nicht ewig. Danach haben wir noch Zeit zu zweit«, ergänzte er ähnlich erzwungen abgeklärt wie sie eben. »Wenn sie weg sind, sperren wir uns einfach in meiner Wohnung ein, bis du abfährst.«

Bei dem Gedanken, wie unausweichlich die unbeschwerte Zeit mit ihm irgendwann vorüber sein würde, meldete sich ein unangenehmes Gefühl in Jennys Brust. In den vergangenen Tagen hatte sie versucht, nicht daran zu denken, dass der Augenblick kommen würde, an dem sie wieder auf dem Bahnsteig in der Waverly Station stehen würde. »Ich wünschte, die Welt würde sich langsamer drehen.«

»Dann wären die Kids vermutlich immer noch wach.« Callum verzog das Gesicht. Anschließend legte er ihr die Finger unters Kinn und hob es an, sodass er ihr in die Augen schauen konnte. »Was wir besprochen haben, Jenny. Wir finden eine Lösung. Ganz egal, wie kompliziert es wird – wir machen es möglich, uns häufig zu sehen.«

Sie probierte sich an einem Lächeln und nickte.

In diesem Augenblick traf etwas Funkelndes ihre Nasenspitze. Und dann auf seine roten Haare. Weißer Glitzerpuder landete auch auf Callums Schultern.

»Es schneit!«, rief sie überrascht. Sie sah Richtung Haus und entdeckte, dass der Lichtschein die feinen Flocken zum Schimmern brachte. Es war, als würde jemand Silberstaub durch den Garten hauchen.

»*Flindrikin*«, sagte Callum. »Das ist der schottische Ausdruck für besonders leichten Schneefall. Diese *diamond dust crystals* sind total magisch, oder?«

Jenny legte den Kopf in den Nacken und sah zu, wie die winzigen Glitzerpartikel auf sie herabschwebten. Langsam und lautlos senkten sich die zarten Flöckchen auf die Erde.

Jennys Brust füllte sich mit feierlicher Stimmung.

»Merry Christmas, *sweetheart*«, flüsterte Callum.

»Frohe Weihnachten, Liebling«, antwortete sie auf Deutsch.

23

»Merry Christmas!« John umarmte Jenny.

»Ich wünsche dir auch frohe Weihnachten«, antwortete sie. Wie alle anderen trug sie noch den Pyjama. Sie hatte allerdings die Strickjacke übergezogen, um nicht zu frieren.

»Tut mir leid, dass ich manchmal Unsinn rede und dich mit Ingrid verwechsle«, sagte John. »Du weißt ja, ich bin uralt. Da passiert so etwas eben.« Er hob die buschigen weißen Augenbrauen und lächelte.

»Für mich fühlt es sich immer an wie ein Kompliment. Ingrid ist eine großartige Frau, und ich kann mir nichts Erstrebenswerteres vorstellen, als so zu sein wie sie.«

John legte ihr die knochige Hand an die Wange. »Das bist du, *lassie*!«

Im Wohnzimmer herrschte Aufregung. Die Kinder waren früh munter geworden und hatten sofort die ganze Familie aufgeweckt. Als Jenny ins Bad hatte gehen wollen, um sich zumindest das Gesicht zu waschen und mit der Bürste durch die Haare zu fahren, hatte Callum gesagt: »Die drehen durch, wenn sie jetzt auch nur eine Minute länger warten müssen. Du bist wunderschön, *bonnie*, mach dir keine Gedanken!« Dann hatte er sie an der Hand genommen und war mit ihr ins Erdgeschoss hinuntergestiegen.

Hier fielen sich nun alle um den Hals und wünschten frohe Weihnachten. Freudig erregtes Stimmengewirr füllte den Raum, die Kinder waren bereits dabei, ihre Santa-Strümpfe zu plündern, und irgendjemand hatte Johns Plattenspieler in Betrieb genommen. Dass eine Dean-Martin-Weihnachtsscheibe abgespielt wurde, hörte man aber kaum.

Nach all den Umarmungen stellte sich Jenny ein wenig abseits neben Ingrids Arbeitstisch und ließ das ausgelassene Treiben auf sich wirken. Noch nie war sie Teil von etwas Ähnlichem gewesen. Der Raum flirrte vor freudiger Aufregung. Sie konnte kaum fassen, wie sehr sich die Stimmung von jener unterschied, die sie zu Weihnachten immer mit ihren Eltern erlebt hatte. Sie betrachtete die strahlenden Mienen und erfreute sich am Gelächter und den fröhlichen Stimmen.

Auch wenn Callum voll von den Familienmitgliedern in Beschlag genommen wurde, dauerte es keine Minute, bis sein Blick auf der Suche nach Jenny durch den Raum wanderte. Er machte einen großen Schritt über die auf dem Teppich sitzenden Zwillinge und kam zu ihr herüber.

»Es ist alles in Ordnung, Cal«, nahm sie seine Frage vorweg.

»Führst du gerade eine wissenschaftliche Beobachtung durch? Die Wirkung einer Überdosis Maclain auf nüchternen Magen?«

Sie lachte. »So ähnlich.«

Er legte seinen Arm um ihre Schultern. »Hut ab, dass du dieses Tollhaus aushältst.«

»Ich liebe es!«

Daraufhin drückte er seine Lippen zärtlich auf ihren Mund.

Nach und nach ließen sich alle Familienmitglieder irgendwo nieder. Jeder Zentimeter auf den Sofas, alle Stühle und auch die Hocker wurden belegt. Der Raum war überfüllt, und die Pyjamas, Nachthemden, Morgenmäntel und dicken Wollsocken sorgten für eine kuschelige Atmosphäre. Callums Dad und Onkel schenkten Tee aus, auf dem Couchtisch standen frische Scones mit getrockneten Cranberrys im Teig, Clotted Cream und Marmelade sowie große Teller mit Plätzchen, Früchtebrot und Lebkuchen. Die Kinder naschten Süßigkeiten und begutachteten die kleinen Geschenke aus ihren Weihnachtsstrümpfen.

Callum, der frisches Holz in den Kamin gelegt hatte, setzte sich zu Jenny und schlang sofort wieder seine Arme um sie. Während sie gemeinsam zusahen, wie den Kindern auch noch die Päckchen überreicht wurden und sie enthusiastisch das Geschenkpapier aufrissen, genoss Jenny Callums Nähe. Sie spürte, wie sich der Brustkorb mit jedem seiner Atemzüge hob und sie dabei sanft hin- und herwiegte.

»Ich würde gern mit der Tradition brechen, meine Lieben«, verkündete Ingrid, als ihre Urenkelkinder mit den neuen Spielsachen beschäftigt waren und etwas Ruhe eingekehrt war. Die alte Frau sah auch in ihrem Nachthemd mit dem locker um die schmalen Schultern geschlungenen Paschmina so aus, als könnte sie ins Theater oder zu einer gediegenen Essenseinladung gehen. »Normalerweise beginnen wir beim Überreichen der Geschenke mit unseren Söhnen, aber dieses Jahr würde ich gern mit dem neuen Familienmitglied, meiner Enkelin Jenny, anfangen.« Sie holte ein flaches Päckchen unterm Baum hervor und übergab es Jenny. »Frohe Weihnachten!«, fügte sie auf Deutsch hinzu.

Kurz hatte Jenny die Befürchtung, jemandem könnte es lästig werden, dass so viel Aufhebens um sie gemacht wurde. Aber bei einem kleinen Rundblick durchs Zimmer entdeckte sie nichts als Wohlwollen in den Gesichtern der Maclains. Andächtig bewunderte Jenny dann das Geschenk. Zum Einwickeln hatte Ingrid die Doppelseite einer Zeitung verwendet, mit grünen Tannenzweigsilhouetten bestempelt, den altschottischen Weihnachtsgruß *A Blithe Yule* darauf geschrieben und mit roten Bastschnüren umwickelt. Jenny löste vorsichtig die Knoten und das Papier. Zutage trat ein in einem dünnen Goldrahmen gefasstes Blatt, auf das Ingrid einen Stammbaum geklebt hatte. Anders als üblich besaß dieser nicht nur weitverzweigte Äste, sondern auch Wurzeln, die mit vielen Fasern in der Erde steckten. An ihren Enden standen neben Ingrids und Johns Namen die von Jennys verstorbenen Großeltern. Am Stamm des Baumes fanden ihre Eltern gemeinsam mit Johns Söhnen Platz. Aus ihm sprossen geschwungene Zweige, die sich über das ganze Blatt ausbreiteten. An den etwas größeren standen die Namen der Maclain-Enkel, weiter draußen die Urenkelkinder. Dort gab es noch freie Bereiche für Familienmitglieder, die erst geboren werden würden. Die Baumkrone trug aus grünem Papier ausgeschnittene Blätter und zart schimmernde Seidenblüten. Im Zentrum hatte Ingrid in goldenen Lettern Jennys vollen Namen geschrieben.

Eine Träne tropfte von Jennys Augenwinkel auf das Glas, hinter dem die wunderbare Papierarbeit steckte. Dass dieses kleine Kunstwerk ausdrückte, wie gut sie in eine große Familie eingebettet war, auch wenn die Verhältnisse kompliziert waren, bewegte sie tief. Sie reichte Callum das Bild und umarmte Ingrid. »Was dieses Weihnachten in Erfüllung gegangen ist, ist wie ein Wunder«, sagte sie mit erstickter Stimme auf Deutsch. »Du verankerst mich auf dieser Welt, und das ist etwas, wonach ich mich immer gesehnt habe. Endlich spüre ich Wurzeln. Ich danke dir so sehr!«

»Und ich kann durch dich doch noch ein wenig Frieden finden. Denn egal, was passiert – in dir lebe ich weiter.«

Ingrid und sie weinten einen Moment zusammen. Dabei schien die Gegenwart der anderen im Raum die beiden Frauen liebevoll zu umfangen.

Als sie sich voneinander lösten, wandte sich Jenny zu Callum um. Sie sah, dass ihm ebenfalls Tränen gekommen waren. Er erhob sich und drückte seine Großmutter und Jenny gleichzeitig an sich. »Ich will dir mein Geschenk auch gleich geben«, meinte er dann und holte ein kleines Päckchen unter dem Christbaum hervor.

Jenny fand darin zwei Püppchen. Eines hatte ein weißes Haupt und war in einen bunten Kaftan gehüllt. Das andere wirkte jünger und hatte einen etwas zu langen Pony, der ihm in die Augen fiel. »Das sind Ingrid und ich«, erkannte sie verblüfft und strich mit der Fingerspitze über den schwarzen Pulli ihres Konterfeis.

»Aye. Die sind für dein Puppenhaus, das hoffentlich nicht mehr lange auf den Dachboden verbannt sein wird. Ich habe mir gedacht, so könnt ihr zwei symbolisch auch dann zusammen sein, wenn du in Deutschland bist.«

Jenny fiel Callum um den Hals. Es sagte so viel über ihn aus, dass er sich so mühelos in die Situation zwischen ihr und Ingrid hineindenken konnte.

»Da wir nun schon dabei sind, Jenny in dieser Familie willkommen zu heißen – ich habe auch etwas für dich.« Callums Mutter übergab ihr ebenfalls ein Geschenk. »Ich möchte dir das geben, will aber betonen, dass es für dich als Ingrids Enkelin gedacht ist und nicht für dich als Cals neue Freundin.«

»Mum!?« Callum runzelte die Stirn und sah seine Mutter ein wenig vorwurfsvoll an.

Scott kicherte, doch Fiona brachte ihn durch einen Ellbogenstoß zum Schweigen.

»Ihr seid erst ein paar Tage zusammen, *Schatz*. Du wirst gleich sehen, warum es merkwürdig wäre, wenn ich das nicht dazusage.«

»Wir verstehen das, Mairi«, antwortete Jenny und legte Callum eine Hand auf den Arm, als er wieder etwas sagen wollte.

»Mach erst mal auf!«, bat Callums Mutter.

Neugierig öffnete Jenny das Geschenkpapier. Zum Vorschein kam ein Paar goldene Ohrringe mit hellblauen tropfenförmigen Steinen.

»Die habe ich von meiner Mutter bekommen, als ich eine junge Frau war«, bemerkte Ingrid.

»Und Ingrid hat sie mir zu unserer Hochzeit weitergeschenkt«, erzählte Mairi. »Du weißt schon: etwas Altes, etwas Blaues und so weiter. Ich habe sie immer gern gemocht, denke aber, du als ihre leibliche Enkelin solltest sie nun haben.«

Die starken Emotionen hatten Jenny erschöpft. Dankbar für eine kleine Pause saß sie vor dem Kamin auf dem Teppich, aß Vanillekipferl und beobachtete lächelnd, wie alle anderen nacheinander Geschenke übergaben und auspackten. Sie liebte, mit wie viel Herz die Überraschungen ausgesucht worden waren. Kein einziges der Präsente hatte auch nur annähernd etwas mit dem gedankenlosen Kaufrausch zu tun, den Jenny immer mit dem Weihnachtsfest verbunden hatte. Man spürte einfach, wie viel es dieser Familie bedeutete, sich gegenseitig echte Freude zu bereiten. Die Maclains verstanden, dass es dabei nicht um Materielles, sondern um Gefühle ging – um Zuneigung und Verbundenheit.

Als sich die Großfamilie wieder in kleinen Grüppchen unterhielt, überreichte Jenny Ingrid, John und Callum die für sie vorbereiteten Umschläge. »Da ich in meinem bisherigen Leben keine wirklichen Weihnachtstraditionen gelebt habe, will ich meine ersten euch schenken.«

Die drei öffneten die Briefe und lasen, was Jenny für sie geschrieben hatte.

Allerliebster Callum,
ich will ab sofort jedes Jahr mit dir einen Christmas Market besuchen. Weil du mir deutlich gezeigt hast, dass ich einen

Mann brauche, der mit mir bunte Zuckerwatte isst,
Santa besucht, auf einer Schaukel sitzt, ins eiskalte Meer
taucht und Schnee auf mich herabrieseln lässt.
Für immer die Deine
Jenny

Während er las, wiederholte sie die Worte »Für immer die Deine« in Gedanken. Ihr war egal, ob Callum und sie die rosarote Brille der ersten Verliebtheit aufhatten. Sie vertraute ihm schon jetzt ganz und gar. Und spürte, wie viel er ihr bereits bedeutete. Mit ihm fühlte sie sich vollständig.

»Das wird die beste Weihnachtstradition von allen«, sagte er, als er von den Zeilen aufschaute. »Danke, dass du mich so magst, wie ich bin – samt Zuckerwatte, Theaterschnee und all den anderen Merkwürdigkeiten.«

»Es ist so leicht, dich zu mögen, Callum.«

Auch Ingrid hatte in der Zwischenzeit ihren Brief gelesen.

Liebe Ingrid,
ich will ab jetzt jedes Jahr mit dir bei der Weihnachtsbäckerei
ein Foto schießen. Das von diesem Mal habe ich in
ein Album geklebt, das wir hoffentlich schnell mit vielen
gemeinsamen Erinnerungen füllen. Ich bin so froh,
dass ich jetzt in deinem Leben bin und du in meinem.
Wir werden alles nachholen!
Deine Enkelin
Jenny

Sie übergab ihrer Großmutter auch noch das Fotoalbum und umarmte sie innig. »Du hast recht, Schatz«, sagte Ingrid. »Wir haben uns zwar erst jetzt kennengelernt, aber es ist nie zu spät … Was hat sie dir geschrieben, John?«

Lieber John,
du bist der beste Erzähler, den ich kenne. Ich bin froh, dass du und Callum mich in diese wunderbare schottische Tradition eingeweiht habt. Ab jetzt werde ich alle Geschichten, die ich von dir höre, für deine Nachfahren niederschreiben. Den ersten Text, den von der Winterhexe im Garten, findest du ausgedruckt anbei.
Deine Jenny

»Du bist ein Engel«, sagte John und legte ihr die Hand an die Wange.

In der Küche tummelten sich ohnedies so viele Familienmitglieder und bereiteten den Weihnachtsbrunch vor, dass sich Callum und Jenny problemlos für einen Moment zurückziehen konnten. Er ließ die Wanne ein und sperrte die Badezimmertür ab. Dann tauchten sie zusammen ins warme Wasser. Vor dem kleinen Fenster wirbelten Flocken umher, und man konnte sehen, dass die Baumkronen im Garten schon gut angezuckert waren. Callum erzählte Jenny, dass es in der schottischen Sprache Hunderte Ausdrücke für Schnee gab. Besonders große Schneeflocken, wie sie in diesem Augenblick vom Himmel fielen, hießen zum Beispiel *skelf*. Gemeinsam schauten sie hinaus und ließen sich vom Wintereinbruch verzaubern.

»Noch eine neue Weihnachtstradition«, murmelte Callum irgendwann. »Eine kleine Wellness-Auszeit mit dir, während unten der Maclain-Wirbelsturm sein Unwesen treibt.«

Sie lag mit dem Rücken an ihn gelehnt zwischen seinen aufgestellten langen Beinen, und er fuhr sanft mit einem Schwamm über ihren Körper. Diese Berührungen schickten ein süßes Ziehen durch ihren Leib. Sie seufzte wohlig und schloss die Augen.

Er küsste ihren Hals, was ihre Sinne weiter vernebelte. »Was du geschrieben hast …«

Sie musste sich zusammenreißen, um ihm wirklich zuzuhören.

»In deinem Brief. Dass du einen Mann wie mich brauchst.« Ihre Augen waren noch geschlossen, also nahm sie seinen schottischen Akzent besonders stark wahr. Das gerollte R rieselte ihren Rücken hinab.

»Ich meine es ernst, Callum. Das waren keine leeren Worte. Ich bin dreiunddreißig Jahre alt und weiß mittlerweile, was ich zum Glücklichsein benötige.«

Sie spürte, dass er plötzlich etwas schneller atmete. Ihr Gespräch schien ihn in Aufregung zu versetzen, was sie außerordentlich entzückte. »Dasselbe gilt für mich, Jenny. Ich weiß, was ich brauche und will. Und das bist du. Ich liebe dich! Und jetzt sage ich es nicht nur, weil ich denke, dass sonst keine Zeit mehr dazu bleibt wie beim ersten Mal, sondern weil das hier genau der richtige Zeitpunkt dafür ist.«

Auch ihr Herz begann nun, heftiger zu klopfen. Sie öffnete die Augen, legte ihre Hand auf sein Knie und streichelte die sommersprossige Haut. »Und ich liebe dich, Callum.«

Er ließ den Schwamm auf die Wasseroberfläche fallen und schlang die Arme um ihren Körper. »Ich möchte mit dir zusammen sein. Nicht nur ab und zu. Sondern immer.«

»Ich wünschte auch, das wäre möglich.«

Einen kurzen Augenblick war es still im Badezimmer. Man hörte den Wind ums Haus pfeifen.

»Was, wenn ich zu dir nach Deutschland ziehe?«

Sie hielt inne. »Noch mal bitte?«

»Du hast gehört, was ich gesagt habe.«

Das Wasser schwappte, als sie sich umdrehte, um ihn anschauen zu können.

»Was ist mit der Werkstatt?«

»Egal.«

»Und mit deinen Aufträgen?«

Er zuckte mit den Schultern.

»Du würdest alles aufgeben, um mit mir zusammen zu sein? Nachdem du mich erst zwei Wochen kennst?«

»Aye.«

Jenny starrte ihn an. In ihrer Brust kämpften die widersprüchlichsten Gefühle. Einerseits bot er das an, was sie sich sehnlich wünschte. Nämlich, dass es für sie beide tatsächlich eine gemeinsame Zukunft gab. Nicht nur eine, die durch die große räumliche Distanz viel Schmerz mit sich brachte. Andererseits wollte sie nicht, dass er alles für sie aufgab und die Arbeit, die Familie und sein ganzes Leben hinter sich ließ. Der Preis, den er zu zahlen bereit war, schien ihr hoch.

Bei Weitem zu hoch.

»Du wirkst erschrocken«, stellte er fest und senkte den Blick.

»Nicht erschrocken. Überwältigt. Und vielleicht unsicher, weil ich denke, dass es zu viel ist, das von dir zu verlangen.«

»Aber es verlangt ja keiner. Ich will es! Nur wenn du es auch möchtest, natürlich.« Nun sah er sie wieder an.

Sie schwieg, weil sie nicht wusste, was sie darauf erwidern sollte. Wie konnte sie eine so schwerwiegende Entscheidung hier und jetzt treffen?

Da sie Angst hatte, die Nähe zu ihm durch ihr Zögern aufs Spiel zu setzen, legte sie ihm die Hand auf die Brust. Mit den Fingerspitzen berührte sie die tätowierte Haut auf seinem Schlüsselbein. Sie strich über den Schriftzug *MC1R* und fragte sich erneut, wie viel Einfluss die Gene auf das hatten, was hier gerade passierte. Ingrid hatte alles aufgegeben, um mit John zusammen zu sein, weil sie gar nicht anders konnte. Und jetzt bot Callum an, dasselbe zu tun.

»Okay«, sagte er nach einer Weile. Er nahm ihre Hand von seiner Brust und drückte einen Kuss auf ihre Fingerspitzen. »Gehen wir wieder zu den anderen hinunter.« Er erhob sich aus der Wanne und kletterte hinaus.

So plötzlich allein im Wasser, fühlte sie sich ziemlich verloren. »Cal, warte. Ich wollte nicht … Irgendwie weiß ich einfach nicht, was ich dazu sagen soll.«

Er wickelte sich in ein Handtuch und drehte sich zu ihr um. »Alles in Ordnung, *bonnie*. Mach dir keine Sorgen. Ich kann es natürlich verstehen, wenn dir das zu schnell geht.«

Er lächelte sie an. »Weihnachten hat mich sicher überemotional gemacht.«

»Bitte, sei nicht böse. Ich will wirklich, dass wir zusammen sind.«

»Ich bin nicht böse. Vielleicht war ich einen Augenblick lang enttäuscht, weil du nicht in Jubel ausbrichst. Aber wie gesagt: Ich verstehe es.«

»Dein Angebot macht mich wirklich glücklich, Callum. Doch im Moment weiß ich einfach nicht, ob es schlau wäre, so etwas in einer Ausnahmesituation, wie Weihnachten nun mal eine ist, zu entscheiden.«

»Du hast recht.« Er trat ans Waschbecken und begann, sich die Zähne zu putzen.

Jenny beobachtete ihn dabei. Die Impulsivität, mit der er gerade diesen lebensverändernden Vorschlag gemacht hatte, beeindruckte sie, ängstigte sie gleichzeitig aber auch ein wenig. Sie blieb im Wasser sitzen und schlang die Arme um die Knie. »Darf ich dich was fragen?«

»Mhm.«

»Ingrid hat mir von einem Mädchen erzählt, in das du vor Jahren mal sehr verliebt warst. Eine Tänzerin.«

Er zog die Augenbrauen hoch. »Emily.« Durch den Schaum der Zahnpasta hindurch klang der Name dumpf und undeutlich.

»Ich habe gehört, dass du für sie damals auch Hals über Kopf aus Schottland weggegangen wärst.«

Er spuckte ins Waschbecken und drehte sich zu ihr um. »Und deine Frage ist jetzt, ob das mein Ding ist? Ob ich für jede Frau einfach so mein Leben umkremple? Nein, Jenny.

Ganz und gar nicht. Bei Emily war ich jung und naiv. Ich wusste nicht mal annähernd, was ich da eigentlich tat. Wenn es tatsächlich dazu gekommen wäre, hätte es irgendwann ein sehr böses Erwachen gegeben. Das war damals etwas völlig anderes. Denn jetzt bin ich mir der Konsequenzen bewusst. Ich schlage dir vor, nach Deutschland zu ziehen, obwohl mir klar ist, was da alles dranhängt.«

Sie schluckte, denn sie fand seine Entschlossenheit ziemlich überwältigend.

Er spülte sich den Mund, dann sagte er: »Aber wie gesagt, es ist wirklich okay, wenn es dir zu schnell geht. Wir müssen jetzt überhaupt nichts entscheiden. Wahrscheinlich ist es sogar gut, dass du mit der Rationalität der Wissenschaftlerin auf der Bremse stehst. Wir sollten abwarten, bis du in dein neues Projekt eingearbeitet bist, und uns das in den nächsten Wochen oder sogar Monaten in Ruhe überlegen. Verzeih, dass ich jetzt damit angefangen habe. Das war wirklich ein wenig zu überschwänglich.«

Tief aus ihrer Brust hörte Jenny einen Missklang. Denn sie bedauerte es, dass er den Eindruck hatte, sich dafür entschuldigen zu müssen, ihr seine ganzen Gefühle zu Füßen gelegt zu haben.

24

Der Wintereinbruch wäre für Münchner Verhältnisse nichts allzu Außergewöhnliches gewesen, hier in Edinburgh versetzten die paar Zentimeter Schnee jedoch alle in helle Aufregung. Immer wieder trat jemand ans Fenster und kommentierte wortreich das Wetter. Und die Kinder wühlten sich durch den Garten, bis dort nichts mehr von der weißen Pracht übrig blieb. Also regte Ingrid einen Großfamilienspaziergang in den Park an. Jenny war dankbar für die Bewegung an der frischen Luft, denn sie hatte viel zu viel von den Köstlichkeiten gegessen und fühlte sich mittlerweile matt und träge.

Auf einer Wiese wurde aller Schnee zusammengekratzt, um etwas zu bauen. Dabei half sie tatkräftig mit. Von ihr stammte auch die Idee, der Figur das Aussehen des Grinches zu verleihen. »Dann schmilzt ihn der nächste Sonnenstrahl weg, und er kann den Menschen nicht länger Weihnachten vermiesen«, sagte sie, was Callum zum Lachen brachte.

Mit einer Schar Maclains rannte Jenny hin und her und versuchte, den aufgehäuften weißen Massen das Aussehen des Weihnachtsmuffels zu geben. Um den dünnen Gliedmaßen ausreichend Stabilität zu verleihen, wurden dürre Äste in den Schnee eingearbeitet. Und Callum bewies wahres bildhauerisches Talent, als er die charakteristischen Gesichtszüge modellierte. Max stiftete zum Schluss noch seine Weihnachtsmütze.

Als das Werk vollendet war, wurde ein Gruppenfoto gemacht. Ganz ohne Choreografie fand jedes Familienmitglied seinen Platz: Die Zwillinge kugelten vor der Schneefigur auf dem Boden herum, Isla lehnte sich kraftlos an ihren Vater, die drei Cousins Scott, Lennox und Callum hatten sich gegenseitig die Hände auf die Schultern gelegt – Schnee sammelte sich auf allen Mützen. Callum umfasste mit seinem freien Arm Jenny, er versank dabei tief in ihrer dicken Daunenjacke. Neben ihnen standen Ingrid und John. Man sah ihnen deutlich an, wie glücklich sie im Kreise ihrer Lieben waren.

»Du musst mir das Bild unbedingt schicken«, bat Jenny Callums Onkel, auf dessen Handy sie die Aufnahme eingehend bewunderte. Sie würde es rahmen lassen und aufhängen, damit sie sich für immer an dieses einzigartige Weihnachten erinnerte.

Und als anschließend noch mit den Kindern Verstecken gespielt wurde, achtete sie darauf, sich jedes Detail ganz genau einzuprägen, um es nie wieder zu vergessen: den Geruch dieser Stadt, Bellas Lachen, das Gefühl des gefrorenen Bodens unter den Sohlen und die raue Rinde des Buchenstamms, hinter dem sie sich verbarg.

»Ist hier noch Platz?« Callum zwängte sich zu ihr. »Gar nicht so einfach, sich im Winter in einem Park zu verstecken.« Er schlang auf die für ihn so typische Art die Arme um sie, sodass sie sich wieder umgehend geborgen fühlte.

»*Ist dir kalt?*«, fragte er auf Deutsch.

Sie schüttelte den Kopf und blickte in sein wunderschönes Gesicht. Ihr Blick wanderte über seine Züge und landete bei den blauen Augen. Und plötzlich lag in dem, was sie darin sah, eine klare Antwort auf die Frage, was die Zukunft bringen sollte.

»Zieh bitte zu mir nach Deutschland, Callum!«, hörte sie sich sagen. Einen kurzen Moment lang war sie über die Eindeutigkeit ihres Gefühls überrascht, doch dann quoll Glück aus ihrem Herzen, füllte ihre Brust und floss in jeden Winkel ihres Körpers.

Mit roten Wangen spazierten sie zum Haus Nummer achtundzwanzig zurück. Friedlich lagen die gleichförmigen Straßen mit sandsteinfarbigen Häuserreihen an diesem Nachmittag in Morningside, denn kaum jemand war unterwegs. So bot die sich früh über Schottland senkende Abenddämmerung all den hübsch beleuchteten Weihnachtsbäumen hinter den Fenstern einen tollen Auftritt. In den Gebäuden sah man Menschen Zeit miteinander verbringen. Ein unglaublicher Zauber ging von all dem aus, was die sonst so aufgeweckte Maclain-Familie dazu brachte, ruhig und beinahe andächtig durch die Gassen nach Hause zu schlendern.

Jenny fühlte sich so leicht wie ewig nicht mehr. Selig hielt sie Callums Hand und hatte das Gefühl, nie wieder loslassen zu müssen. Denn vor ihnen lag nun der Weg in eine gemeinsame Zukunft.

Seine Reaktion auf ihre Bitte, tatsächlich nach Deutschland zu ziehen, war überschwänglich gewesen. In seinen Augen war die Freude förmlich explodiert. Dann hatte er sie hochgehoben und durch die Luft gewirbelt, was dazu geführt hatte, dass sie sofort in ihrem Versteck gefunden worden waren. Und während sie gewartet hatten, dass das Spiel vorüber war, hatten sie sich ausgemalt, wie sie jeden Tag zusammen einschlafen und aufwachen würden. Die praktische Umsetzung des großen Schrittes klammerten sie in diesem Moment aus. Die zu ersinnen, blieb genug Zeit.

Bei der letzten Abbiegung vor dem Haus hielt Callum unvermittelt an. Er ließ die Familie vorüberziehen und sagte: »Wir kommen gleich nach.«

Als alle um die Ecke verschwunden waren, küsste er Jenny hingebungsvoll. »Bevor die uns wieder in Beschlag nehmen«, erklärte er.

»Sehr weise.«

Er ließ einen Regen Küsschen auf ihre Lippen niederprasseln. »Das hier ist das schönste Weihnachtsfest meines bisherigen Lebens! Und ich habe wirklich großartige erlebt, das kannst du mir glauben.«

Während sie weitergingen, dachte Jenny darüber nach, wie sie zwei Wochen zuvor zum ersten Mal hierhergekommen war – was sie gedacht und gefühlt hatte. So viel hatte sich seitdem bewegt. Ihr schien, sie habe sich ziemlich verändert.

Als sie spürte, wie Callum die Finger fester um ihre Hand schloss, sah sie hoch. Die Familie hatte sich vor dem Haus versammelt. Ein paar Maclains standen im Garten, die anderen sogar noch vor dem Tor auf dem Gehweg. Um erkennen zu können, was los war, reckte Jenny den Hals. Erst als sie noch ein paar Schritte näher gekommen waren, verstand sie, warum keiner ins Haus gegangen war.

»Papa?«

Ihr Vater wartete vor dem Eingang, den Kragen seines Wintermantels hochgeschlagen und die Hände in den Taschen vergraben – neben ihm stand ein kleiner Rollkoffer. »Tja, ich habe mir gedacht, ich sollte …«

Ingrid hatte die Hand vor ihren Mund gelegt. Johns Arm lag um ihre Schulter.

»Das ist Nans Sohn Ralf«, hörte Jenny Callums Cousin Lennox leise zu seiner Frau sagen, als sie sich an ihnen vorbeidrängte.

»Papa … was? Du bist echt gekommen?!«, sagte sie auf Deutsch.

Er nickte. Man konnte erahnen, dass er wohl schon eine Zeit lang hier vor der Haustür gewartet hatte und völlig durchgefroren war. Auf seinen hochgezogenen Schultern und in den dunklen Haaren lag Schnee.

»Du liebe Güte, ich habe mein Handy gar nicht gecheckt. Wir hatten keine Ahnung.« Kaum hatte sie das gesagt, machte sich ein schlechtes Gewissen in ihr breit, weil sie von Ingrid, deren Familie und sich als »wir« gesprochen hatte.

»Ich hatte mich gar nicht angekündigt«, erwiderte Ralf. »Es war ein ganz spontaner Entschluss heute Morgen. Und dann bin ich einfach in den Flieger gestiegen.«

»Ich bin froh, dass du da bist«, antwortete Jenny.

Nach wie vor standen die anderen wie vom Donner gerührt da und starrten den Neuankömmling an, der sich ganz offensichtlich immer unwohler fühlte. Er räusperte sich und stieg von einem Fuß auf den anderen.

John schien sich als Erster zu fangen. »Gehen wir ins Haus!« Er trat neben Ralf und schloss die Tür auf. »Schön, dass du hier bist, Junge. Komm rein!«

Etwas umständlich nahm Jennys Vater seinen Koffer und folgte John.

Weil Jenny merkte, dass Ingrid sich noch immer nicht bewegte, wandte sie den Kopf und entdeckte auf deren Wangen Tränen.

»Mein Ralf ist hier!«, hauchte die alte Frau auf Deutsch.

»Ja«, antwortete Jenny und lächelte. »Wir haben den Sturkopf tatsächlich dazu gebracht.« Ihre Augen brannten.

Als Ingrid aufschluchzte, traten mehrere Maclains gleichzeitig vor. Keiner schien ihren Gefühlsausbruch gut aushalten zu können, also entstand Unruhe.

»Willst du dich setzen?«, erkundigte sich jemand.

»Bringen wir sie besser ins Warme«, wurde erwidert.

»Warum weint Nana?«, fragte Bella und klang dabei ausgesprochen beunruhigt.

»Wer ist der Mann?«, wollte nun auch Max wissen.

»Das ist Jennys Dad«, antwortete Scott. »Nana hat ihn sehr vermisst.«

»Kommt mit, in der Küche gibt's Kakao«, sagte Fiona und verschwand mit den Kindern im Haus.

Ohne sich umdrehen zu müssen, spürte Jenny, dass Callum mittlerweile hinter ihr stand. Seine Nähe gab ihr augenblicklich Halt. Sie legte ihrer Großmutter eine Hand auf die Schulter.

Ingrid wischte sich übers Gesicht. »Danke, mein Schatz!«, flüsterte sie auf Deutsch. »Ich danke dir so sehr!« Sie küsste Jenny auf die Wange.

»Gehen wir auch rein?«

Hand in Hand stiegen sie zum Eingang empor. So fit und wendig Ingrid sonst noch wirkte, so unsicher muteten ihre Schritte nun an.

»Nach fast vierzig Jahren ist er endlich gekommen«, sagte sie zu Callums Dad, als dieser sie unterstützend auf der anderen Seite unterhakte.

Eine Träne kullerte Jennys Wange hinab, während sie beobachtete, wie ihre Großmutter im Vorzimmer zittrig ihren Mantel auszog.

Mairi legte Jenny den Arm um die Schultern. »Gut gemacht, *love*!«, flüsterte sie ihr zu. »Sie hat es sich immer so gewünscht, ihn zumindest noch einmal wiederzusehen.«

Jenny wusste nicht, was genau ihren Vater zum Umdenken gebracht hatte, aber irgendwie war es ihr gelungen.

Nach und nach bewegten sich alle ins Haus. Im Flur entstand so ein Gedränge, dass Jenny noch einmal in den Vorgarten hinaustrat.

»Willst du allein sein?«, fragte Callum, der ihr gefolgt war.

»Nein, bitte bleib! Ich brauche nur einen Augenblick, um mich ein wenig zu fangen. Was gerade passiert ist, fühlt sich ein bisschen so an wie das Dezemberbad im Meer.«

Er zog sie an seine Brust, sodass sie ihren Kopf an ihn lehnen konnte. Sie blickte zum Haus und sah durchs Fenster, wie das Licht im Wohnzimmer eingeschaltet wurde. Ingrid nahm mit Ralf auf dem Sofa Platz. Kurz darauf brachte Callums Tante Tee, dann blieben Mutter und Sohn allein zurück und begannen zu reden.

Jenny merkte, wie aufgewühlt ihr Vater noch immer wirkte. Sie verstand das völlig. Er hatte für diesen Besuch seine Überzeugungen über Bord geworfen. Ein einziges Gespräch mit seiner Mutter reichte da sicher nicht aus, um jahrzehntelang währenden Groll aus der Welt zu schaffen. Aber er hatte sich entschlossen, einige Tage zu bleiben, also standen die Chancen gut, dass Ingrid und er alles klären konnten.

Damit er sich auf keinen Fall verloren fühlte, setzte sich Jenny beim Essen neben ihn. Sie erzählte von ihren Erlebnissen in Edinburgh – nur dass sie und Callum sich ineinander verliebt hatten, sparte sie vorerst aus. Diese Neuigkeit würde sie ihm am ersten Abend nicht noch zusätzlich zumuten. Ohne dass sie diesen Entschluss mit den anderen abgesprochen hatte, taten auch die Maclains alle wie selbstverständlich so, als wären Jenny und Callum einfach nur Stiefcousine und -cousin. Nur Lennox konnte sich das bedeutungsschwangere Grinsen offensichtlich nicht verkneifen, als Jenny sagte, wie wenig sie Dubai vermisse.

»Und wie geht es Yvonne jetzt?«, fragte ihr Vater. »So eine Lungenentzündung ist echt nicht ohne.«

Jenny schlug die Hand vor die Stirn. »Ich bin eine miserable Freundin! Wegen der ganzen Aufregung habe ich total vergessen nachzufragen … Die Aufregung wegen … ähm … Santa meine ich.« Sie sah, wie Callums Mund zuckte. »Entschuldigt mich für einen Augenblick.« Sie sprang auf und sprintete die Treppen hinauf in das Dachzimmer, wo ihr Handy auf der Kommode lag. Der Moment, in dem sie sich entschieden hatte hierzubleiben, statt nach Dubai zu fliegen, schien ihr unendlich weit weg.

Rasch rief sie Yvonne an und erfuhr, dass es der Freundin schon etwas besser ging. Anschließend telefonierte sie mit ihrer Mutter, um ihr von den aufregenden letzten Tagen zu erzählen. Danach scrollte sie durch die unzähligen Weihnachtsnachrichten. Die Minuten der Ruhe taten ihr gut.

Ziemlich weit unten in der Inbox ihres Mailprogrammes entdeckte sie schließlich ein Schreiben, das sie schon vor zwei Tagen erhalten hatte:

Liebe Jennifer,

ich wünsche Ihnen ein schönes Weihnachtsfest und einen erholsamen Urlaub. Wenn Sie zurückkommen, möchte ich Sie gleich um ein Gespräch bitten. Es gibt nämlich erneute Probleme mit der Bestellung, sodass es zu weiteren Lieferverzögerungen bei der technischen Ausstattung für Ihr Projekt kommt. Der Dekan und ich haben daraufhin noch einmal die Sinnhaftigkeit der großen Investition besprochen – Details dazu, wenn Sie wieder hier sind. Gleichzeitig hörten wir von den

Kollegen aus Edinburgh wahre Begeisterungsstürme wegen Ihrer Arbeit im dortigen Labor. Professor Clyde brachte seinen Wunsch zum Ausdruck, auch in Zukunft eng mit Ihnen zusammenzuarbeiten. Er regte diverse neue Kooperationen unserer Institute an.

Deshalb will ich Ihnen den Vorschlag unterbreiten, den Standort für Ihr Projekt nach Edinburgh zu verlegen. Das würde wirtschaftliche und wissenschaftliche Synergien bringen, über die wir unbedingt nachdenken sollten. Ich weiß, das kommt jetzt überraschend und ist ziemlich viel von Ihnen verlangt. Aber bitte setzen wir uns an Ihrem ersten Arbeitstag nach dem Urlaub in meinem Büro zusammen und sprechen alles durch. Vielleicht können Sie sich ja vorstellen, für die Dauer des Projektes nach Edinburgh zu gehen. Der Dekan und ich würden das durchaus begrüßen.

Inzwischen sende ich Ihnen die besten Wünsche für ein schönes Weihnachtsfest!
L.N.

Jenny ließ das Handy sinken und setzte sich mit weichen Knien auf die Bettkante. Dort las sie die Mail ein weiteres Mal von der ersten bis zur letzten Zeile durch. Und dann zur Sicherheit noch ein drittes Mal.

Als sie das Telefon wieder weglegte, sah sie zu dem Harry-Potter-Diorama im Regal über dem Alkovenbett. Die durcheinanderwirbelnden Gedanken beruhigten sich ein wenig, während sie all die Details betrachtete: die kleine Straßenlaterne, die Dachziegel und die gebogenen Fenster.

Nach einigen Minuten sprang sie schließlich auf und rannte die Treppe hinunter. Eigentlich hatte sie schon beim ersten Lesen der Mail gewusst, wie sie sich entscheiden würde.

Sie fand Callum vor Johns Sammlung an Hochprozentigem.

»Ich schenke deinem Vater einen Arran ein«, sagte er und nahm eine Flasche aus dem Regal. »Der Arme hat um irgendwas Nervenberuhigendes gebeten.«

Sie nahm ihm den Whisky wieder ab und stellte ihn zurück. »Kann ich bitte zuerst etwas mit dir besprechen? Setzen wir uns.«

»Okay.« Sie sah, wie er in ihrem Gesicht nach einem Hinweis darauf suchte, ob er sich Sorgen machen musste.

Sie ergriff seine Hände, und er verschränkte seine Finger mit ihren. »Ich möchte doch nicht, dass du zu mir nach Deutschland ziehst«, begann sie. Ihr war klar, dass es ein wenig gemein war, das Pferd von hinten aufzuzäumen, aber sie wollte seine Reaktion auf die Neuigkeiten ganz genau studieren können.

»Okay«, wiederholte er. Ein Schatten lief über sein Gesicht. »Ich habe ja schon gesagt, dass wir überhaupt nichts überstürzen müssen.«

»Du bist der einzige Verwandte von Ingrid und John, der in dieser Stadt lebt. Und die beiden sollten jemanden in ihrer Nähe haben.«

»Aber meine Eltern sind in Glasgow. Das ist nicht weit entfernt. Außerdem können wir herkommen, wann immer es irgendwie geht. Es stimmt schon, es fällt mir nicht ganz leicht, von hier wegzuziehen.« Er begann, mit den Ringen an ihren Fingern zu spielen. »Aber noch schwerer wäre es, nicht mit dir zusammen zu sein.«

»Was, wenn ich dir sage, du kannst beides haben?« Sie musste sich anstrengen, ihn nicht allzu sehr anzustrahlen und damit die Dramaturgie zu zerstören. Einen winzigen Augenblick wollte sie die Vorfreude auf das, was gleich kam, noch hinauszögern.

»Wie meinst du das?«

»Erinnerst du dich, was ich gesagt habe, als ich zum ersten Mal deine Wohnung gesehen habe?«

Er hob die Schultern. »Dass du sie schön findest? Ich mag meine Bude auch, *bonnie*. Aber sie könnte nie so viel Wert haben, dass ich …«

»Ich habe gesagt, dass ich bei dir einziehen werde«, unterbrach sie ihn.

»Stimmt. Das war …« Er brach ab und sah sie fragend an.

»Wenn das jetzt zu schnell geht, kann ich mir natürlich erst mal irgendwo ein Zimmer nehmen. Oder ich frage Ingrid und John, ob ich hier wohnen darf.«

»Ich verstehe nicht. Was willst du mir da gerade sagen?«

»Meine Chefin hat mir geschrieben. So wie es aussieht, wird mein Forschungsprojekt an die Universität Edinburgh verlegt. Also werde ich hierherziehen.«

Callum sah sie mit einem angespannten Ausdruck im Gesicht an.

»Unterm Strich ist das sowieso die wesentlich bessere Lösung, denn ich möchte ja auch Zeit mit Ingrid nachholen.«

Er antwortete nicht.

Sie runzelte die Stirn. Irgendwie hatte sie eine andere Reaktion von ihm erwartet. »Und ich will nicht, dass du die Werkstatt und deine Arbeit aufgibst. Das, was du tust, ist so großartig, und ich würde es jeden Tag schrecklich finden, wenn du wegen mir wieder von vorn anfangen musst.«

Seine Lippen waren aufeinandergepresst.

»Callum? Was ist los? Freust du dich denn gar nicht? Warum sagst du nichts?« Vielleicht war die Sache ja nach hinten losgegangen, und sie hatte die Situation völlig falsch eingeschätzt.

»Ich ... ich versuche, dieses eine Mal im Leben nicht zu weinen.« Er schluckte. »Ich will nicht, dass du später mal an diesen Moment zurückdenkst und dich nur an meine verheulten Augen erinnerst.« Er sah zur Decke und atmete angestrengt aus. Dann schenkte er ihr ein etwas wackeliges Lächeln. »Ich liebe dich und kann mein Glück darüber, dass du zu mir nach Schottland ziehst, gar nicht in Worte fassen.«

»Und ich liebe dich, Callum Maclain.«

Es war Jenny, die zuerst in Tränen ausbrach.

Ingrids Heiße Schokolade für die Seele

Hilft gegen schottisches Wetter, Kältegefühle, Melancholie und mangelnde Weihnachtsstimmung.

Für 5–6 kleine Tassen:

Je nach Geschmack 1–2 Chilischoten halbieren, Strunk entfernen und die Kerne herauskratzen. Einen halben Liter Milch mit den Chilis, 2 Zimtstangen, 3 Kardamomkapseln und 75 g braunem Zucker aufkochen. Dann sofort vom Herd nehmen. 10 Minuten durchziehen lassen. In der Zwischenzeit 30 g pures Kakaopulver in einem Achtelliter kalter Milch verrühren, bis es keine Klümpchen mehr gibt. Gemeinsam mit einer zerbröckelten Tafel 70 %iger Schokolade zur heißen Milch geben und kräftig rühren, bis sich alles aufgelöst hat. Noch einmal auf den Herd stellen und unter ständigem Rühren erhitzen. Durch ein Sieb in Gläser oder Tassen füllen.

Danke!

Liebe Leserin, lieber Leser,
danke, dass Sie mit mir ins winterliche Schottland gereist sind.

Zugegeben, ich habe noch nie zuvor eine Geschichte zu Papier gebracht, in der so viel geweint wird. Auch beim Schreiben musste ich dieses Mal überdurchschnittlich oft Tränen verdrücken. Vermutlich liegt es an Weihnachten …

Verbringen Sie mit Ihren Lieben eine wunderschöne Zeit!

Frohes Fest, Merry Christmas und Blithe Yule!

Ich danke allen, die mich im Laufe des Entstehungsprozesses zum fertigen Buch begleitet und beraten haben:

Sylvie Kempf für die Unterstützung auf der Recherchereise ins weihnachtliche Edinburgh. Ohne dich wäre ich wohl niemals zum Ceilidh gegangen.

Susi und Bara Sinz für die Einblicke in die Welt der naturwissenschaftlichen Forschung an einer Universität. Callums Betätigungsfeld war mir doch ein wenig näher als Jennys, daher wäre es ohne euch nicht gegangen.

Lindsay Alison aus Glasgow für die Beantwortung aller Fragen zur schottischen Sprache. Auch meiner lieben Kollegin Gitta Edelmann herzlichen Dank für die diesbezügliche Hilfe.

Nils Breidenbach als Harry-Potter-Spezialist. Und danke, Nils, und euch, Leo und Achim Breidenbach, dass ihr mit mir im Laufe der Jahre in so vielen Theatern wart – im Zuschauerraum und Backstage.

Anton Kogler für die Idee mit dem Ginger-Gen-Tattoo. Danke, dass du sie mir so großzügig für diese Geschichte überlassen hast.

Lisa Cattini, Susi Sinz und Achim Breidenbach fürs Lesen der Beta-Version des Manuskriptes. Euer Input hat sehr geholfen!

Heike Abidi für ihre Freundschaft und Unterstützung. Danke, dass ich dich rund um die Uhr mit Nachrichten aller Art behelligen darf.

Martina Pfitzner, meiner Lektorin bei Penguin Random House, für ihre Begeisterung und ihren Einsatz für dieses Buch. Danke, dass du dich für meine Protagonist*innen immer so erwärmen kannst, als wären sie die Einzigen, die du betreust.

Katharina Rottenbacher für die unvergleichlich großartige Textredaktion. Selten habe ich derart professionelle Arbeit erlebt, die zusätzlich auch noch so viel Spaß gemacht hat.

Danke auch an alle anderen internen und externen Mitarbeiter*innen des Penguin Verlages: die Verlags- und Programmleitung, die Teams der Presse- und Marketingabteilungen, Schriftsetzer*innen, Korrekturleser*innen, Covergestalter*innen, die Mitarbeiter*innen im Vertrieb und der Druckerei sowie alle anderen, die aus meinem Manuskript dieses Buch gemacht und bis in die Hände der Leser*innen begleitet haben.

Von Herzen
Eure/Ihre
Ursi Breidenbach

www.breidenbach-romane.at
Instagram: @ursibreidenbach
Facebook: @BreidenbachRomane

Ich widme dieses Buch meiner Mutter, Friederike Lillie, weil sie meine Lust zu schreiben seit jeher gefördert hat. Schon in meiner Kindheit ließ sie mich oft bis tief in die Nacht auf ihrer Schreibmaschine tippen. Als ich viele Jahre danach kunstjournalistische Texte verfasste, war sie die Erste, die mich darin bestärkte, dass ich mit Worten umgehen kann. Später, nachdem ich die Karriere als Autorin begonnen hatte, las und kommentierte sie all meine Manuskripte, war mit mir auf Rechercheeisen und feuerte mich auf der Suche nach Ideen an. Als ich für *Sterne über Korsika* den DELIA-Literaturpreis gewann, war sie diejenige, die mit mir vor Freude weinte.

Nach Schottland konnte sie nicht mehr mitkommen, weil sie schon Schmerzen hatte. Wenn ich ihr während der Monate ihrer Erkrankung Hilfe anbot, antwortete sie oft: »Schreib lieber!«

Ich hätte mir so gewünscht, dass sie das Manuskript zu *Christmas Cake und Glitzerschnee* noch lesen kann, aber das sollte nicht mehr sein. Ihre Kraft verließ sie, bevor der Roman fertiggestellt war.

Ich vermisse dich, Mama. Danke für alles!
In unseren Herzen wirst du immer weiterleben.